相公換人做 2

風文創 315

麥大悟 著

風文創 315

目錄

第十一章 005
第十二章 035
第十三章 065
第十四章 093
第十五章 121
第十六章 153
第十七章 183
第十八章 215
第十九章 247
第二十章 283

第十一章

臨近申時，溫菡回了羅園，溫榮送林府二位娘子出府。林家也收到了盛京陳家陳老夫人的帖子，陳家與林家也可算是故交，故甄氏那日亦將帶著三個晚輩去拜見陳老夫人。

溫榮回到廂房，吩咐婢子早些伺候了晚膳。

休息了一會兒，見天色完全暗了，溫榮才停下手中正練著的大字，從笸籮裡取出前幾日繡了一半的錦鯉戲蓮葉天雙面繡去了阿爺、阿娘的房裡。

遠遠便瞧見阿娘一人坐在外間的矮榻上，手不停地打著瓔珞，偌大的房裡只點了五處燈盞，跳躍的昏黃火光不免令人昏昏欲睡。

「阿娘，如何不叫婢子多點了幾盞燈？做這細緻的活兒，總得仔細了眼睛。」溫榮關切地說道，在阿娘身旁坐了下來。

林氏見溫榮是帶了雙面繡過來的，笑了笑，忙命婢子將各處的燈火點亮。

林氏素來心重，可心卻不明，人實誠，少了幾分精透，故每每遇見事情，都只能積在了心裡，難得破解之法，更無力幫到溫世珩了。

燈火暗些，人便不會太過清醒，如此晚上入睡或許能快些。

林氏笑著與溫榮說道：「天氣漸涼，昨日我與妳大伯母去了東市的成衣坊，為你們仨訂了幾套秋冬的裙裳。」林氏將正在打的瓔珞拿得略高了些，好讓溫榮能瞧清了。「這條桃紅瓔珞，剛好能配新做的水紅影金撒花小襖，想來榮娘在除夕夜穿了熱鬧。」

溫榮雙眸明亮。

「阿娘千萬別太辛苦了。」

矮榻旁放了一只篋籮筐，裡面已有數條打好的瓔珞，溫榮無事將篋籮筐抱到身前，將筐裡的瓔珞一條條地揀著看。有的瓔珞是用細細的珍珠連接成串，綴成石榴花的樣子；有的不單單用串珠，還用明暗雙面繡做了接連，顏色鮮明的枝蔓向前肆意伸展開去。阿娘的女紅精細，自己與茹娘打小用的瓔珞、錦帕、錦玉帶等，都是阿娘親手做的。

「阿娘，阿爺還未回來嗎？」

溫榮挑了條鵝青底絲線編花紋樣的瓔珞在裙裳上比劃著。

「妳這孩子，如何越發喜歡用這些素雅的顏色了？」林氏抬眼看著在妝鏡前來回照的溫榮笑說道。「妳阿爺回來了，只是一用過晚膳便去了書房。」

「喔。」溫榮不再問關於阿爺的事情，而是拿著鵝青色瓔珞巴巴地望著林氏說道：「阿娘，這條瓔珞給兒行嗎？」

「本就是要與妳的，妳何時見茹娘用這般素淨的？」林氏格外高興，眼裡滿是寵溺。

溫榮這才滿意地坐下，阿娘與自己的心意，正是自己想要默默守護的。

溫榮幫著阿娘一起打瓔珞，好一會兒又好奇地問道：「阿娘，我們溫家在盛京，有多少交好的氏族呢？」

「具體的阿娘也不知曉了，只是偶爾有聽妳阿爺說過，妳伯祖父還在世時，與盛京裡的一些開國功臣以及書香門第世家交往頗多。」

林氏收了一邊的線，用剪子鉸平了鵝黃流蘇穗子，才又遺憾地說道：「不過幾十年的工夫，當初被高祖親自授予丹書鐵券的二十四位功臣，子子孫孫到了這一輩，還承著爵的只有十七個了，有的爵位被收繳了，更有甚者被抄了家，府與府之間為了避嫌，關係慢慢就淡了。」

溫榮聽了阿娘所言，心裡閃現了幾道光，只是忽明忽暗，不一會兒便熄滅了。

「陳家是書香門第的世家嗎？」溫榮學著阿娘，捋平穗子，漫不經心地問道。

溫榮提到陳家，林氏便想到洛陽陳府，心裡有幾分不自在，可見溫榮不似要打探什麼，才放心說道：「陳家是書香世家，當年與大長房老夫人往來頗多。」

「那這次陳老夫人有沒有請伯祖母？」溫榮連忙問道。

林氏搖了搖頭。

「這就不知道了，但是在黎國公府裡，只有我們三房收到了帖子。」

溫榮微微點了點頭，自己是想多了，伯祖母要麼沒收到帖子，要麼就是推了，否則是會與自己說的。又坐了一會兒，見阿娘面露倦色，溫榮便勸了阿娘早些歇息，並命彩雲將篾籮筐收走，以免阿娘又撐著身子做這些針線活兒。

溫榮本就沒有打算向阿娘打聽到所有的事情，更不打算與阿娘對證洛陽府信件一事，因為阿娘凡事不論對錯都是聽了阿爺的，既然如此，自己何必平添阿娘的煩惱？

林氏亦叮囑了溫榮早些歇息，直到瞧見溫榮走出廂房上了抄手遊廊後，才吩咐婢子伺候梳洗。

溫榮並未回廂房，而是直接拐到了溫世珩的書房。溫榮心裡已有數，洛陽陳府必定是出事了。雖有此思量，可並不驚慌，畢竟連生死都經歷過了。

在聖朝最重的刑罰也不過是舉家抄滅，若是真走到了那一步，以洛陽陪都知府的重要程度，盛京定會鬧得沸沸揚揚，可如今那些皇親貴家，都還在各處開筵席，無所事事的歌舞昇平著，所以，陳家充其量被定為貪墨、瀆職等罪，最多陳知府本人被流放，但不會累及家眷。溫榮只是想要個答案而已，朝中之事女子不能干預，且憑藉自己的身分更無力干預，不過是想盡力去幫助陳家夫人與娘子。

溫世珩靠在書案後的圈椅上，輕摁眉心。其實今日公事在衙裡便已忙完，只是心裡煩躁，所以想一人在書房裡靜靜。

朝中又有御史遞上了彈劾洛陽知府的奏摺，更奏請朝廷派了人去洛陽府查證，最令人擔憂的是，尚書左僕射站了出來，針對貪墨的利弊，畢陳了政見——徇私舞弊、枉顧人命、以一儆百……尚書左僕射的用詞極其嚴重。

之前本只有御史上奏摺彈劾，朝中權臣皆在觀望，畢竟不過是貪墨案而已。可見聖人足足拖了近半月，有些人便沈不住氣了。

林中書令在上朝之前，明白地交代了自己，關於洛陽知府一事，沈默是金。

「阿爺。」

溫世珩正想著心事，突然聽見溫榮的聲音，嚇了一跳，睜眼就看見溫榮站在書案前，一臉詫異地瞪著雙眼，緊緊盯著自己。原來先才婢子已經通報過了。

溫世珩揉了揉額角，緩了緩才蹙眉嚴肅地說道：「怎麼這麼遲了還不去休息？」

「見阿爺書房還亮著，兒便進來看看了。」朝中之事瞬息萬變，令人眼花撩亂，溫榮知道阿爺已是疲憊。

溫世珩頷首，好歹榮娘是關心自己，因此聲音緩和了些，隨口說道：「阿爺還有公事未處理好，榮娘快回房歇息。」

溫世珩見溫榮一動也不動，眼睛直往書案瞧，正決定要嚴厲些時，突然發現書案上空空如也，漫說沒有衙裡的摺子，就連毛筆都是懸掛在筆架上，不曾潤濕過的。

溫榮笑了笑。

「阿爺累了就回房歇息，有些事與其冥思苦想，不如順其自然。」

溫世珩若有所思地看了一眼溫榮，今日林中書令也說過類似的話。與其輕舉妄動引火燒身，不如先隔岸觀火再通渠救人。

溫榮見阿爺還是不願意開口，也不打算繞彎子了。二房都發現了的事情，自己與阿爺是至親，何須遮遮掩掩？

「阿爺，洛陽陳知府家是不是遇上了麻煩事？」

溫世珩一驚，蹙眉問道：「妳阿娘告訴妳的？」

溫榮搖了搖頭，有幾分失望。「阿娘不曾與兒說過什麼，兒知道阿爺拿了兒的信，初衷是好的，一是不希望兒知道了擔心，二是不想兒問東問西，影響了阿爺的決斷。」

溫榮見阿爺驚訝地微張著唇，知曉自己是說對了。「今日若不是菡娘提到她上月偶然間瞧見了一封洛陽府的信，怕是兒要被一直蒙在了鼓裡。若是陳家真的出了事，陳府娘子誤認為兒是故意避開了她們的，豈不是陷兒於不仁不義之中了？」

既然已經知曉了阿爺的顧慮，那麼便該先解開阿爺的顧慮。自己不願意做不仁不義之人，所以，若是陳府真有冤屈，她一定不會攔著阿爺。

二房溫菡娘是偶然瞧見的嗎？溫世珩輕嘆了口氣。防人勝於防川，自己如何就忘了去想想，那封信分明該送給榮娘的，為何會到了自己手裡？府裡的小廝精挑細選，這點小事難不成都會辦錯了？溫世珩倒也不埋怨，聽了溫榮先才一席話，反而放下了心來。

自己前日關於「太過聰明，不見得比無可奈何要好」的說法，放在了榮娘身上，是錯的了。榮娘心術正，一心向著家人，她的聰明或許真如伯母所言，會成為自己的助力。溫世珩終於將知道的事情，一五一十地告訴了溫榮。

溫榮聽言亦蹙緊了眉頭，人命雖關天，可此事放在那聖人跺一跺腳，天下都要為之震動的朝廷裡，該是一件多麼不值得御史聯名上奏摺的小事啊！溫榮明白，這事雖小，可事背後的利益大。陳知府最終是否有事，一要看與之相關的背後利益人是誰，二則是此人願意花多大的代價去成事。此人在朝中地位不會低，且已揣摩過了聖意，只不知那人對聖人究竟能產生多大的影響？

「今日尚書左僕射出來說話了，說得很是冠冕堂皇，什麼『水可載舟，亦可覆舟』，放言陳知府之流的行徑會寒了民心、失了民意，簡直就是荒——」溫世珩越說越氣，可話說一半，戛然而止。縱是再不滿尚書左僕射，亦不能口不擇言，畢竟左僕射的官級在其之上。

溫榮不由自主地問道：「有為陳知府說話的朝臣嗎？」

溫世珩頷首道：「少府卿列舉了陳知府往年的利民之功，說可將功補過，小懲大誡，卻沒有為陳知府脫罪的意思。」

溫榮心裡冷笑，無罪便是無罪，無過何須用功補？少府卿不過是換了一種說法在定陳知府有罪而已。他們覬覦著利益，卻還不忘給自己找級臺階，紅臉白臉一起唱，將戲作得精彩了，聖人才會看得高興。

「阿爺，少府卿不過也是盼著陳知府入罪的。聖人是否有派御史巡按去洛陽查證？」除了尚書左僕射所言的分量會重些，其餘的不足為懼了，如今最要緊的依舊是揣摩聖意。

「沒有，聖人收了奏摺後，只是說了些為官之道，告誡眾臣皆要以人為鏡。」溫世珩搖了搖頭。他揣摩不透聖人話裡的意思，以人為鏡，可以明得失，只是聖人究竟要誰以誰為鏡？

「再觀望便是了，阿爺亦不用太過操心，待到那日盛京陳家擺宴，兒再看看陳家人的意思。」溫榮輕聲安慰道，眼裡明亮中還透著一股子平靜與安寧，著實令人安心。

溫世珩主動自書信中取出了洛陽陳家娘子寫與溫榮的信，歉疚地說道：「此事是阿爺辦得不對，思慮不周，令榮娘困擾了。」

信箋的封口完好無損，阿爺不過是替自己保管了一段時日。溫榮笑道：「君子之過如日月之食。過也，人皆見之；更也，人皆仰之。單憑阿爺肯衝兒一個小娘道歉，便說明了阿爺是真君子。」

溫世珩眉毛一揚，一臉快意，大笑道：「不愧是我兒，好一個君子之過如日月之食！」

溫榮見阿爺心情舒暢，才笑道：「阿爺也該早些歇息了才是，阿爺不回房，阿娘是一直不肯熄燈的。」縱是合上了眼，那明晃晃的火光依舊映得人心陰晴不定、炙灼難安，如何能休息好？

溫世珩想起了伯母的交代——不論何時，都該考慮了自己的弱妻幼子。

溫榮回到廂房，撕開了陳府娘子的來信，信裡不過是說了家事不順，進京一事再議而已，然字裡行間已不似先前那般親熱，頗為疏離。陳府的夫人與娘子，如今心該是墜入谷底的，不僅只是因為防備和擔心，更多的是看透了人情冷暖後的心寒。

溫榮自嘲一笑，自己曾最不屑「人情」二字，前一世只喜歡孤芳自賞。李奕繼承大統，自己得寵之時，所有欲同自己親近的人，在她眼裡皆不過是些被利慾熏心蒙眼、阿諛奉承的小人罷了，如此一來，自己何時被徹底孤立了都不知道。國公府出了那麼大的事，之前怎可能沒有任何風吹草動？可李奕一旦作隱瞞，也就再無人與自己通風報信。

風平浪靜時，人情撒網可撈，只是還需慧眼明心，才能自砂礫中拾得珠貝。

聖主之意，自己是難以揣測了，溫榮努力地回憶前世關於這一段的記憶，而後輕嘆了一聲。可惜當初從未在意過朝政之事，只隱約記得到了乾德十四年末，二皇子在朝中的勢力已與太子不相上下。今日尚書左僕射站出來指責陳知府，而尚書左僕射是二皇子之人，照往常，二皇子對於林中書令等中立的重臣，皆是以拉攏為主，不但不會打壓，反而親和有加。陳氏一族亦是在朝為官多年的，二皇子不拉攏，只能說明陳家是支持太子的了。

如今已是乾德十三年的正秋，若是乾德十四年，兩方勢力便已相當。

溫榮心裡一緊，洛陽陳知府是在劫難逃了。

「娘子，已是亥時了，該歇息了。」綠佩將書案前粉彩蓮托燭檯上的舊燭取下，換了根新的纏銀枝白燭。

溫榮笑了笑。「是了，不小心將時辰忘了，我將信回了便去歇息。」

溫榮提筆連夜寫了回信與陳府娘子，既然月娘和歆娘不願主動提及家父之事，那麼自己也避而不談為好，且擁有前世記憶一事，本就該緘口不言。信中殷殷地叮囑，無論何事何時，都記得未雨綢繆，若有進京了，無論好賴，都請一定來找自己。

大明宮蓬萊殿。

三皇子與五皇子閒來無事，頂著秋日夜間的涼意，命婢子捧了八寶紋八方燭檯至太華池旁的水榭，水榭中燭光倒映在太華池裡，儼然是另一輪滿月，二人擺起了棋盤。

這幾日朝堂上很是熱鬧，可三皇子與五皇子皆只當個看客，時不時地應和聖人幾聲，心下反倒十分舒暢。

李奕穩穩落下一子，與李晟閒閒地聊著。

「那日趙府擺宴，琛郎真的去了袁府老宅？」

這幾日琛郎總是心不在焉，時不時地走神，如此已夠反常了，可更令李奕詫異的是，琛郎並非完全因為袁家與陳家而蹙眉傷神，琛郎有時眉頭皺著皺著，卻又會突然笑起來。李奕與李晟是一頭霧水，問他具體為何事，他又只是推託或乾脆閉口不言。

「是的。」五皇子執白子，毫不猶豫地落在一處。

三皇子盯著棋盤，略微思考。

「你是否交代了他，不要再去追究袁府一案，更不要摻和到陳家一事中？」

下棋如做人。李奕慣常地深思熟慮，三思後行，步步為營，雖想得多，可下子速度卻一點兒也不慢；李晟則乾脆俐落，從不願拖泥帶水，李奕思考時，他也知曉了下一步棋該下在哪裡。

李晟眼眸微閃。

「沒有，我直接與林中書令說了。」

三皇子溫潤一笑。果然是五弟的作風，琛郎的情面也一點不留。如今琛郎心不在焉，不論與他說什麼，都聽不進了，再或者聽進了也會被直接忽略，故與其同他浪費唇舌，不如直接讓林中書令這當祖父的去管教他。貢院之試在即，他還有何精力去管了本就與他不相干的事？

「琛郎去衡山書院是否比往常更勤快？」沈默了一會兒後，李奕狀似不經意地問道。

現今聖人不僅僅是帶著太子在御書房中商議政事，同時還叫上了二皇子與三皇子。美名其曰要自己的兩個兒子多多輔佐大哥。兩位皇子自然歡喜應承，如此一來，李奕少了能自主隨意安排的時間，許多消息與事情需向五弟打聽，偏偏攤上李晟這惜字如金的人。

聽三哥提到衡山書院，李晟端起手邊的茶碗，淺淺地喝了一口。「嗯。」說罷放下茶碗，繼續安心地下棋。

李奕訕訕的，再問不是，不問也不是，因為問也問不出什麼，可不問自己又不甘心。

李奕承認自己對黎國公府溫四娘留了心，但這並非是什麼大不了的事，畢竟溫四娘暫時對自己無用處，與大事相較著實無足輕重。李奕莫名的是，為何自己心裡總有股愧疚感？不論榮娘再怎麼冷淡和疏遠，自己都不自禁地想靠近，想彌補些什麼。倘若琛郎真與榮娘在一起，確是郎才女貌……

「三哥，下錯子了。」李晟冷眼對上此時眼神空洞的李奕。

李奕回過神，不過是一子罷了，還是有機會的。「今年宮裡舉行的秋狩，帖子下到盛京各家了嗎？德陽那兒都請了哪些京中娘子？」

正秋是狩獵的最佳時節，山中獵物經了一年的豐食富養，皆膘肥體壯，京中貴族會帶上了平日在府中豢養的猞猁、靈緹、鷹鶻，一展身手，獵得盆缽滿盈。

「不知道。」李晟見李奕面上有幾分慍色，才又慢條斯理地補充道：「德陽帖子還未下。」

李奕輕舒一口氣，笑道：「那日晟郎可得小心，美人恩最難消受了。」

李晟聽李奕如此說頗為詫異，旋即又不在意地說道：「我不一定會去，三哥自己小心。」

李奕一時被噎住。原先不覺得五弟性子清冷有何不好，如今才發現，這性子是能將人氣得夠嗆的！

「三哥，你輸了。時辰不早，該去歇息了。」李晟說罷，吩咐了婢子收棋盤，瞧見李奕還望著太華池愣神，便自己先行離開。

李奕起身後未回寢殿，而是信步走至母妃王淑妃的寢宮。母妃寢殿裡的外燈未撤，李奕差了婢子通報後，進殿尋了母妃。

李奕與李晟同為王淑妃帶大，王淑妃待李晟雖如同親生，可畢竟隔了一層肚皮。

李晟自小不喜言語，便是聖人也難得見他一笑，故雖同為皇兒，且李晟亦精通文采騎射，但能得到的、來自於聖主的寵愛，遠不如他的三位哥哥。

「兒見過母妃。」李奕躬身向王淑妃行禮道。

王淑妃正半倚在金螺鈿紫檀矮榻上，雖已至中年，但容貌明豔，一雙妙目盈盈，依舊可見年輕時的絕代風華。

王淑妃見到李奕拜禮，忙起身扶住，柔聲說道：「奕兒，與阿娘何須多禮。」

「兒與晟郎才下了棋，回寢殿時見阿娘外燈未暗。」李奕溫聲說道。

王淑妃聽聞笑問道：「晟兒可回去歇息了？」

李晟優秀，卻不如奕兒得聖人寵愛，最難得的是李晟與周圍人皆不親，卻獨獨願聽了奕兒的話。王淑妃每每想至此，心裡便很是欣慰。在這紛繁雜亂的後宮裡，為將兩位皇子平安帶大，她已是費盡了心力，二人如今能互相幫襯，自己便可放心不少。

「晟郎已先回了。」

「奕兒，這個時辰來尋阿娘有何事？」王淑妃見李奕面容雖一如往常的溫潤，卻帶了幾絲疲倦，遂關心地問道。

「兒無事，不過是想來看看阿娘。」

李奕瞧見案桌上還擺著新鮮果子，伺候煮茶的婢子亦立於下首聽候差使，頗為詫異。

「阿娘還不準備歇息嗎？」

「還不睏。」王淑妃淡淡地笑了笑，素手輕攏高髻。「若不是此時辰還未歇息，奕兒如何會進來看了阿娘？」

李奕自然知曉，阿娘等的不是自己，阿娘估摸是知道了聖人還在御書房裡看奏摺。如今聖人多是去韓德妃與徐昭儀的寢殿，阿娘只能默默地去打聽些消息，在聖人還未確定去哪一處時，心甘情願地等著。

王淑妃早瞧出了李奕心神不寧，如今李奕與李晟的一舉一動，是會有人如實稟報了她的。王淑妃命女史遣退了茶奴與在殿中伺候的二等宮婢，單留下了心腹在身旁，眼裡的柔軟慢慢褪去，語重心長地對李奕說道：「奕兒，心裡若是有了牽掛，就會被絆住手腳。倘若真的忘不了，要麼收為己用，要麼就毀了吧。」聲音平淡，無一絲波瀾，要毀的不論是人還是物，都不過是習以為常的事了。

聽言，李奕沈下臉，不再似以往笑得和煦如春風，嘴角漾著幾分苦澀。

王淑妃知曉奕兒是一直壓抑著自己心性的，分明比太子和二皇子出色，卻不能在聖人面前更多地表現自己。戴著面具過活，是不可能瀟灑恣意的，忍一時，是為了謀一世。王淑妃雖也心疼，但生在皇家，享受了錦衣華服，自然也該付出些代價。

「奕兒，如今你同晟兒雖已長大，可羽翼依舊不豐，莫要叫旁事分了心神，因小失大。

初始或許會有不捨和遺憾，可到了事成之後，你便會明白當下的決定是多麼正確了。」

蓬萊殿裡點著淡淡的安息香，王淑妃吩咐宮婢去盛了本為聖人準備的安神湯，冷笑了一聲。「今日韓德妃又來了蓬萊殿。」韓德妃是禹國公胞妹，亦是韓大娘子的姑母。

「韓德妃占著如今年輕，得聖人寵愛，倒是趾高氣揚的，認為她那寶貝姪女與我們做了三皇子妃是抬舉了我們，真真是可笑！」

韓大娘子資質平庸，若真嫁與奕兒，除了她那位高權重的阿爺，其餘的是幫不了奕兒一分一毫，故王淑妃一直端著，不肯接韓德妃替她姪女拋的花球，她在等韓家承諾更大的籌碼。

「兒聽憑母妃吩咐。」李奕面色頹然。

王淑妃會意一笑。奕兒自然看不上那韓大娘子，不論才情或容貌，都不配母儀天下一詞，只是韓大娘子身後，有奕兒需要的助力。

這日，黎國公府西苑正考慮著拜訪陳老夫人時需要帶的伴手禮，陳家是世家大族，自是什麼也不缺的。

前些日子甄氏帶著嬋娘與瑤娘來拜訪溫老夫人時，是帶了金珐瑯九桃香爐、伽南香木嵌金福字數珠手串，以及一套溢彩畫琉璃杯盞，很合溫老夫人心意。甄氏予溫菡和溫榮的分別是赤金嵌寶蜻蜓簪和赤金嵌寶累絲如意簪，倒是不偏不倚，二房董氏瞧了也高興。

見阿娘發愁伴手禮一事，溫榮笑著提議道：「阿娘，不如送那秦國降真塔香、薄胎銅海紋底青瓷，還有那套白玉點翠筆硯？」

降真塔香治癒傷痕的功效神奇，海紋底青瓷雖不名貴，卻難得的清雅大氣，筆硯素來得書香門第珍視，以此做伴手禮再好不過了。

林氏聽了很是滿意，忙吩咐了婢子去準備起來。

申時末刻，溫世珩命婢子叫了軒郎、溫榮、溫茹一道用晚膳。陳家是書香世家，非常看重教養與禮數，溫世珩是要叮囑幾個孩子明日該注意些什麼。只是溫景軒溫文儒雅，溫榮得體大方，溫茹年紀尚幼，長輩自是會寬容些，令溫世珩不免覺得自己的擔憂頗為多餘。

一家人正待要用晚膳時，彩雲進屋向溫世珩和林氏通報道——

「阿郎、夫人，遺風苑老夫人派了人過來。」

「請進來說話。」溫世珩猛地打起了精神。

來人是謝氏身邊伺候的汀蘭，汀蘭福身向溫世珩等人問了好。

溫世珩頷首問道：「不知伯母有何吩咐？」

汀蘭所著衫裙不如國公府裡婢子的來得鮮亮，可在遺風苑老夫人身旁伺候多時，比起國公府裡的婢子要沈穩了許多。「我們老夫人收到了陳老夫人的帖子，可老夫人身子不便，故無法親自前往，想煩請三夫人幫忙將老夫人準備的伴手禮一道送予陳老夫人，只不知三夫人是否方便？」

「哪裡有什麼不方便的，請伯母放心便是！」林氏聽言大長房老夫人要自己幫忙帶了禮物，頗有幾分受寵若驚。

汀蘭福身向林氏笑道：「便有勞三夫人了。」說罷，命婢子將四扇明暗雙面繡梅蘭竹菊的小巧紫檀畫屏搬了進來，每一扇畫屏上還有用真體題的詩句。

溫榮看著精巧的畫屏，心下歡喜。伯祖母的這份禮才是真真的符合了書香門第的心意，而伯祖母請阿娘幫忙帶了這珍貴的伴手禮，亦是在明白地告訴旁人，如今她是信任與倚靠國公府三房的，與她有關的事，可同三房直接說去。

見林氏命婢子小心地捧走了畫屏，汀蘭才又笑著吩咐婢子取出了蓮花糕與百朝露。

蓮花糕是前兩日溫榮去遺風苑裡陪伯祖母說話時嚐到的，比起一般的糕點要多上幾分清香，溫榮嚐了喜歡，便向伯祖母討了，可惜那日並未多做。

今日汀蘭至國公府送畫屏，遂將溫榮喜歡的吃食一道帶了過來。

如今伯母對溫榮的寵愛，都要令溫世珩嫉妒了。每每溫榮去了遺風苑回來，總是帶了滿手的吃食，伯母似是擔心黎國公府餓著了她的寶貝姪孫女了。

溫榮親自上前歡喜接下，並請汀蘭幫忙轉告了伯祖母，後日若無事，會再去探望了伯祖母。

「妳這孩子，往後不許再向妳伯祖母討要吃的了，伯祖母年紀大了，哪禁得起妳這樣折騰！」林氏將溫榮拉了回來，不滿地說道。

雖然溫榮與大長房老夫人關係親近，可頻繁打擾了老夫人清淨也不好。

「不妨事的，我們老夫人天天都盼著娘子過去呢！」汀蘭見狀，忙笑著說道。

溫世珩又問了老夫人身體安好後，汀蘭見無事便告辭回遺風苑了。

用過了晚膳，溫世珩吩咐婢子擺了茶果在外間，一家人難得地坐在一處說話。

不一會兒，軒郎帶著茹娘去識字，溫世珩才輕嘆道：「朝中已有御史臺巡按去洛陽了。」

林氏不知其中利害關係，反心下歡喜，與溫世珩安慰道：「夫郎可不用擔心了，待巡按去了洛陽府，查實便知陳知府是清白的。」

溫世珩蹙眉看了林氏一眼，雖不耐，但也未多言。本想聽聽榮娘的意思，不想榮娘卻是沈默不語，溫世珩的心實實地一沈。難不成這事真就沒有了希望，陳知府被定罪是板上釘釘的事了嗎？溫世珩思及好友，心下不甘，暗暗下了決定，明日參朝日，定要將早已寫好的奏摺呈上去！溫榮抬眼對上了溫世珩的目光，溫世珩立即心虛地慌忙將眼擺開了去，心下卻覺得可笑，如何會怕了自己的女兒？

「阿爺，除了替陳知府喊冤，我們還有什麼可以幫的嗎？」榮娘鎮靜地問道，既然早已經猜到了洛陽陳知府此次是在劫難逃，那麼聽到御史巡按下洛陽的消息，便也沒什麼可驚慌和詫異的。

溫世珩能聽出溫榮的話外音——除了為陳知府喊冤，別的任何忙都可以幫。

溫榮看著阿爺，神情裡是不容置疑的堅定。陳知府不過是朝中太子與二皇子兩派爭權的犧牲者罷了，漫不說那些偏幫太子的兩朝重臣了，便是大伯父黎國公都不肯站出來說話。既然陳知府成了太子等人的棄子，阿爺又如何去自討了沒趣？

與其同時犧牲兩家人，不如好好幫襯陳知府的家眷。更何況陳知府最多不過是被罷官流放，並無性命之憂。留得青山在，不怕沒柴燒。來日方長，從長計議了才是真的。

溫榮趁阿娘去廚裡吩咐點心時，細細地將這些道理說與了阿爺聽。還有，那陳知府是陳老夫人的嫡次子，陳老夫人對陳知府的擔心不會在阿爺之下，陳府都沒有動作了，阿爺又是在著什麼急呢？

待溫榮說完，溫世珩早已是目瞪口呆。溫世珩是真真未想到陳知府不過是太子的棄子！溫世珩拍了拍腦袋，可不是，陳知府人雖在陪都洛陽，看似與太子無瓜葛，可陳家卻是世代皆有人在朝為官的！

溫榮認真地望著溫世珩說道：「阿爺，如今權臣都是在權衡利弊，我們更不該自不量力了。」

溫世珩知道溫榮聰慧，可再聰明也是居於閨房的女娘，朝臣之事，雖不能說溫榮已看得十分透澈，但也八九不離十了。溫世珩詫異地低聲問道：「榮娘是如何知曉太子與二皇子爭權一事的？」

「自古皇儲多紛爭，蕭牆之亂任何朝代都有，不說那廟堂之上宮牆之內，便是普通人家裡，還有為了家產而爭吵上官衙的呢！」溫榮不在意地笑道，可心下卻有幾分淒涼。權爭於己是再熟悉不過的，只是前世的自己是後宮權爭的失敗者，失敗的原因並非是愚蠢，而是過於自大，過於相信了李奕……溫榮見阿爺面上依舊無法釋然，遂又說道：「阿爺其實也早看出了背後的利弊糾葛，只是救友心切，不免亂了陣腳。這些時日兒常去陪伴伯祖母，從伯祖母那兒也略微知道了些朝中之事。兒雖擔心陳府娘子，但更擔心阿爺安危，故兒只做了旁觀者，旁觀者清，這才能清醒地順藤摸瓜，理出頭緒。如今阿爺自是該幫的幫，不該幫的就先放一放，以後再幫。」

溫世珩點了點頭，伯母確實也與自己分析過其中的利害關係，只是榮娘說到了心坎裡。伯母單勸自己不要幫，而榮娘是說要幫，可幫什麼？何時幫？都該好好思量。仔細想來，榮娘所言有道理。

「阿爺不會莽撞行事的。」溫世珩與溫榮笑道，手心裡的汗漸漸收了，人也冷靜了許多。一會兒要修一封書信予陳知府，奏摺要遞，但奏摺要重新寫過。

林氏帶著捧了新鮮果露的婢子向房裡走來。

溫世珩端起林氏遞過來的果露，連連吃了兩碗。

第二日林氏起了個大早。自回盛京，這還是頭一次帶了孩子一道去參加正式筵席，對方雖非皇親貴戚，卻也是極得尊敬的世家。林氏多多少少有幾分緊張，生怕哪裡做得不周全，有損珩郎和黎國公府的顏面。

今日溫榮乖乖地照阿娘吩咐，穿了杏黃織金藕絲束腰鬱金裙，百合髻上簪累絲嵌寶金盞花簪。而溫景軒得了兩位皇子與林家大郎的指教後，騎射功夫有了長足進步，一身天青藍銀邊綾紗長袍，腰上是繡重環紋嵌玉腰帶，穩穩地騎在高頭綠耳上，氣度從容。

溫榮調皮地將馬車簾子撩開了一絲縫，拉阿娘一道看軒郎騎馬的英姿。

林氏不禁笑了。

「軒郎回盛京後真是長大了許多！」

軒郎原先在杭州郡騎馬時，不論馬是大還是小，馬速是快還是慢，總是上身前傾、半趴在了馬上的，如今挺起了脊梁，不再只是弱質書生了。

到了陳府門前停下，迎客的婢子、嬤嬤忙上前放下腳踏，將林氏、溫榮、溫茹攙扶了下來。

溫景軒將馬轡交予陳府小廝，吩咐了隨行僕僮一道過去馬廄好生照料了綠耳。陳家今日大辦宴席，夫人、姑嫂照應女客，而溫景軒等郎君則由小廝引了去前院看鼓樂。

陳府不似趙府那般處處擺設裝飾都透著奢華貴氣，院子裡用鳳尾竹攔起做成柵欄，竹林中三兩亭臺花叢，門楣石壁處的題字挺拔硬氣。

陳大夫人聽聞溫三夫人攜家眷來了，笑著出花廳接迎。陳大夫人和林氏亦算是京中舊識，雖交情不深，可多年不見，如今再聚頭，免不了唏噓感慨一番白駒過隙，時過境遷。

「這兩位定是溫四娘子與溫五娘子了。」陳大夫人的目光在溫榮身上停留了片刻，再滿是驚喜地看向林氏。

林氏笑道：「是小女。」

陳大夫人只得一子，倒是妾室生了幾房女娘，庶出的上不了檯面，陳大夫人更不會有閒情善心去過繼庶出女娘，故陳大夫人在外沒少抱怨身邊缺個貼心的人兒，見到溫榮與溫茹如此乖巧的女娘，理所當然的滿面驚喜。陳大夫人羡慕地向林氏說道：「榮娘與茹娘都是水蔥似的人物，水靈又漂亮，將來定是有福氣的！」

長輩之間的客套話如出一轍，福氣也不是說說就來的。

林氏見自己得意的女兒被誇讚了，面上笑容更盛了些，回誇陳大夫人的兒郎難得的優秀，過兩年必定金榜題名，陳大夫人只需放寬心地等著做那進士郎的阿娘了。

先前在馬車上，溫榮不在意地提了一句，說書香世家最大的希望就是家有兒郎金榜題名。

陳大夫人拿帕子捂嘴直笑，髮簪上的金玉呈祥伏牛望月金簪隨之輕顫。

陳家大郎是否能優秀到一舉中第，溫榮不知曉，不過陳家確實出了好幾名進士郎，如今正在風頭浪尖的陳知府陳清善，便是當年二甲第一名，阿爺不過才三十八名而已。

「哎喲，妳瞧我，見著妳們，高興得光顧著說話了！」陳大夫人忙牽著林氏與兩位娘子進花廳。

花廳裡早坐滿了夫人和各家娘子，一時間鶯鶯燕燕。在座的每個人多多少少都知曉陳家嫡次子遭御史彈劾一事，花廳的女眷裡更不乏有御史臺官員家的。溫榮雖不認識御史家眷，但不難辨認，此時周圍圍了最多夫人和娘子的，便是御史家眷了。倒不是御史家眷的人緣有多好，而是向來哪裡能打聽到的消息與閒話多，哪兒便能迅速地聚集起女眷來。

溫茹人小，還未曾見過了這許多人，有些害羞地躲在了溫榮的身後。

花廳裡的夫人瞧見了陳大夫人親自迎進三位頗為陌生的女客，猜到三人必定是才回盛京不多時的溫三夫人和兩位娘子。先前溫世珩在杭州郡揭發查辦的鹽政官一案，在盛京裡亦是掀起了不大不小的風浪，若不是聖人當朝宣佈此案了結，怕是鹽政官一案至今都還千絲百結，故溫家三房一度成為京中夫人、娘子茶餘飯後的談資。

早有夫人、娘子起身同林氏和溫榮、溫茹問好，熱情一些的小娘子則拉了溫榮與溫茹去一處吃果子，才聊了幾句，溫榮心裡便慽慽的，都是在變著法子打聽事情。

盛京貴家裡最不乏的就是閒人，陳家出事，連溫世珩與陳清善是同窗至交一事都被扒了出來，同年入國子監學、同年考上進士科。還好還無人知曉溫榮與陳知府家的二位娘子也交好，否則今日聊的話題能更多些。若是無人故意宣揚擴散，這把火如何能這般快地燒到阿爺身上？溫榮更能體會阿爺的難處了。所有人都知曉了阿爺與陳知府是至交好友，若陳知府被彈劾，阿爺只是躲在一邊一聲不吭，必要被人口舌。

溫榮環視一周，嬋娘與瑤娘還未到。陳府婢子在溫榮身旁的食案上擺滿了新鮮果品和糕點，那群娘子見從溫榮身上問不出點什麼，三三兩兩地各自散去，只留下了一、兩人閒閒地吃著糕點打發時間。好一會兒才傳來婢子通報，林大夫人帶著二位娘子來了，花廳登時比先前溫家三房來時還要熱鬧。

崔御史家的娘子、先前主動同溫榮坐在一處的司經局陶洗馬家的娘子，瞧見了中書令府的娘子後皆起了身，向嬋娘與瑤娘迎了上去。

「前次郡公府裡設宴，我記得妹妹說喜歡織金窽曲紋荷包，我特意做了兩只送給妹妹。」

陶家娘子命婢子取出了兩只荷包。

一旁的崔娘子若有若無地譏笑一聲，討好的意思也太明顯了些。

那日尚書左僕射府擺的家宴，赴宴的許多是三品以上要員家的郎君與娘子，而今日陳府只是請了平日裡交好的人家，溫榮的阿爺也不過是正四品，故哪怕中書令府的娘子只是穿著秋香色與竹青色襦裙，也都特別的顯眼。

「姊姊有心了。」

嬋娘客氣地向陶家娘子道了謝，吩咐婢子收下荷包。

而瑤娘只是僵硬地笑了笑，小腦袋來回轉著找人。

崔家娘子雖主動起身，但是要傲氣些，在林府娘子面前並不太過刻意。御史臺是獨立於三省之外的，聖朝有規定，中書、門下、尚書及三品以上官員入閣議事，都要有御史臺的諫官隨同，御史臺諫官在朝中的地位不一般。

只見崔家娘子同嬋娘說了幾句什麼，瑤娘在一旁有些不耐煩了，終於瞧見溫榮正閒閒地坐在一處，才笑將起來，與崔家娘子點了點頭，拉了嬋娘急急地向溫榮走去。

先才陶家娘子起身迎林府娘子，溫榮身旁的位子便空了，瑤娘大大咧咧地坐了下去，神秘地附在溫榮耳邊說道：「妳可知那崔娘子與我們說什麼嗎？」

溫榮好笑地搖了搖頭，嬋娘則皺眉直拉瑤娘。

瑤娘甩開嬋娘拉扯自己的手。「就妳膽小怕事！榮娘與我們交好，有什麼不能說的？」又輕聲同溫榮咬耳朵道：「那崔家娘子向我們討要大哥墨寶，還說什麼是替她二哥求的。哼，她那心思，還當我們不知道呢！」

溫榮正要問關於崔御史家娘子的事情，就見陳大夫人攙扶著一位身著海棠色枝葉紋長袍，矮髻上簪雕梅花竹節萬壽簪的慈祥老夫人走了出來。

花廳裡的女眷陸續上前同陳老夫人問安，林氏亦命婢子捧出了予陳老夫人的伴手禮。

陳老夫人聽聞大長房老夫人不能親自前來，頗有幾分失望，望著梅蘭竹菊四君子畫屏微微嘆了口氣。

「我與婉娘是打小相熟的好姊妹，我知曉她不願叫人擾了清淨，巴巴兒送了許多帖子過去，都是悉數被退了回來，今次終肯接下，還以為能與婉娘說說話了，不想……」陳老夫人聲音裡有幾分哽咽，陳大夫人忙在一旁輕聲勸慰。

林氏尷尬地立於一旁，不知該如何去應，只能同陳老夫人一道唏噓不已。

不一會兒陳老夫人笑道：「婉娘雖未親自來了，可我今日還是開心的，多少年了，婉娘還能記得我的心思。」說罷，命人將四扇畫屏仔細搬去了內室，而林氏等人的伴手禮，客套了幾句，見推託不過，才差人收好了。

見陳老夫人面色漸好，陳大夫人笑著將溫家三房的兩位娘子介紹與陳老夫人。

陳老夫人和藹地向溫榮與溫茹招了招手。

「好孩子過來，讓祖母瞧瞧。」

溫榮牽著茹娘走上前，捻衽行禮，身形端正平穩，神情自若。

陳大夫人眼裡閃過一絲深意，無怪能得太后和前黎國公夫人的讚賞。

陳老夫人慈眉善目，牽過榮娘與茹娘笑道：「真真是個妙人兒！婉娘身旁有了貼心的人了，我這老好友是高興又羨慕啊！」

溫榮嘴角微彎，自己同伯祖母親近，已是滿盛京皆知。

陳老夫人又嘆氣說道：「我卻沒這福氣，老二家的丫頭，叫她們狠心的老子爺帶去了陪都，一年裡難得見上幾面。」

見陳家人主動提到洛陽知府，花廳裡一時安靜了不少。

陳大夫人故作不知如今朝中風雲，知意地說道：「阿家若是想了月娘與歆娘，兒今日就修書與二郎子媳婦，讓她帶了兩個丫頭回京，陪上阿家幾日。」

陳大夫人端得一副慈孝賢媳模樣。然陳府裡大房和二房若是真那般和睦，陳知府家的夫人和娘子早該進京打點關係，或是回來與在朝為官的大房商量則個了，如何至今都沒有動靜，只被動地等著京裡的結果？

溫榮想到洛陽陳府家裡熱情直率的兩位娘子，輕握扇柄的手一緊。陳知府作為外官，平日裡難得回京，但陳老夫人還健在，故陳家大房和二房是未分家的。

陳氏是大族，拋去陳氏族裡那些每年都能分利的祭田、永業田不說，陳家亦是有可觀的私產，若是陳二郎犯事被流放，家中就只有弱妻幼女了，陳老夫人百年之後，便無人能與大房去爭。

縱是陳老夫人想幫陳知府，也會有自家人從中作梗。唇亡齒寒一詞，垂髫小兒都會唸，可在利益面前，卻都忘了。

就在陳老夫人拉著溫榮問話時，花廳裡伺候的婢子得了消息，躬身與陳老夫人說道：「老夫人、大夫人，大郎君、林家大郎、溫家二郎、崔家二郎……前來拜見了。」

婢子所說的郎君當中，除了陳大郎是老夫人嫡孫，其餘皆是今日過府、且家中在盛京地位頗高的，故才會有人早早地引了進來拜見老夫人。

陳老夫人這才鬆開溫榮與溫茹，讓兩人回林氏身邊去。

聽見婢子提到林大郎時，甄氏轉頭望著禮數周全、行動平穩的溫榮，滿眼笑意。

坐在溫榮身邊的瑤娘，暗暗地碰一碰溫榮。

溫榮心裡一緊，執起繡青邊芙蕖團扇，半遮住了臉龐。這一世雖不想與李奕有牽扯，但終究要嫁人。親事是父母之命，媒妁之言，林府是阿娘的娘家，對於兩家人來說，這會是一門親上加親的好事。自己與嬋娘、瑤娘脾性相投，林家內宅亦更清淨，林中書令還能幫襯和指點了阿爺，說不得國公府也能借此躲過抄家之禍。

如今自己求的不過是現世安穩，或許林家大郎會是個好歸宿。溫榮不自覺地向花廳外望去，八字還沒有一撇，多想也無益。

花廳裡的娘子突然間都變得羞羞怯怯，紛紛回到自己阿娘身邊。

崔御史家娘子握著一把繡錦鴛戲水輕紗羽扇，手上染了豔紅的蔻丹，目光時不時地飄過溫榮。林家娘子同自己一直是不冷不熱的，原先還以為她倆素來就愛端架子，沒想到同溫四娘卻如此親近。崔娘子想到這裡，胸口不免有幾分焦躁。

聽見屋外傳來了腳步聲，娘子們皆直起身子端正跽坐，先還熱鬧的花廳瞬時安靜了下來。

林大郎與陳大郎走在了最前面，一襲寶藍色銀絞邊雲海紋蟒科袍服，雕雷紋白玉環首相扣腰帶，林大郎俊朗挺拔的身姿，經過了溫榮時，為溫榮擋住了花廳裡影影綽綽的光。

溫榮微微抬起了頭，目光正對上看向自己的林大郎。

林子琛嘴角含笑，眼底是濃濃的欣喜，映到了雙眸裡，流光溢彩。

溫榮想起嬋娘與瑤娘誇自家大哥的話，垂首輕輕一笑。確實是面容如玉、俊朗不凡，單論容貌，一分也不輸於三皇子和五皇子。

今早才被誇了氣度從容的軒郎，此時站在林子琛身邊，卻少了幾分氣勢。

突然，靜謐的花廳裡傳來「啪」的一聲，溫榮詫異地循聲望去，原來是崔娘子不小心鬆了手，將輕紗羽扇掉在了地上。就見崔娘子羞紅了臉，侷促地接過婢子撿起奉回的羽扇。

第十二章

林大郎等人向陳老夫人問了好後，未多做停留。待郎君都出了花廳，娘子們端著的身子才又放鬆了下來。

「雲竹亭裡也擺了筵席，娘子們可自去院裡玩了，莫要被拘束了。」陳大夫人笑著張羅道。

娘子們是早盼著這句話的，在長輩面前，連話都不敢大聲說。

瑤娘牽起溫榮就向外走去，林氏擔心茹娘年紀小，留了茹娘在身旁，與甄氏二人殷殷地叮囑三位娘子不要到處亂走。

到了雲竹庭院，小娘子們各自散去，有聚在一處鬥詩、鬥畫的，有吩咐婢子取來花鞠玩毬的，陳府婢子還一道拿了陀螺、雙陸棋、圍棋等林林總總近十樣娘子平日裡喜歡的玩意兒出來。

瑤娘看著圍在亭裡作詩的娘子就覺得酸，拉著溫榮去了另一處石亭。

見周圍無人，嬋娘才關心地問道：「前日裡聽妳提起過洛陽陳府的娘子，說是要進京玩的，如今可還好？」

溫榮搖了搖頭。「怕是沒有心情進京了。」

瑤娘知道二人在說些什麼，這幾日常聽見阿爺與大哥聊朝中之事，遂不在意地說道：「陳家二夫人與兩位娘子就該在此時進京，這兩月有好些宴席，過幾日還有秋狩，陳家可以和御史臺的官員說說，莫要無風起浪地去冤枉好人。」

溫榮應付地笑了笑。若是和幾位御史相熟便能解決，阿爺他們就不用發愁了。

嬋娘不搭理瑤娘，與溫榮誠懇地說道：「若是洛陽陳家娘子有需要幫忙的，與我說一聲，算上了我一個。」

瑤娘見自己的建議沒人採納，故作生氣地嘟著嘴，卻還是爽利地說道：「妳們不能將我落了，好歹都要算了我一個！」

溫榮噗哧一笑。「我可是記下了，到時候妳們不准躲！」

瑤娘正想問問溫榮對大哥的印象，就瞧見崔娘子帶著婢子施施然地走了過來，崔娘子一身翠綠錦緞束胸裙，顯眼俏麗。

崔娘子笑著與三人說道：「遠遠見到三位妹妹在此處說話，如何不過去一起鬥詩熱鬧熱鬧？」

「不用了，我們不擅長鬥詩，還是這裡清靜的好。」嬋娘笑了笑，疏離地與崔娘子說道。冒出了個外人，三人的談話戛然而止。

乾巴巴地說了些有的沒的後，崔娘子猶豫了一會兒，還是與嬋娘說道：「先才我與妹妹說的關於林大郎的墨寶一事，不知……」

溫榮看了眼崔娘子，今日崔夫人與崔娘子在陳府可算是紅人，許多人都明裡暗裡地打探御史臺中的消息，崔御史雖未參與彈劾陳知府，但近水樓臺先得月，消息總是第一手的。

瑤娘正要將崔娘子嗆回去，被嬋娘在後面拉了一把，兩姊妹總歸有默契，瑤娘便噤聲不語。

嬋娘滿臉為難地與崔娘子說道：「這怕是不行呢，阿爺有規定了，我們姊妹倆不允許去大哥的書房。」

瑤娘望著溫榮，調皮地直眨眼。林府裡確實有規定兩位娘子不允許去打擾林大郎讀書，可是以瑤娘的性子，自不會將規定放在眼裡，此時嬋娘卻將這一貫被忽視的家規搬了出來說事。

崔娘子咬住下唇，不死心地說道：「或者妳們幫我問問林大郎，說不得……」

溫榮心下好笑，嬋娘已婉言拒絕了，崔娘子還鍥而不捨。溫榮不禁想到溫菡娘，過了酷暑天還搖著那把題了趙二郎書法的素面團扇。前次趙家請宴，菡娘亦是帶了團扇去的，不知趙二郎見到了會作何感想？可再想想，趙二郎素來多情，四散的墨寶怕是不在少數。

嬋娘的面色有些不好看，沒人喜歡死纏爛打的，且溫榮還在身旁，總不能讓溫榮覺得大哥複雜了……

溫榮輕巧一笑，自己雖與林大郎不熟，可溫家三房裡，卻有人瞭解林大郎的性子。每隔幾日，林大郎就會去衡山書院指導軒郎功課，前些時日還放言說了，待軒郎入國子學，平日裡見面的次數要更多了。阿爺聽了感激與放心，而軒郎卻是出了一身冷汗。

故林大郎面上看著溫和儒雅，可為人處事卻極有原則，遇見了正經事一絲不苟，幾不讓步。林子琛珍視墨寶，惜墨勝金。軒郎曾回府裡向阿爺與自己說過關於林大郎的一件事——那日軒郎在衡山書院的同窗向林大郎求墨寶，林大郎嚴肅地說其非藉字畫為生，不能將墨寶丹青隨便地給了不相干的人。

雖易招致不滿，被人背後斥自視甚高，但也有道理，至少溫榮是能理解的。故盛京裡除了三皇子、五皇子、杜學士等同林子琛交君子之好的幾位至交，相互間互贈過墨寶外，也就軒郎得過林子琛書信了。倘若有人不識趣，糾纏不休，也莫怪他人不近人情。

此時林嬋被崔娘子磨得左右為難，答應是斷斷不能的，可又不想開罪了御史臺的家眷。林嬋想起了至趙府赴宴的那日，瑤娘回府後徑直去了大哥書房，不經大哥同意便取走了題有其筆墨的牡丹圖。瑤娘本還老神在在地說大哥不會在意，可不想當晚就被大哥追了回去。聽聞瑤娘要拿去贈他人時，也不仔細問了瑤娘想要贈誰，就滿面怒容地訓斥了瑤娘一頓，命瑤娘好生地反省她那會給他人帶來困擾的做法。為此，二人幾天沒有說話，由此可知，琛郎有多珍惜墨寶。

溫榮見嬋娘面露難色，知曉崔娘子是在強人所難，遂與崔娘子笑道：「不知崔娘子要林大郎墨寶作何用處？」

崔娘子詫異地轉頭看向溫榮，說實話，崔娘子還未將溫榮放在眼裡。溫榮雖是國公府娘子，可她阿爺不過是四品官。崔娘子還聽自己的阿爺說過，如今盛京裡除了應國公府謝家、禹國公府韓家等等不足五位的國公手裡握有大權外，其餘皆只是承了爵位，權勢大不如前。可對方主動相詢，自己總不好冷淡了，且溫榮所問，又是自己早已想好了該如何回答的，遂理直氣壯地說道：「我二哥仰慕林大郎筆墨已久，望能得一真跡，留存書房裡，日日觀摩學習，以期進益。」

溫榮故作一臉驚訝。「為何崔二郎不親自與林大郎說了？」

崔娘子垂下頭，遺憾地回道：「如何不說？說了許多次，只是林大郎……」

溫榮蹙眉頷首道：「我亦是有聽聞林大郎的墨寶字字精華，若是林大郎的墨寶好拿到，想必崔二郎說上不到三次便能成，可若是林大郎不願意贈墨寶，那麼求了嬋娘和瑤娘也是無用處的。雖說她二人是林大郎胞妹，可君子為人自當慎獨慎終，林大郎在外回絕了崔二郎，回府裡卻又答應了胞妹，豈非君子所為，崔娘子又何必為難了林大郎？」

就聽見瑤娘輕聲一笑。

崔娘子面露惱色，本來多磨一會兒就能讓嬋娘點頭的，可半路卻出來了個管閒事的！

溫榮早瞧出了崔娘子對林大郎藏了情意，雖說與己無關，卻也見不得好姊妹被勉強，這才將事情引到了林大郎那兒。若崔娘子真有膽量直接去尋林大郎說事，她自是不會管的，畢竟冤有頭債有主。

崔娘子已是愣怔當場，無言以對了，哪裡捨得去為難了林大郎？乾坐了好一會兒，直到有娘子過來叫她一道過去前院看「太平樂」，崔娘子才慌忙起身和溫榮三人作別。

礙眼的終於走了，嬋娘長舒一口氣，笑著與溫榮說道：「還是妳有辦法！」

瑤娘聽見前院在奏「太平樂」，來了興趣，拉了溫榮歡喜說道：「能跳『太平樂』的必定是立部伎的，說不定一會兒還會有『秦王破陣樂』，聲勢好不激盪，我們也過去尋了一處亭子坐著看吧？好多娘子都已經過去了呢！」說罷踮起腳尖，很是期待地看著前院方向。

嬋娘蹙眉說道：「有何可看的？鬧哄哄的，吵得慌。前次親王府錢龍宴時，妳不已瞧過了嗎？」

「我是瞧過了，可榮娘沒瞧過啊！妳不就是見不得郎君和女伶摟摟抱抱嗎？和妳又沒得關係！」瑤娘嘟嘴說道，巴巴地望著溫榮。

瑤娘說的兩樂陣，溫榮卻是瞧過的，只不過都是前世的事罷了。陳府是書香門第，怎可能跳那「秦王破陣樂」？且也斷然不會有郎君攬女伶相看的情景。

溫榮是一絲一毫都不想去前院了，去前院多半會遇見林大郎，自己知曉長輩的心思，林大郎如何不知曉？見面了怕是要尷尬。遂笑著與瑤娘說道：「我卻也對敲敲打打的無甚興趣，不如叫婢子拿了圍棋與陀螺過來，我們就在這一處玩吧？」

嬋娘聽到「圍棋」二字，兩眼都放出了光來，立馬向婢子要來了棋盤，拉了溫榮一道下棋。瑤娘被冷落了，無法，只能一人在石桌旁的空地上鞭陀螺。

眼見嬋娘就要輸了，突聞庭院外熱鬧了起來，許多娘子拋下正在寫詩作畫的毛筆，來回走著打聽消息。

瑤娘是瞧見了熱鬧就不肯安分的，丟下了還骨碌碌直轉悠的彩色陀螺，向那群娘子跑去了。不一會兒瑤娘就打聽到了消息，樂呵呵地回來與溫榮和嬋娘說道：「董家娘子和陶家娘子不知為何去了南園，一個摔了跤，一個崴了腳！」

南園裡沒有擺宴席，故今日南園裡鮮少有人，可南園景致頗好，前院裡郎君飲酒賞樂後，可能會去南園散心。明知如此，卻還要過去。

雲竹亭裡的娘子竊竊私語，討論是否有郎君做了好人，上前扶起了二位遭難的娘子，一邊說一邊掩嘴直笑。

溫榮詫異盛京裡的娘子如此大膽，這般舉動也不怕污了名聲？

嬋娘笑道：「那兩位娘子好生心急，不知探花宴才是覓郎君的好時候嗎？」

見嬋娘與瑤娘都是習以為常的模樣，溫榮也不再深想，笑著說道：「繼續下棋吧，妳那香囊怕是要輸與我了。」

嬋娘自知必輸無疑，爽快地去解繫在腰帶上的香囊。「輸給妳我是心服口服，半句話也不敢多說的。」

「罷了罷了，還能真要了妳的香囊不成？」溫榮捂嘴笑道。

瑤娘嘲笑嬋娘道：「倘若榮娘以後與我們住一府裡，怕是妳連衫裙都要輸盡了。」

溫榮正想笑，突然反應過來瑤娘的話外音，起身追著瑤娘不依不饒，反倒是嬋娘笑得舒心暢意。

「我是再不敢了，我去前處為妳們打探消息去！」瑤娘被咯吱得格格直笑，趁著溫榮不注意時，轉身向人多處跑去，留下溫榮羞紅了臉，站不是，坐也不是。

很快的，瑤娘又帶回了關於南園裡的第二波消息。娘子間來回傳的，自是添油加醋、繪聲繪色了不少。說兩位娘子被困在原地很是焦急，恰好林大郎、陳大郎、溫二郎三人去南園說話散步，陸續瞧見了兩位遭難的娘子。可惜三位郎君皆不知憐香惜玉，不過是吩咐小廝去尋了幾名婢子來救人，接著就自顧自地走了。

那兩位娘子因衫裙污了，已由自家阿娘領著，同陳老夫人作別後先行離府。

嬋娘看了看溫榮，榮娘嘴角微彎，像在聽旁戲似的，也不知榮娘心裡是怎麼想的。

待到申時，宴席散了，溫家三房與林家在陳府大門前作別。

林子琛溫和地笑著走至溫榮面前，面容神采從容，心下卻慌亂不已，一時不知該說了什麼。

甄氏瞧見琛郎主動，忙幫襯道：「琛郎怕是第一次見到榮娘，還不認識了。」

溫榮已盈盈拜道：「琛郎安好。」

林子琛鬆了一口氣，聲音舒朗。「算來今日不是第一次見到榮娘。」

溫榮疑惑地抬眼望著林子琛，隱隱水光，雙眸如星辰般明亮。

林子琛早已是滿滿心意，不再遮遮掩掩。「前日趙府擺瓊宴，我與榮娘在瓊臺月洞門處有過一面之緣。」

溫榮面色一紅，本以為那日在月洞門處琛郎未注意到自己，不想卻記住了。

二人相言融洽，同樣歡喜的還有兩家親眷。甄氏思量，只待明年溫榮及豆蔻，琛郎考中進士，兩家便可以議親了！

回府的馬車上，溫榮只道阿娘會著急問自己關於琛郎的事，不想阿娘一開口就幫著陳老夫人說話。

「榮娘，陳老夫人想去拜訪了妳伯祖母，我瞧著陳老夫人說得誠懇，遂答應了幫她問問，不知榮娘是何意思？」林氏小心地與溫榮說道。林氏先才聽陳老夫人情真意切地說了許多同遺風苑老夫人過去的事，一時心軟就應了，雖說是問問，可林氏還是希望能滿足陳老夫人的心願。林氏知曉，如今府裡唯一能在遺風苑老夫人面前說上話的，獨榮娘了，便是夫郎，去了遺風苑也只有安靜聽老夫人說話的分，半分不敢多言的。

溫榮緩緩嘆了口氣，陳知府畢竟是陳老夫人的孩子，陳老夫人年紀雖已大了，但心卻是明的。溫榮是知曉伯祖母對此事的態度，可還是點頭答應了幫忙問一問，且自己也好奇早年溫家與陳家的關係。

才回到府裡，便有人送來了德陽公主邀請秋狩的帖子。

秋狩不過是慣例，並無甚特別的，溫榮看了看帖子，便命碧荷收下。

外間伺候的文杏與主子傳了話，二房溫三娘子一早遣了婢子過來問娘子是否有收到帖子？溫榮微微一笑，菡娘必定是有收到帖子的，可她喜歡同自己比，縱是自己無心，她也一直留意，知曉自己得了帖子，怕是要失望了。

用過晚膳，溫榮同阿爺說起了今日陳府之行。

溫世珩聽聞陳府賓客裡有御史臺官員的家眷，便鬆了口氣，這把火暫時燒不到盛京陳府裡。

溫榮與溫景軒離開阿爺、阿娘廂房，走上抄手遊廊時，溫榮悄悄地向軒郎打聽陳府南園裡發生的事情。「前院不是有鼓樂嗎？你們為何好端端地去了南園？」

溫景軒見溫榮提起，又想起南園裡的不愉快，心裡頗不爽利，撇嘴說道：「前院的鼓樂聽了沒趣，我與林大郎聽說南園裡有幾位郎君結了詩社，好歹詩社要比鼓樂安靜些，就想著去看看，不想碰上了那晦氣事，早知道還不如在前院聽鼓樂呢！」

溫榮捂嘴輕笑。遇見小娘子遭難，分明是有豔福之事，如何到了軒郎嘴裡，就變成晦氣事了？

陶家娘子必定是為了林大郎，一開始陶娘子贈嬋娘與瑤娘荷包便可看出了，她是一心想同林家人套近乎的。另一位崴腳的董娘子阿爺，與崔娘子阿爺一般是御史臺的諫官，不知董娘子又是為了何人？

「董娘子可是有求你們去相幫？」溫榮認真地問道。

溫景軒回頭看了榮娘一眼，搖了搖頭說道：「不曾注意，我們見著這情形，躲都來不及了。」

溫榮瞪眼瞧著溫景軒，真真是個榆木腦袋！

溫景軒突然想到了什麼，噗哧一笑。「榮娘是在意林大郎嗎？」

今日溫景軒同林大郎在一處時，一直擔心林大郎會考自己功課，緊張得宴席都沒吃好，可不承想後來林大郎只問了些生活裡的事，有關於杭州郡的，還有關於作畫弈棋的，可不論何事，都和榮娘有關係。再榆木的腦袋，都看出來了！

「胡說！我是擔心洛陽陳府娘子，和林大郎有甚關係了？」一個比一個沒得正經！溫榮柳眉一鎖，腳不點地的匆匆回了廂房。

次日一早，溫榮起身準備了去遺風苑。

謝氏雖未親自開口，可汀蘭卻不止一次地說過，希望溫榮能在遺風苑裡小住幾日。謝氏已從家寺搬去了穆合堂，穆合堂是抄手遊廊環連六間上房，供溫榮住的廂房早早整理了出來，就在謝氏廂房的旁邊，冬日的暖閣，盛夏的青紗櫥，還有雕亭荷水蓮清雅紋樣的胡床、矮榻、書案……一應俱全。前幾日，謝氏自庫房裡取出了珍視的墨寶，讓溫榮隨意挑幾幅喜歡的，掛在廂房牆上。

早先溫榮雖也有到遺風苑小住、陪陪伯祖母的想頭，可心裡還是有顧慮。雖說溫老夫人身旁奉孝的人多，但畢竟溫老夫人才是自己的親祖母，與伯祖母走得過近，難免生出閒話。這兩日，溫榮終於下了決心。

伯祖母奉佛，雖自家寺搬出，卻堅持了過午不食的習慣。但終歸是年紀大了，偶爾尚可，長此以往不免拖累了身子，且此季正逢秋燥，聽汀蘭說，伯祖母晚上極難入眠，咳得很是厲害。

溫榮心下擔憂，故今日去遺風苑，一來同伯祖母商量陳老夫人的事，二來告訴伯祖母自己想到遺風苑住上幾日。至於過幾日的秋狩……溫榮笑了笑，自己還是遂了菡娘的心意吧，反正自己著實不善騎射，去了也不過是在林間散步，沒得與他們湊熱鬧了。

謝氏知曉榮娘過來，精神難得的好，早早命人到大門處等候。

「傻孩子，怎麼還帶了東西？」見溫榮捧了個食盒，謝氏牽著溫榮，笑著說道。孫女的心意，帶來了也沒有推的道理，便命啞婆婆將食盒接下。

溫榮親暱地虛靠在伯祖母懷裡，嬌聲說道：「是阿娘親手做的，我就是借花獻佛。」原來林氏見溫榮總從老夫人那兒帶了好吃的回來，心下過意不去。今日寅時即起身，親自去廚裡做了三味玉露團，一部分就著清粥做了珩郎與幾個孩子的早膳，另一些令溫榮帶了去遺風苑。玉露團特意做得淡口，想來會合老夫人的口味。

謝氏被溫榮逗笑了。「妳這孩子，嘴巴甜，討人喜歡。」

溫榮從謝氏的懷裡抬起了身子，走至窗戶前，踮起腳將窗關上。入秋天漸涼，且今兒還是陰天。「伯祖母，夜間吹了冷風，能不咳嗽嗎？」她先才知曉伯祖母睡覺時都不肯關窗戶，這習慣不好。

汀蘭笑道：「也就娘子說的老夫人會聽了，若是我們，就得白白地挨訓。」

謝氏望著溫榮，滿眼暖意，轉頭嗔怪汀蘭道：「妳這丫頭渾說，我何時訓過妳們？」

「如何沒有？老夫人身子不好，那咳嗽聲，就是一聲聲地在打我們的臉！」汀蘭邊說邊求助地看向啞婆婆，啞婆婆忙不迭地點頭應和。

「罷罷，說得那般嚴重，往後順著妳們安排便是了。」謝氏捱不過也笑將起來，可胸口一悶，猛地咳嗽了幾聲。

溫榮慌忙為伯祖母順背，接過啞婆婆遞來的痰盒，親自侍奉伯祖母。

伯祖母病不見轉好跡象，溫榮憂心地向汀蘭打聽伯祖母請醫用藥的情況。汀蘭支支吾吾的不敢說，溫榮再三問了才知道，早請了醫官來看過，雖不嚴重，但也是多年的頑症，若是好生將養，可無大礙。偏偏伯祖母從不吃湯藥，且平日裡一如既往的清淡素寡白粥小菜。溫榮心一沈，自己是非得在這兒多住幾日了。

「也不是什麼要緊的事。」謝氏喘了口氣說道。

溫榮在謝氏身後墊上了石青織金連珠紋引枕，又扶著伯祖母靠好，才向啞婆婆問道：「婆婆，今日的湯藥可煎好了？」

啞婆婆緊張地點頭。湯藥每日都煎熬，可每日又都倒了。

「麻煩婆婆將湯藥端上來，榮娘親自服侍伯祖母用藥。」溫榮蹙眉說道。

啞婆婆聽聞面露喜色，連忙轉身出了內堂。

「傻孩子，妳難得過來，莫要叫這些瑣事攪了興致。」謝氏聲音悶悶的，心下嘆了口氣，身子確實是一日不如一日了。

溫榮板著臉。「伯祖母這般不愛惜自己身子，才真真是攪了兒的興致。」

啞婆婆端了藥進來，溫榮小心接過，又備了蜜糕在一旁案几上。

謝氏瞧見黑糊糊的湯藥，連連皺眉。說來人各有異，總沒有十全十美的，謝氏雖心性寬遠，內慧從容，可自小就見不得也吃不得湯藥。

「榮娘不必擔心，伯祖母比前幾日已好了許多。」謝氏不自覺地躲開。

溫榮故作生氣地顰眉道：「伯祖母如何能比茹娘還要孩子氣了？茹娘還知道病了要吃藥呢！」

見伯祖母不為所動，溫榮負氣地將青瓷湯藥碗放在了案几上。「若是伯祖母不肯吃藥，兒便不用膳了！」

「這……」謝氏被孫女鬧得沒了主意，也知曉溫榮是會說到做到的，心裡一暖，終鬆了口。「好好，伯祖母吃便是了。妳這孩子，叫人心疼的緊。」

溫榮聽言才笑了起來，端著碗一口一口地餵伯祖母吃下，待吃下最後一口，溫榮執起蜜糕放入伯祖母口中，為伯祖母壓了苦味。

謝氏口中苦澀，可胸口卻舒暢了不少。

汀蘭笑著端起第一次被吃得空空的藥碗出了穆合堂。

謝氏待口中苦味散去後，合了合眼，慈祥地問道：「昨日去了陳府可還好？」

溫榮正要說話，就瞧見汀蘭走了進來，朝伯祖母和自己遞了個眼色，指了指窗外。有人偷聽。

溫榮一人過來遺風苑時，會多帶上兩名婢子，除了信得過的綠佩和碧荷貼身進內堂伺候，其餘的皆在外候著。

溫榮看了碧荷一眼，碧荷福身出了內堂，好歹先引開那人。

謝氏看著溫榮，低聲問道：「碧荷可靠得住？」綠佩是打小跟在溫榮身邊的，故能信得過，可碧荷也是到國公府後由方氏安排的，謝氏自然有顧慮。

溫榮點了點頭。除了前世裡碧荷幫著自己辦了好幾件事外，還有一點很重要，那就是碧荷和貼身伺候阿娘的彩雲一樣，都非家生子，且早先是在庭院裡做打掃，粗使婢子入不了大伯母她們的眼，主子都認為粗使婢子不機靈。且彩雲和碧荷的爺娘，皆不在國公府的莊子上做事情，也沒有可被威脅的。如今碧荷與彩雲已被重用，就算此時大伯母她們打上這二人主意，也要顧慮是否會被二人反咬一口，不慎暴露了本藏在暗處的謀算。偷雞不成蝕把米的事，大伯母她們是不會去做的。

過了一會兒，碧荷進來向溫榮點了點頭。

溫榮這才與謝氏說道：「伯祖母，陳老夫人想來探望妳。」

謝氏聽言皺眉沈思了一會兒後，意味深長地望著溫榮說道：「榮娘，妳可知比起貪墨，更令聖人痛恨的是什麼？」

溫榮一愣，猛然明白了伯祖母的意思。比起貪墨，聖主更恨的是朝臣妄論甚至干涉立儲。若說貪官污吏是千丈之堤中的螻蟻，不加管束懲處，則終有一天蟻穴潰堤，卻終歸不是急於一時的事。但是儲君便不同了，立儲乃國之根本，一朝不慎，朝綱將亂。

溫榮低眼輕聲同伯祖母說出了心裡看法。

謝氏滿意地點頭，心下十分輕鬆。自己只消說三兩分，榮娘便能明白得通透。比起雖有悟性，但性子耿直、遇事欠思量的珩郎，以及實心眼、不知設防的林氏，榮娘要機靈了許多。最難得的是榮娘心存良善，陳家有難，不但不避而遠之，反而心繫陳家娘子。若是男兒，溫家就有希望了，自己也不至於眼睜睜地看著國公府沒落下去。倘若三房沒有回來，那國公府，就是自己焦瘁了心力，也無力回天。

溫榮見伯祖母點頭，心裡登時亮堂了起來。先前自己已懂七、八分，可卻不知陳家最終將何去何從，雖說從長計議是看聖主心意，可單論心意，未免太過模糊了些。如今此事對於有前世記憶的溫榮而言，簡單了許多。
謝氏擺了擺手，示意溫榮既已懂，就莫要再提。
溫榮自知該持重，內宅婦人議論朝綱，是嚴重失德。可不論朝政公事，依然有私底下的交情，令人不得不費心。
謝氏關切地問道：「榮娘，妳與洛陽陳府的二位娘子交好？」
溫榮知伯祖母說了好一會子話，擔心伯祖母累了，捧起茶奉與伯祖母後，才點頭道：「陳府娘子與兒投緣，如今兒就是擔心陳知府出事後，陳知府夫人和娘子沒人照顧。」
謝氏聽言嘆氣道：「那老傢伙真真是一半清醒，一半糊塗。」
伯祖母是在說陳老夫人？
謝氏並不在孫女面前做遮掩。原來陳老夫人年輕時便是個精明的，早年伯祖母與陳老夫人確實交好，可漸漸的伯祖母膩煩了一些大大小小的算計，與陳老夫人之間漸行漸遠，各自嫁人後，往來便更少了。謝氏冷笑了一聲，道：「陳老夫人只知道擔心陳知府夫人和二位娘子沒有伴靠，卻不知曉去整頓整頓內宅。」
溫榮悄然抬眼，眼角輕翹，雙眸靈動。伯祖母說的不錯，陳老夫人如今身子頗為爽利，只要肯用些心思整頓了內宅，不叫陳大夫人在內宅裡一手遮天，那麼為陳二夫人和兩位娘子撐上幾年是不成問題的，可如今卻只做得一副無能為力的模樣。
所撐時日無須太久，只待到儲君確立即可。因為聖人的心思，無非就是立誰做儲君。

若太子的儲君之位無人能撼動，陳知府便會脫罪召回，陳家官路也將越發的順坦；可若是心狠手辣的二皇子繼位，漫說陳知府家了，就是盛京的陳氏一族，都將沒了出路。

溫榮低首微微一笑，頗為譏誚。乾德十五年，太子廢立，但是被立為儲君的並非二皇子，而是笑面虎三皇子李奕。李奕是否會放過陳家，待時機成熟了，必然就知曉了。

既然陳老夫人在年輕時亦非善茬，該是有能力庇護知府家眷一些時日的。已思量至此，可關於陳府內宅一事，溫榮心下還是沒有底。

謝氏瞧見溫榮眉心微蹙，緩聲說道：「若是做那最壞的打算，亦是有下下策對應的。」

謝氏微合眼說道：「單要躲開陳大夫人的算計，陳知府家人大可悄悄進京，尋一處安靜居所便是了。」

溫榮訝異地看著伯祖母。

「可是……」溫榮不禁愣怔，好歹陳知府夫人和娘子是正經的陳家二房，如何要這般躲躲藏藏了？

謝氏笑著安慰溫榮道：「傻孩子，不過是我們這做外人的想出的最壞打算罷了。究竟該如何，相信陳知府自會比我們更清楚。若是她們娘兒都主動躲開陳府，那時我們再幫也不遲，妳只需令陳家娘子知曉了妳的心意便可。」

「是，兒聽伯祖母的。」溫榮舒朗一笑，心裡總算又安定了幾分。自己雖頭頭是道地勸阿爺，可亦是放心不下陳府娘子的。女娘終歸不同郎君，沒了伴靠多是下場淒涼。

「陳老夫人若是想過來，便讓她來吧。只是朝堂上的事，便是太后也不能干涉了。」謝氏語氣堅定。涉及了原則，自不能讓步。

伯祖母是早知曉了陳老夫人來遺風苑的目的並非探望，而是打起了太后的主意。若是太后干政，倒確實是個省心省力又揪根挖柢的好法子，只可惜算盤從一開始就打錯了。

伯祖母的眼神很是熟悉，安靜裡透著自信和慧黠。溫榮心下一顫，那眼神，每日晨起梳妝，對著那銅鏡時，便能見到。自己像極了伯祖母，這……只是巧合嗎？

溫榮吩咐了茶爐，踞坐於席案下首煮茶，抬首笑道：「伯祖母，可願試試榮娘煮的花茶？」

溫榮的笑容清澈燦爛，猶如開春蔓枝的桃花，節次盛放，褪去了冬寒，於心裡是濃濃的暖意。謝氏心下不捨之意油然生起，若是任由身子這般垮下去，怕是不幾年，便真見不到榮娘了……如此不愛惜身子，算來還不如陳老夫人。陳老夫人算計也是為了護孫女周全，自己真該撐到榮娘嫁人，為她尋一個好人家。

謝氏不掩喜意，慈祥地笑道：「榮娘第一次過來遺風苑，便為伯祖母煮了禪茶，那壺禪茶，不論是湯色茶味，抑或點茶技藝，都令伯祖母至今難忘，不知榮娘今日的花茶，又是何物？」

盛京雖盛行茶道，點茶技藝也並不稀奇，可如今常吃的茶裡多是加酥酪、棗，甚至薑、花椒等物，不喜辛刺只求淡寡的，也會加少許橘皮、薄荷做添味。而花茶，鮮少有人知曉。

溫榮也是心血來潮，試著將春日含苞待放的花瓣採集陰乾了順成細絲，待茶湯三道煮沸，再小心撒入。溫榮尤喜入了梨花絲的茶湯，在原茶之味上，更添清香雅致。

溫榮將煮好的花茶奉與伯祖母，並說了打算在遺風苑小住幾日的想法。梨花茶還未入口，淡淡的花香茶芳已飄至鼻端。

榮娘願意留在遺風苑，謝氏怎會不願？只是再歡喜，也不能在小輩面前失態，故謝氏只頷首笑道：「記得與妳阿爺、阿娘說一聲。」

汀蘭激動地請示了謝氏與溫榮後，匆忙帶著幾名二等婢子去了為溫榮準備的廂房。廂房已幾近一塵不染，卻又被細細打掃一遍，縱是什麼都不缺，也要取來香籠，烘著新換的軟褥。

溫榮在穆合堂裡與伯祖母一道用過午膳，便與伯祖母作別，回黎國公府收拾物什。她生活簡單，平日裡小娘子喜歡的傅粉鵝黃從不曾用，不過一些日常穿戴的衣飾，約莫兩只小箱籠足夠，明早一道用馬車拉來遺風苑便可。

三皇子李奕知曉了林子琛去陳府拜見陳老夫人一事。恰逢今日朝政無大事，得了閒，便喚上五皇子李晟一道去國子監學尋琛郎。

二皇子李徵和德陽公主分別給盛京裡的貴家郎君、女娘下了邀請秋狩的帖子，林府自然也不例外，林子琛、瑤娘、嬋娘三人都收到了帖子。

李奕要帶二人去常樂坊拜訪康畫師。康畫師即是前日裡，趙二郎特意請至趙府與三位皇子一道評畫的宮廷畫師。常樂坊地處中書令府所在的興寧坊、黎國公府所在的安興坊中間。雖在東城區，但卻是個極小的坊市，還不若安興坊的一半大。宮裡許多得聖主器重的內官，都在常樂坊裡辦置了宅院。常樂坊寬廣靜謐的街道兩旁都是些尋常院落，鮮少有直接在坊市矮牆上大開側門的高門大院。

李奕抬眼看著壓了灰濛濛厚雲的天空，看來一場大雨避免不了了。不知道秋狩那日，天是否會放晴？李奕轉頭望向李晟。「五弟，秋狩你真的不去？」

五皇子精通騎射，少了能一道圍追堵截獵物的同伴，不免可惜。

李晟搖了搖頭，心生不耐。今年春狩，好幾位貴家女娘騎的再溫順不過的馬駒都莫名受驚失控，想到了就不免煩躁，冷冷地說道：「不去。」

「琛郎，你呢？」李奕一臉失望。他是想去了，除了借狩獵轉換心情，還想再會會伶牙俐齒卻偏偏拒自己於千里之外的溫四娘。

林子琛嘴角輕揚。「再看了，或許去，或許不去。」

李晟沈沈地望了林子琛一眼。平日裡琛郎做事頗為乾脆，今日卻給了個模稜兩可的答案。

林子琛打算過兩日求瑤娘去打聽則個，若是榮娘有去，他便也去，榮娘不去，他去了也無甚意思。林子琛也不想再遇見了娘子無故崴腳的事，雖說不過是些容易躲開的小伎倆，可終歸要以防萬一了。與其不慎惹到麻煩，不如在府裡看書，順利考上了進士科才能安心。林子琛想起昨日嬋娘和瑤娘悄悄和自己說的事，不免輕嘆了口氣。

原來阿娘已經與祖父、阿爺提了同溫家三房結親的想法，本以為是皆大歡喜，可不承想祖父卻不置可否，只說此事再議，阿爺則是直言，自己如今未考上進士科，不允許用旁雜之事分了心。事關榮娘，如何能算是旁雜？林子琛心裡有幾分不舒服。

只有盡力考上了進士科，到時爭取進了翰林院或御史臺，府裡才會有自己說話的分。轉年開春的貢院一試，只許成，不許敗。

不多時，三人到了康畫師所住宅院，與正宅不同，康畫師的宅院只是一處二進深院落的獨門獨戶。

見貴客已到，康畫師笑至院門處接迎，一如往常的素白絹紗袍服。

「聽奕郎說，康畫師昨日完成了一幅仕女圖？」林子琛與康畫師見禮後，笑著問道。

三人同康畫師都很是熟悉，故彼此之間少了許多繁文縟節，康畫師在皇子面前不卑不亢，李奕三人亦欣賞康畫師精湛的畫技。

康畫師頷首笑道：「那日尚書左僕射府設宴，某有幸見到了黎國公府溫四娘子與禹國公府韓大娘子鬥畫，這才有感而發，作了一幅『秋宴仕女圖』。」

林子琛見康畫師提到榮娘去瓊臺鬥畫一事，心下不免後悔，若不是自己榆木，一時未轉過彎來，早已同榮娘相識了。

說話間，康畫師已命小僮將仕女圖捧了出來，畫作約莫三尺長，將趙府裡原本分佈散於各地的百花園、白玉石堤、瓊臺、宴席連成了一片。

畫卷的每一處景致，都有三兩手持團扇、高髻簪花的豔麗女子，然縱是畫卷裡風景顏色再好，觀畫之人的目光最終都落到瓊臺裡唯一一位著素色丁香襦裙的婉約女子身上。

女子微微低著頭，神情專注認真，執筆撫袖，手起腕動，身子不偏不倚，穩斂之勢，半分不輸兒郎。

李奕雙眼清澈純淨，瞥見琛郎望畫卷出神的模樣時，眼神不免輕閃微動。李奕知曉昨日琛郎與溫四娘見了面。

林大夫人與溫三夫人該是有兩家結親的意思，但終歸是婦人的心思，不免眼淺，這門親事，如今林中書令並不一定會滿意。對於琛郎而言，溫四娘確實也不是最合適的，只不知琛郎心裡作何想法？李奕思量後，打算探一探林子琛的心思。

待李奕等人看過了「秋宴仕女圖」後，康畫師命人將畫收起，與三人笑道：「康某還作了幾幅淡色山水畫，不知二位皇子與琛郎是否有興趣？」

李奕笑得和煦。「康畫師所作，必定是尚品，望有幸得一見。」

李晟與林子琛亦是頷首，但求一看。

果然是水墨丹青，畫卷裡只用淡墨緩緩鋪開。雖是著意勾勒的山水，可畫裡的山水線條，卻比濃墨入水的瞬間還要來得舒展肆意。

近年京裡盛行濃墨重彩，而康畫師更是以青綠派山水畫聞名。

林子琛笑讚道：「本以為康畫師只是青綠派系大家，不承想水墨畫亦令人叫絕！」

康畫師聽得受用，爽聲笑道：「康某原先確實只作青綠山水畫，因為在康某的認知裡，若無青綠，枉稱山水。可前日有幸見識到溫四娘的水墨畫後，實是心生敬佩。山水縱然無顏色，卻依舊有靈魂。」

李晟端著康畫師的一幅應詩畫細細賞看，箇中妙處確實與溫四娘在趙府所作的如出一轍。李晟想起了那日溫榮娘垂眼執筆，運帷於畫卷時的認真模樣，嘴角微動，確實是無愧康畫師如此高的評價。

李奕俊眉微挑，望著林子琛，頗為遺憾地說道：「溫四娘的畫作著實令人驚豔，不論是那日鬥畫所作，抑或德光寺落成禮時贈與太后的『春江景』，皆是難得的上乘佳作。」李奕頓了頓，看著浮刻文姬歸漢紋的青瓷茶碗，眼角餘光不曾離開林子琛半分，輕嘆口氣。「可惜琛郎沒能親眼見到溫四娘的畫作。」

康畫師聽言頷首。「三皇子所言實為某心中所想，溫四娘贈與太后的『春江景』，令某等畫師汗顏，無怪能掛於延慶宮。」

林子琛思及榮娘的牡丹圖，心下輕笑。最初自己不願叫他人知曉，是擔心有人會像瑤娘一般死心眼，睹畫思人成癡。可今日，總不能在榮娘的事上叫人小瞧了去，便是關係極好的兩位皇子也不行了，遂笑道：「奕郎不用替我遺憾，溫四娘的畫技某早已見識過，確實是不凡。」

林子琛此言一出，連李晟也將注意轉到了二人的談話上。李晟知曉溫四娘是不喜張揚的性子，那日鬥畫更非溫四娘所願。

林子琛解釋道：「溫四娘同家妹交好，故各贈了一幅牡丹圖，某才有幸見之。」

「原來是這般。想來溫四娘的牡丹圖亦是天姿國色，不知琛郎是否能與家妹商量則個，借了與我等相看？」李奕朗聲說道，笑容和煦，心下卻有幾分不悅。趙府那日自己當眾求畫，她卻不顧顏面，直言謝絕。

林子琛一怔，不想三皇子會有此要求，無法只能權且答應了。

西苑裡，溫世珩知曉遺風苑老夫人身子抱恙，心下一緊。前些時日他與伯母說話時，便發現伯母氣息頗喘，每每說上幾句，都要歇息一會兒，詢問了伯母是否不舒服，伯母只說已請醫官診看，不用擔心的。自己信以為真，以為無大礙，不過休息幾日便可恢復，還好榮娘細心了。相較於榮娘的知孝，溫世珩頗為臉紅，對溫榮要留在遺風苑照顧伯母的想法自無異議。

祥安堂溫老夫人聽聞溫榮要去遺風苑小住，溫榮來請安時強捺住性子，不但不曾發作，還好言好語地交代了溫榮許多。待人散夜靜了，溫老夫人看著手裡緊緊攥著的鏤空銀花香囊，隱隱難安。

方氏立在一旁服侍溫老夫人，一句也不敢多言。自從溫榮入了太后眼，宮裡又來了賞賜，方氏便不敢輕舉妄動了。可如今溫榮與謝氏走得越發近，令人不得不防備。

謝氏娘家應國公府在朝堂上權勢頗大，可謝氏終歸是嫁出去的女娘，與應國公府來往又極少，故這層關係不足為懼。溫老夫人與方氏早先一直認為謝氏就是個無依無靠、可任其自生自滅的老太太，千算萬算，沒算到謝氏會將太后搬了出來。

溫老夫人望著香爐上的裊裊青煙，出了一會兒的神，才沈聲問道：「四丫頭去遺風苑是因為她身子抱恙？」

方氏欠身回道：「聽在榮娘身邊伺候的婢子回話，遺風苑老夫人確實舊疾復發，如今說話都吃力。」

「那個婢子可靠得住？四丫頭不是沒有重用妳的人嗎？」溫老夫人對方氏的那些小算計很是不屑，她還真以為三房會傻到去重用被她調教過的、自認為靈活的婢子嗎？三房是不照常理走棋，收為貼身侍婢的，全是不得主子眼、相貌極其尋常、被放在庭院裡做灑掃的婢子，如今後悔了也不敢去籠絡了。方氏就是個有做大事野心，卻沒有做大事腦子的愚婦。

方氏不甘地應道：「誰知道三房娘兒個個都是不長眼的，那婢子可是機靈，雖不能貼身伺候，好歹平日裡亦是常被差遣的，這不，每次溫榮去遺風苑，都有帶上她嗎？」

溫老夫人冷眼瞧著方氏。「三房回府不兩日，就被四丫頭趕走的姚花憐，是妳安插到三房屋裡的吧？」

方氏聽聞，頗有幾分尷尬。三房剛回京時，自己在知曉老夫人與溫世珩並非親母子之前，就已背著老夫人，迫不及待地安插眼線在溫世珩身邊。這事放在內宅裡就是暗地裡的算計，擺不上檯面，見不得光。

溫老夫人唾了一聲。「簡直愚蠢！妳以為溫世珩和妳夫郎一樣是個好色胚子？那花憐相貌出挑，能不引起人懷疑嗎？像林氏那般愚蠢的就算了，或許還能叫妳的歪心思得逞，可四丫頭是個極其精明的，妳還沒出招，她就能將妳看透，白白打草驚蛇，令人起了戒心。」

方氏聽聞一嚇，想起每一次算計都叫三房躲了過去，必是四丫頭從中做鬼了。她不甘心地咬牙道：「那丫頭人小鬼大，心眼著實多！」

「罷了，怪人家四丫頭鬼心眼多，妳還不如好好反省了自己，」白嬤嬤扶著溫老夫人走至臨窗臺的雕子孫萬代黑檀案几前，溫老夫人微合眼，看著映了明晃晃燭光的綠釉狻猊嵌金線細口瓷，冷聲說道：「好歹她也是前黎國公夫人，如今孤寡一人，庭院冷清，也不能單單四丫頭一人去盡孝了。」

方氏滿眼疑惑。「阿家的意思是……」

「妳準備一下，我們也該去遺風苑探望探望病人。」溫老夫人說罷，斜睨了方氏一眼。

方氏聽言，歡喜道：「是是，阿家儘管放心！」

溫老夫人將銀香囊遞給了白嬤嬤，撐著雷摩羯祥雲紅木枴棍，眼神越來越暗。自己對三房是忍了又忍，好好的陽關道放著不走，就莫要怪人拆了獨木橋！

方氏見時辰已晚，準備伺候了溫老夫人歇息。

溫老夫人瞧見方氏殷勤的模樣，突又想起了一事，沈聲問道：「我早前吩咐妳的事呢？如何拖了如此久都沒有聲音？」那事已提了不下一遍，可方氏依舊推託遮掩，溫老夫人未免不悅。方氏表面看著百依百順的，背地裡卻陽奉陰違，多少次叮囑了要以大事為重，卻還打著自己的小算盤。

方氏面容一僵，本以為溫老夫人將此事忘了……正欲笑著討好溫老夫人，可嘴角一抬，面頰就被滿心惱意牽扯得生疼。溫老夫人要求自己將溫蔓過繼到正室，可溫蔓不過是個扶不上牆的爛泥，像個悶葫蘆似的，方氏一想到要過繼這樣一人到身下，便氣不打一處出，認為溫蔓不過是根愣杵，一點忙也幫不上。

溫老夫人瞧見方氏又想糊弄，冷聲譏諷道：「妳心眼如此小，如何能成事？花花腸子到了妳那兒都成小肚雞腸了，難怪鈺郎房裡，至今都沒得一個子嗣！」

方氏一聲不吭地執起帕子擦了擦眼角，緩了緩後又開始哭訴委屈，坦言自己為能得一子，漫說已容忍了那些姬妾了，更聽了阿家吩咐，連別宅婦，自己都睜一隻眼閉一隻眼了，可誰知道她們全都是不會下蛋的雞。

溫老夫人狠狠地用枴棍杵了幾下地。「莫要在我面前惺惺作態裝可憐，非得要我將話說透了！妳身下若是沒有一個適齡女娘，如何去接近了四丫頭？總不能揀個庶出、沒得人眼見的往她身邊塞，若真如此，怕是要生出閒話，說我們薄待了三房的！」溫老夫人說得急躁，喉嚨又乾又癢。費了這般大的勁，也不知方氏聽進了幾分？一個個都是叫自己不省心的！若不是菡娘莽撞，生就成事不足、敗事有餘的性子，也壓根兒輪不到大房。而溫蔓雖不聲不響，但是性子穩斂，是個懂隱藏的，將她放在溫榮身邊，自然得用。

方氏好不容易扯出笑容，吶吶地點頭應了。

第十三章

次日一早，窗外淅淅瀝瀝地下著秋雨，地面上本被壓得夯實的黃土，因雨水浸泡而浮起了一層灰末來，庭院裡落滿了木槿花瓣與金槐枯葉，雜陳的顏色能令有心者思緒紛飛。

可溫榮記掛著伯祖母，無心感懷濃濃秋意了，披上銀紅金盞氅衣，穿上棠木屐，不待雨停，便匆匆忙忙地告別了阿娘，乘上馬車往遺風苑而去。

接到了溫榮，謝氏命人端出早已備好的薑茶。秋雨寒涼，易染了寒氣，謝氏瞧見榮娘吃了一碗薑茶後才放下心來。謝氏牽著溫榮進內堂時，餘光掠過了昨日在窗欞根下偷聽的婢子，待那婢子被喚去整理溫榮箱籠時，謝氏關切地問道：「國公府的尾巴讓一直跟著？」

溫榮輕聲笑道：「既然知曉了是誰，便無甚要緊了。若是兒將她趕走，難保國公府不會再插了人到兒身邊，不如留著。如今她在明處，我們在暗處了不是？」

「妳這孩子，就是機靈。」謝氏撐著矮榻的扶手，直起了身子，如今身子是舒爽不少了。她望著溫榮又問道：「洛陽陳府的娘子可知妳在遺風苑？」

伯祖母是擔心自己收不到洛陽陳府娘子的信，故才有此擔心，溫榮笑道：「昨日兒已修書去了洛陽府，必不叫有了差錯。」

秋雨接連下了近半月，天一陣陣地寒了下來，遺風苑裡老夫人的身子卻一日勝似一日。自溫榮在身邊照顧，謝氏不但每日裡按時用藥，膳食亦正常了許多，更在溫榮堅持下改了過午不食的習慣。每到晚膳時，溫榮會命廚裡煮些清淡稀粥，謝氏用得十分舒心爽口。

這日秋雨停了，終見到久違的好天。溫榮扶著謝氏去庭院散步，院子裡粗使僕婦正在打掃因沾了雨水而沈了許多的落花秋葉。自古逢秋悲寂寥，卻依舊有人言那秋日勝春朝。

溫榮在遺風苑裡，很是恣意閒適。阿爺、阿娘隔個兩日就會帶著軒郎與茹娘過來，人多了，遺風苑自是也熱鬧了。只一件事令溫榮心存顧慮——待天氣轉好，祖母也要親自來了遺風苑。雖是老人家的心意，可溫榮卻覺得不似那麼簡單。

溫榮瞧著秋日落葉怎樣都打掃不盡，說道：「伯祖母，那花瓣與落葉就莫要打掃了吧。」見伯祖母疑惑，溫榮又笑道：「待那花葉入土，來年的新芽會更加茁壯的。」花葉入土便化作春泥，與其掃成了一堆用火燒了，倒真真不如叫它去護花。

孫女說留便留，謝氏轉身將此事交代了汀蘭。

「榮娘，明日的秋狩可是真的不去？」謝氏和藹地問道。秋狩能見著不少貴家郎君與女娘，若單論交識新友，還算不錯。

溫榮搖了搖頭，肯定地說道：「不去了，兒已差人送了信與德陽公主，謝過了德陽公主的好意，伯祖母不用擔心。」

謝氏頷首道：「不去也罷。」狩獵場亦非清淨之地，躲開了更好。

謝氏想起與榮娘交好的嬋娘和瑤娘，笑道：「過兩日請林府娘子一道過來府裡玩了，榮娘不是有教她們作畫與弈棋嗎？停了這許多日，兩位娘子怕是要怨我這老婆子嘍！」

溫榮好笑道：「瑤娘可是個鬧騰的，伯祖母不怕她攪擾了清淨？」

「越鬧可不是越好？」謝氏對林府娘子印象頗好，有聽聞林家嫡子亦是出類拔萃的，遂看了滿面笑意的溫榮一眼。「榮娘可知林家大郎品性如何？」

溫榮倒是坦然，伯祖母是在問事，又不是嘲笑了自己，因此如實說道：「只見了幾面而已，聽林家娘子說，是個正氣的。」

謝氏眼裡頗有幾分深意。「林家娘子沒有說自家大哥壞話的道理，這人還是得自己去看的。」謝氏不知曉兩家人的心意，只是想看看林中書令教養出的孫子究竟如何？

謝氏無意，可在溫榮聽來，關於林子琛的那些說法，都似話中有話一般。

林中書令府裡，林子琛一早便從瑤娘那兒知曉了榮娘不會去秋狩，自是以貢院之試在即為由，向二皇子推了秋狩之行。

而直到德陽公主收到溫榮謝辭的書信時，李奕才聽聞明日榮娘不去狩獵，心下對秋狩的熱情，登時叫一盆冷水澆滅。李奕看了眼在一旁老神在在的李晟，頗有幾分懊惱。自己已答應了二哥，現在再推辭恐怕不妥，無奈，只得獨自訕訕地去做準備。

而五皇子李晟卻閒適地吩咐內侍捧上筆硯金宣，去了水榭處作畫。

午時溫榮小憩了片刻便起身了，綠佩瞧見娘子醒來，慌忙上前伺候了溫榮更衣，並急切地說道：「娘子，洛陽陳府來信了！」綠佩與碧荷是溫榮的貼身婢子，自然知曉娘子這幾日牽掛的事，故她一接到前院小廝送來的信件，就安靜地坐在廂房錦杌上，直待娘子醒來。

溫榮披上一件滾青邊紋交領襦裳，自綠佩手中接過書信，迫不及待地打開看了。溫榮一愣，原來陳府娘子已在盛京。從信裡可看出，陳知府雖為陳夫人和二位娘子開了公驗（注），但卻是叫她們悄悄進京的。

溫榮命綠佩為自己簡單收拾一番，鬆鬆地綰了個髻便去內堂尋伯祖母。

謝氏剛做了午課，瞧見溫榮焦急的模樣，笑問道：「榮娘可有何事？」

「伯祖母，」溫榮將信遞與謝氏。「真真是如伯祖母說的那般，洛陽陳府做了最壞打算。陳府娘子肯將此事與兒說了，可知她們是信任兒的，如今陳府夫人與娘子住在崇仁坊邸舍裡，明日兒想去看看她們。」之所以不想拖，是因為明日盛京裡的貴家郎君與女娘多半都去了秋狩，溫榮去崇仁坊，不會有人注意了。

看來陳知府雖還未被定罪，但也知道是凶多吉少，若是想單憑自己的清廉來躲避禍事，無非是在坐以待斃，故至盛京求得貴人相助，倒算明智之舉。

崇仁坊也在東城區，不似南區與西區的市坊那般魚龍混雜，可謝氏對溫榮獨自去還是不放心了，蹙眉交代道：「明日裡除了能信得過的綠佩和碧荷，再帶了伯祖母院裡的部曲與僕僮去。」

溫榮頷首應下，只待明日見了陳府娘子後再做打算。

第二日，溫榮著一身淡青色襦裙，特意戴上了冪籬，這才乘馬車去了崇仁坊。

溫榮約陳府娘子在邸舍旁的一座茶樓雅室裡相見，待茶博士引了溫榮進雅室時，便瞧見了滿面愁容的月娘與歆娘。

歆娘年紀小些，看到溫榮，早撐不住這愁雲慘淡的日子，委屈地撲簌簌掉下淚來。

溫榮也不與二人寒暄了，執起錦帕輕柔地替歆娘拭淚。

月娘則向溫榮說了府裡的情況。陳知府是徹夜難眠，若真叫那些人定了罪，怕是不幾日就要被收押了，而此次她們母女進京，就是想求盛京裡的貴人相助。

溫榮尚不知陳知府要尋了誰，遂蹙眉問道：「如今可找著人了？」

月娘無奈地搖了搖頭，擰眉輕嘆了口氣。

見月娘不說話，溫榮知問得唐突了。如今兩位娘子經了這一遭，必定是藏了許多心事，對人也有了防備，不再是以前只知道玩笑、無憂無慮與自己無話不談的小娘子了。雅室裡一時安靜下來，月娘與歆娘垂頭喪氣地斜坐在蓆上，手輕摳著茶碗，不知在想什麼。

月娘今日同溫榮一樣，著素青色襦裳，秀雅的眉眼透著濃濃的焦慮，神情懨懨地靠在雅

注：公驗，簡言之，即官府所發的證明文件，作為路證之用。

室的陰影裡。

溫榮取出兩只緙絲梅花紋香囊遞與月娘、歆娘一人一只，香囊裡散發著淡雅的香氣，不經意間還能嗅到若有若無的甜味。

兩位娘子接過香囊，特別的芳香令胸口的鬱結之氣登時散去了不少。

溫榮柔聲說道：「我特意在香囊裡加了些薄荷花與柏子仁，能靜心安神，」頓了頓又說道：「不管怎樣，我們都是好姊妹。」

月娘抬眼望著溫榮，張了張嘴，欲言又止，眼裡的僵硬慢慢地化開。

溫榮來時還帶了食盒，躊躇了一會兒，才命綠佩將食盒裡的糕點擺至茶案上。

一碟水晶棗泥糕，一碟千層松子酥。

「昨日知曉了妳們住在邸舍，想來三餐都是對付的，我就會做幾樣點心……」氣氛很是沈悶，溫榮也不再往下說了。幫不上忙，卻還去勸人家放寬心多吃點，就像是站著說話腰不疼。

月娘與歆娘明顯的消瘦了許多，心裡若是有事，胸口就猶如被堵了似的，寢不能寐，食不能嚥。

歆娘愣愣地看了精緻的糕點好一會兒，才抬手執起一塊千層松子酥，先才止住的眼淚，又如雨般地落了下來。

月娘要比歆娘堅強些，可雙眼亦是紅腫的，不過是不願在人前哭罷了。

「榮娘，我們心裡都知道妳是好的，只是阿爺說莫要累了你們……」歆娘泣不成聲。

月娘瞥了歆娘一眼，沒有阻止她說下去的意思。

知道得多並不一定是好事，陳知府知曉其中的利害關係，不想拖了阿爺下水。

歆娘接著說道：「我們遞了許多求見房大學士的帖子，可都被退了。」

月娘頷首，頗有幾分怨氣。「房大學士根本不肯見我們，枉阿爺對他多有推崇，將希望寄託在房大學士身上！」

房大學士和長孫太傅一般，都是三朝元老，房大學士更是聖主的啟蒙恩師，如今是太子輔臣，亦有在崇文殿裡做皇子的教引師傅。知府想到了房大學士，就如同陳老夫人想到了太后，是異曲同工，可就連自己這女娘都看明白的朝政，房大學士怎會不懂？牆倒眾人推，房大學士將帖子不聲不響地退回，就是在幫陳家人了。溫榮是想將朝政之事分析與二位娘子聽的，可無奈人微言輕，真說了只會適得其反，陳家人在如此緊要的關頭，怎可能去聽一個女娘妄論朝政？可惜房大學士不肯提點了陳知府，否則月娘她們也不用成天懸著一顆心，而是能好好打算了之後的事。該如何讓陳家娘子知曉貪墨一案背後的深意呢？

溫榮還有些事不明白。「陳知府與房大學士關係如何？」

月娘低聲說道：「房大學士到過幾次洛陽，都是阿爺接待的，房大學士曾稱讚阿爺有風骨，是挺直了脊梁的清官。」

房大學士對陳知府的評價很高。陳知府為官清廉，更以此為傲，貪墨犯一詞就猶如鐵鑄的帽子，能將陳知府生生壓垮。房大學士的名頭，溫榮亦略有耳聞，早已不管朝政之事，每每上朝，立於左首三位，一聲不吭，合眼如打瞌睡一般，雖如此，聖主卻依舊極其尊重房大學士，故房大學士平日不鳴則已，一旦開了口，分量定然要比尚書左僕射，甚至是長孫太傅，都重上許多。然而其就算曾看好陳知府，如今也避身事外。

溫榮並非不能理解房大學士的做法，在溫榮前世記憶裡，不過三年，房大學士便會奏請歸田還鄉了。與其不慎站了隊，不如將所有事情推得一乾二淨，待到時機成熟了，便能輕輕鬆鬆離開紛繁複雜的朝堂。

溫榮握著月娘的手，誠懇地問道：「是否有我能幫的？」

月娘勉強笑了笑。「榮娘，妳肯來看我們，我們就很高興了。本來進京一事是想瞞著妳的，只是我們因擔心被大伯家的人看見，故每日都悶在邸舍裡等消息，不見天日的生活著實難熬，心下太過苦悶，這不猶豫了好久，才決定尋妳出來一道兒說說話。」

歆娘見到了溫榮，心裡多少好受了一些，吃了一塊松子酥後鬱憤地說道：「除了溫中司侍郎，平日裡與阿爺交好的官員，都幾乎斷了往來了，盛京陳府又是斷斷不能回的，大伯、大伯母都是落井下石的人。阿爺在朝夕之間被孤立，估摸是大伯在中間做了手腳！」

路遙知馬力，日久見人心。陳知府經過了這一難，對要如何為官，該認識更深刻了。阿爺與陳知府一樣，為官多年，卻稜角不滅，旁人不免操心。不知三皇子李奕繼承大統後，是否會重新召回並重用陳知府？溫榮認真地說道：「這段時日我住在遺風苑裡陪伯祖母，妳們可隨時寫信與我，我會常來看妳們的。」

月娘頷首道：「榮娘，若是無我們的信件，妳千萬別過來了。我們打算換一處邸舍，先前之所以住在崇仁坊，是因為房大學士的府邸在這兒，可如今發現崇仁坊裡朝臣府邸過多，不慎便可能撞見相熟的家眷，故想重新尋上一處清淨的。」

溫榮對陳知府家眷住邸舍亦有疑惑，不論哪一處市坊，邸舍都是人來人往，難有清淨的。「陳知府在盛京裡沒有購置宅院嗎？」達官貴戚會在城裡置辦宅院和鋪面，陳家是大族，不論城裡抑或是郊區的莊子，都不會少了。

「有是有，可那幾處宅院都是大伯母幫著打理的，她就等著我們出事，好將地契全改到大房名下！」歆娘深抿著嘴，眉心皺作一團。

溫榮雖有想到請伯祖母幫忙，可還未和伯祖母商量過，不能擅自作主了，故輕嘆一聲說道：「妳們先別擔心，待我回去問了伯祖母，看是否能尋到一處安靜的宅院，總好過了住邸舍，搬來搬去沒得安穩。」

兩家娘子又說了一會兒話，轉眼過了巳時，溫榮見月娘坐立不安的，知曉月娘是在擔心獨自留在邸舍裡的陳夫人，遂淺笑道：「時辰不早了，妳們該回去陪了陳夫人用午膳。」

歆娘望了望茶案上的糕點，味道難得的好。

溫榮命綠佩將糕點裝回食盒，遞與歆娘，說道：「我做得辛苦，可不許浪費了。」

歆娘終於笑了一聲，羞澀地接過，答應一換了邸舍，就立即告訴溫榮。

三位娘子戴上冪籬，才從二樓雅室走下，溫榮便迎面遇上了一襲銀白金絞邊團蟒錦袍、束銀冠玉帶的五皇子李晟。

溫榮一驚，慌忙低下頭，想來自己戴了冪籬，五皇子是認不出自己的。同李晟擦肩而過後，溫榮的心放了下來。

「溫四娘？」

聽見了五皇子乾淨清朗的聲音，溫榮腳步一滯，無法，只得回身摘下冪籬，拜道：「奴見過五皇子。」

陳家娘子知曉眼前玉面冷俊的郎君居然是五皇子時，心怦怦跳個不停，可拜不是，不拜也不是。

李晟餘光掠過了溫榮身後的兩位女娘，疑惑地看著溫榮問道：「溫四娘為何在崇仁坊？」昨日溫四娘與德陽公主的辭謝信裡，分明說的是要陪前黎國公府夫人，前黎國公夫人同太后交好，德陽自沒有為難的道理。可前黎國公府在安興坊，溫榮卻陪到了崇仁坊。

溫榮無可奈何地回道：「回稟五皇子，奴是約了姊妹至崇仁坊茶樓吃茶。」

溫榮盼著快點打發了五皇子，陳家娘子不願意叫人知曉了她們在盛京，可卻偏偏碰上天潢貴胄。好在五皇子是個寡言少語、極其冷淡的，應該對付兩句就能走了。

「溫四娘好友是哪家府上的？」李晟已看出溫榮身後躲躲閃閃的女娘並非是盛京貴家府裡的，雖然這事與他無關，可卻莫名地問了出口。溫四娘面有憂色，該是遇到了難處。

溫榮聽言，抬眼詫異地望著李晟。秀挺的身姿遮住了窗欞裡透進的陽光，半明半暗、冷靜淡然的目光裡分明沒有打探的意思，可為何要問得如此清楚？

欺騙皇家人，任何人都知道此舉相當不明智。陳月娘知此事瞞不過五皇子了，不想為難了榮娘，更何況若是能得到五皇子相助，說不定阿爺就有希望了，於是牽著歆娘盈盈走上前，拜道：「奴見過五皇子殿下。」二位娘子沒有摘下羃籬。

溫榮明白了月娘的意思，望著李晟，顰眉問道：「不知五皇子可否至雅間說話？」

五皇子頷首，轉身吩咐了跟在他身邊、著藏青袍服的隨從幾句話，待那人離開茶室後，五皇子才命茶博士引了去雅間。

那隨從看著不似一般的僕僮或內侍，可縱是有疑惑，也不能多問了。

五皇子知曉二人是洛陽陳知府家的娘子時，頗含深意地看了溫榮一眼。

月娘踞坐於蓆上，堅定地說著陳知府的清廉，在洛陽為官十年，凡事不偏不倚，深得百姓信任，不該蒙受不白冤屈。

溫榮端著沙窯茶碗，輕執茶蓋，垂首撥弄著浮散凌亂的茶沫。一盞茶的工夫過去了，溫榮心下輕嘆一聲，這是病急亂投醫嗎？縱然月娘說的句句屬實，五皇子也是不可能幫忙的。此事同時牽涉到太子和二皇子，他與三皇子只能遠遠躲開了去，待時機成熟再坐收漁翁利。

可今日的五皇子還是叫溫榮另眼相看了，不想五皇子竟然有這般好的耐性。

直到月娘全部說完，五皇子才頷首。「知道了。」並不看眼前人，卻吩咐僕僮命茶博士換了新茶。

月娘愣怔地望著五皇子，盼著五皇子給一句準話。

五皇子的眼神是不變的肅冷寡淡，叫人看不出他究竟在作何打算。月娘更加心慌了。

「家父一事……」過了一會兒，眼見五皇子起身欲離開，月娘不甘心地又問了一句。

「時候不早，請回吧。」

沒有正面回答，冰冷的態度令人不知是該抱了希望，還是應該祈禱這位天潢貴胄不要落井下石？早猜到了會是這樣的結果。溫榮低聲勸慰著月娘，道：「有消息我再與妳們說了，平日裡勸勸夫人。」一邊說邊走出茶肆。

溫榮正要送月娘與歆娘去邸舍時，忽然聽見李晟說道──

「桐禮，你送二位娘子回去。」

五皇子身邊的隨從向三人走了過來，溫榮無法，只能止住了腳步。

月娘心裡沈甸甸的，不見五皇子倒罷了，現又平添了幾分擔憂，如同雪地裡才燃起的星火，叫人一盆水潑了，新結起的冰，要比雪還冷上三分。不知榮娘與五皇子交情如何？千萬別給阿爺添了麻煩……月娘只覺得灰心喪氣。

溫榮與月娘、歆娘告辭，目送二位娘子離開後，轉身卻瞧見五皇子還立在原地。溫榮知道五皇子是幫不上忙的，並不打算與其多周旋，欠身就要同李晟作別。

「溫四娘要幫陳知府？」李晟似乎習慣了溫榮對自己疏離，淡淡地問道。

溫榮垂眼說道：「奴幫不了陳知府，不過是想陳家娘子不要太難過。」

李晟神色不變。「妳要怎麼幫？」

溫榮警惕地看了一眼李晟。五皇子容貌同三皇子相似，卻沒有李奕的柔和，肅冷的氣質雖不會令溫榮惶恐，可心下亦有幾分不自在。

見溫榮不肯主動開口，李晟不免失望，轉而替溫榮與陳府娘子想道：「若是無頭緒，不若先讓陳府娘子搬離了邸舍。邸舍人多口雜，不適她們娘兒久住。」

久住？李晟知道陳知府家的不得到準信，就不會輕易離京？溫榮更訝異的是，五皇子所想竟與自己一般！低聲道：「是。」

李晟又自說道：「此事莫要叫老夫人操心了，某有一處宅院在宣義坊，可借陳家娘子暫住。」

溫榮狐疑地抬眼看向李晟，李晟卻只望著遠處，溫榮看不透李晟是要幫，還是不幫？

「若不放心，可以去看看。」五皇子看出了溫榮的躊躇。「此處至宣義坊不過半個時辰，未時可送妳回府。」

溫榮低首略微沈思了片刻。若是求伯祖母為陳家娘子提供宅院，雖非難事，可卻有後患。既然此事已叫五皇子知曉，倒不若順了這個人情，探探五皇子究竟作何打算？五皇子雖不可能幫陳知府脫罪，但卻可以請動房大學士與陳知府家的說上一句話。

心下思定後，溫榮欠身說道：「煩請五皇子稍等，奴這便命人將馬車牽了過來。」溫榮自遺風苑乘來的馬車，以及謝氏安排的幾位部曲和僮僕，都是在茶肆的後巷等候。

待溫榮上了馬車，李晟才翻身上馬。

瞧見娘子真要與五皇子去看宅院，綠佩與碧荷不免有幾分緊張。因為五皇子太過冷峻，二人至今都不敢抬頭看他。綠佩看娘子亦是心事重重的樣子，更加坐立不安了。

「溫娘子。」

馬車還未走，帷幔外先傳來了聲音。

碧荷撩開簾幔，是在五皇子身邊伺候的僕僮，遂問道：「不知小哥有何事？」

僕僮將一只食盒遞了進來。「是主子先才吩咐茶肆準備的。」

溫榮一愣。

待僕僮離開了，馬車才緩緩前行。

綠佩將食盒打開，只見裡面放著幾碟精緻糕點，她訝異卻驚喜地說道：「不想五皇子竟然這般心細，連娘子還未用過午膳都想到了！」

綠佩是實心眼的，施些小恩小惠，她就會覺得那是個好人。

「娘子，五皇子真的肯幫陳家娘子嗎？」碧荷不若綠佩那般好收買，依舊心存顧慮，擔心叫人瞧見了娘子與五皇子在一起，白白生出閒話。好在宣義坊位處南城，大戶宅邸要少些。

溫榮望著雕青天流雲紋檀木食盒，苦笑地搖搖頭。五皇子要比自己想的更心細，應該是不會貿然做出對他自己不利的事情的。

車輪聲與馬蹄聲交織在了一起，比平日裡還要響些，溫榮心裡有幾分煩躁。

馬車徐徐走了大半時辰才停下。

溫榮扶著碧荷落車時，瞧見五皇子已下馬了，正負手立於烏頭門前，遠遠地看著自己。烏頭門前種了一棵柳葉槐，本就不顯眼的宅院大門，又叫槐樹遮去了半邊。

已有僕僮打開了烏頭門，將五皇子與溫榮迎進了院子。

烏頭門裡是一處約莫占了三畝地的二進院子，前院橫長，主院卻方闊，四處廊屋環繞。主院的湘妃竹柵裡搭了精巧的園池亭臺，清雅別緻。

溫榮看著確實滿意，可心下還有幾分顧慮。「奴代陳家娘子謝過五皇子，只是……」

「此處是我私宅，便是三哥亦不知曉。」五皇子看了溫榮一眼，冷冷說道。

溫榮又喜又憂，不想為陳家娘子尋宅院一事如此容易就辦妥，甚至還來不及叫自己細想。溫榮不欲與李晟多說話，李晟本是個寡言的，故二人沈默著在院子裡稍站了一會兒。

五皇子終於先開口道：「走吧。」

溫榮還記掛著房大學士一事。不過是在中間指點一二，於房大學士而言是舉手之勞，可還差了一個能請動房大學士的中間人……不知五皇子肯幫到哪一步？

臨上馬車前，溫榮誠懇地與五皇子拜道：「陳知府家眷進京是為了求房大學士幫忙，奴知還陳知府清白不易，但卻希望陳知府家眷能得一個心安。今日五皇子肯出手相助，奴感激不盡。」話裡有話，不用明說，溫榮相信聰明如五皇子，定能明白其中深意。

五皇子深深地看了溫榮一眼。「時辰已不早，某送妳回安興坊。陳家娘子之事某自會安排，往後妳可至別院看她們。」說罷，五皇子騎上了皎雪驄，先行離去。

溫榮回到遺風苑剛過申時，一進穆合堂便瞧見伯祖母靠在矮榻上合眼休息，身上搭著蓮青鬥紋錦上添花銀衾。

啞婆婆坐在矮榻旁的圓凳上，打著黛螺雙環如意條，見到溫榮回來了，忙起身恭敬地笑了笑。

汀蘭正要喚醒老夫人，卻被溫榮攔住，小心地作了噤聲的手勢。伯祖母年紀大了，晚間睡不踏實，能安安靜靜地睡會兒是好事。

溫榮輕聲與汀蘭問道：「伯祖母今日可按時吃藥了？」

午時趕不回來，溫榮心裡還想著伯祖母。醫官說了，伯祖母雖是舊疾，可若是能好好將養，不要斷了藥，再保持了心情愉悅，是能夠痊癒的。只是醫官也擔心了老人家忘性大，用藥若是時斷時續，舊疾怕是要成真真的頑症了。

「娘子放心，用過了午膳，奴婢是看著老夫人用藥的。」汀蘭輕聲笑道。自從溫四娘子住到了遺風苑，整個府裡都有生氣了，老夫人的心情也好了許多。原先老夫人鮮少打理和過問府裡事務，似將事事都看得平淡，可啞婆婆和汀蘭卻知曉，老夫人性子實為頑固，若是不喜歡和不願意的，任誰也勸不動她，比如吃藥。然啞婆婆和汀蘭到現在才知曉，是她們誤會了老夫人，老夫人之所以頑固不聽勸，那是因為能勸動她的人還沒出現。

溫榮回廂房換了身衫裙後，直接去廚裡吩咐晚膳。前幾日晚膳自己試著叫廚娘在白粥裡添了些慧仁米，不承想伯祖母很是喜歡，那日伯祖母難得的多吃了幾口粥，故今日除了慧仁米粥，溫榮打算再吩咐廚裡做幾樣素味糕點，想來伯祖母身子好了，胃口也開了。

廚裡交代好後，溫榮又回到穆合堂，正要和啞婆婆一道打絲絛，伯祖母就醒了過來。

取下銀衾，溫榮為伯祖母披上了銀灰褂子，扶著伯祖母在內堂裡四處走走，活絡了筋骨。

「陳家娘子可還好？」謝氏慈愛地看著溫榮問道。

這孩子面容清麗，一顰一笑間都能令人感到安心和溫暖，幾十年了，謝氏第二次覺得老天待自己不薄。第一次，是與夫郎成親的那晚……

溫榮輕嘆了聲，將陳家娘子的事情告訴了伯祖母，抬眼面帶疑惑。「陳家娘子的情況，兒倒是猜著了，今日只驚訝五皇子肯幫忙。伯祖母，此事不是該與三皇子、五皇子沒有關係嗎？」若是三皇子李奕站出來幫些無關緊要的忙，溫榮不會覺得訝異，畢竟李奕是那種會做表面好人的性子，可五皇子……著實令人琢磨不透。溫榮柳眉輕抬，雙眸似初雪那日迎寒綻放的墨梅，美得驚心卻籠著迷茫。

謝氏心情很好，五皇子她有見過，性子沈穩內斂，毫不輕佻妄為。原來聰慧如榮娘，也有想不明白的時候。「五皇子肯幫忙是再好不過了，如今陳知府家眷在盛京一事是否要告訴妳阿爺？」謝氏笑問道。

溫榮搖了搖頭。「此事越少人知道越好，陳家娘子亦是這般交代的。」

申時末刻，謝氏與溫榮才坐下用晚膳，汀蘭就笑著進來說道：「林府二娘子差人送了新鮮鹿肉過來。」

溫榮聽了不禁好笑，玉山圍獵是要明日才回來的，瑤娘卻迫不及待地送了獵物過來，看來今日是收穫頗豐了。

是日，溫榮伏於書案前寫與林府二位娘子的帖子。玉山秋狩昨日便結束了，瑤娘幾乎將她得到的近半獵物都送到了遺風苑，可謝氏素來不喜葷食，溫榮一人也吃不了那許多，遂命人拿去了黎國公府西苑，西苑廚娘總該是知曉要如何打理的。

伯祖母笑說林府娘子有心，令溫榮請了她們過來遺風苑玩。溫榮才將信封好，忽聽見屋外有婢子來傳話。

婢子進屋行了禮，頗為憂惶地道：「黎國公府傳來話，二郎君受傷了！」

軒郎！溫榮心一緊，慌忙起身前往穆合堂。

汀蘭瞧見溫榮，拜禮後道：「二郎君是有大福之人，聽聞昨日驚了馬，雖凶險，但只受了皮外傷。」

謝氏牽過溫榮，慈愛地說道：「榮娘回西苑去看看妳哥哥，有需要的儘管過來說了。」

「是，伯祖母。若是無事，兒下午便回來。」知曉只是皮外傷，溫榮才放下心來。

軒郎應了二皇子邀請秋狩的帖子，阿娘本是不同意軒郎去的，可拗不過軒郎堅持。阿爺倒是贊同軒郎去見見世面，一來軒郎近日騎射大有長進，二來羅園的祺郎和菡娘都有去，想來有自家兄弟姊妹互相照顧是不打緊的。誰能料到，軒郎偏偏就出了事……

溫榮回到黎國公府，才行至後院，便迎面撞上了蔓娘與菡娘，她好脾氣地與二人笑著道了好。

蔓娘眼睛亮了亮，羞赧地同溫榮欠了身。蔓娘裝扮已不同於往日，月白蝶紋半臂襦衫，撒花細絲褶緞裙，百合髻上簪了一支金海棠珠花步搖。溫蔓本生得纖細，面容亦是謙和清秀，妝扮後就顯得更加婉約柔軟。不言旁他，單這一處就將菡娘比了下去。

前幾日阿娘至遺風苑探望伯祖母與自己時，提到了大伯母有意將蔓娘過到身下一事。溫榮雖知曉大伯母不是無緣無故發善心的人，可還是替蔓娘高興。蔓娘已過及笄之年，如此便能得一門好親事。

溫蔓只能躲在菡娘身後衝溫榮笑，菡娘卻是半仰著頭，乜眼冷笑地看著溫榮。

溫榮正欲同二人告辭，就聽溫菡陰陽怪氣地說道——

「喲，這不是溫四娘嗎？許久不曾見到，還以為妳不會回來了。怎麼，下月太后生辰，趕趟兒地要隨伯祖母去巴結嗎？」

溫榮嘴角輕揚，下月竟是太后生辰？宮裡還未下帖子，她與伯祖母向來不曾留心了這些，可得感謝了溫菡娘的提醒，說不得伯祖母亦有賀壽的想法，可早早準備了壽禮。溫榮記掛軒郎傷勢，無心與溫菡娘爭論。

蔓娘怯弱地扯了扯菡娘衫袖，細聲勸道：「三妹，四妹正焦急回西苑呢，二弟受傷了，我們也該去探望的。」

菡娘見溫蔓向著溫榮，面色一沈，多日來壓在心裡的悶氣突就發了出來，甩手將被蔓娘輕牽在手裡的裳袖抽離，厭惡地說道：「妳有什麼資格說我？別以為挪個窩，雞就能成鳳凰了！若不是祖母命我帶了妳，我早將妳趕回大房去了，哪能放妳在身邊礙眼！」

溫蔓面容一僵，小心地縮回手，垂首不敢再多言一句。

溫榮雙眸無波無瀾，飄過菡娘的眼神裡是毫不在意。

偏偏溫菡就恨溫榮娘的目中無人！

溫榮自然聽得明白，菡娘不只諷刺了蔓娘，更順道將自己罵了。自己雖暫住在遺風苑，卻從未想過當什麼鳳凰，倒是菡娘的話又令溫榮知曉了一件事——原來不是大伯母要過繼溫蔓，而是祖母的意思。命溫蔓跟著溫菡，必是要她早些與京中貴家熟悉。若說大伯母自憐身邊無人，故有此舉動，溫榮還能理解，可祖母分明已有了幾個未出閣的嫡孫女，為何會去照拂了蔓娘？如此，不免令溫榮多留了幾分心。

溫榮笑吟吟地與菡娘說道：「伯祖母身子不適，故才去遺風苑陪伴幾日。三姊昨日秋狩收穫可豐？」

聽見溫榮主動提到了秋狩，菡娘得意地勾出幾絲笑來。「那是自然的，不像府裡有人自不量力！」

溫榮不理會菡娘的冷嘲熱諷，眉眼舒展卻少有興致，輕笑道：「榮娘一家初來盛京，自有許多不懂事與不周到的地方，還望三姊往後提點則個，總歸是一府裡的，三姊說可是？」

這話聽了耳熟。實為溫菡去趙府之前，董氏至西苑拉了溫榮，情真意切說的一番話。

溫榮是未指望二房提點的，不過是想提醒了溫菡娘，同去秋狩，單單軒郎受了傷，自家人嘴上說不怪，心裡難免多想。再而她、祺郎、軒郎是一府裡的兄妹，如何作為，他人都看在了眼裡。

溫菡一愣，自昨日溫景軒墜馬受傷後，她就在一旁幸災樂禍，漫說去照顧安撫了，甚至還在一旁嘲笑，只怨怎麼不再傷得重些？溫菡此時想起才覺不妥，溫景軒好賴她是不在意，可若叫外人——尤其是趙二郎——認為她是薄情冷淡之人，該如何是好？

溫菡又氣又悔地跺了跺腳。「哼，騎術不精還敢去狩獵，我還沒嫌他丟了我們國公府臉面呢！」說罷，溫菡不耐地看了溫蔓一眼，冷聲喝道：「還不快走！」自討了沒趣，溫菡娘帶著蔓娘，自是頭也不肯回。

溫榮到了軒郎房裡，就瞧見阿娘紅著眼，吩咐婢子去取藥酒。

溫榮幾步上前問道：「阿娘，軒郎傷怎樣了？醫官可來看過？」

林氏執起帕子擦了擦眼角。「好在不曾傷了筋骨。」林氏想起昨日傍晚便心有餘悸，軒郎是被小廝用肩輿抬了回來的，袍衫也被擦破了好幾處。

「阿娘莫要擔心了，好在傷不重，我們先去看看軒郎。」溫榮扶著林氏進了內室。

軒郎靠在了箱床上，腳踝處已上過了藥，正抬高了放在包了軟墊的錦杌上。見到溫榮，他勉強扯出笑來。「榮娘回來了。」

溫榮不安地問道：「是怎麼一回事？」

軒郎衝溫榮眨了眨眼，並不甚在意。「叫小鹿驚著，小傷罷了，根本不妨事，能走能跳的，妹妹幫忙勸勸阿娘。」

溫榮嗔怪地瞪了軒郎一眼，軒郎的那點小心思，溫榮自是懂得。軒郎並非是要自己勸阿娘莫擔心，而是因為出了這事，阿娘必不肯讓軒郎再去學騎射了，可在這當頭上，任誰去勸了阿娘都不頂用。

坐了一會兒，林氏起身去廚裡準備午膳了。

軒郎將在屋裡伺候的婢子都打發了出去，溫榮正好奇軒郎要搞什麼鬼時，軒郎突然小心地與溫榮說道——

「榮娘，我落馬並非是叫小鹿驚著了。」

溫榮一愣。「軒郎的意思是？」

溫景軒的眼睛沈了沈。「那時我騎著綠耳在草場上追小鹿，不料綠耳打了個噴，前蹄就突然跪了下去。幸虧三皇子是與我一處狩獵的，見狀及時揪住了我的袍衫，才不叫整個人摔出去。」

溫榮聽得眼睛直跳，低聲問道：「可是查了綠耳和馬料？」數月前的籬莊馬毬賽，毬場上發生了二皇子所騎赤龍駒驚馬一事，那日籬莊毬場裡雖有許多人，可此事是不了了之的。涉及到了皇家顏面，就成了他人只敢想想卻不敢深談的糊塗公案。

溫景軒搖了搖頭。「綠耳怕是不好查了，我傷得不重，也不想將事情鬧大。對了，三皇子說他會去查馬料的。」

三皇子要怎麼查？就算查出了馬料叫人動過手腳又能如何？驚馬非兒戲，若不是三皇子當時正巧在軒郎身邊……溫榮想到這裡就止不住地恐懼，軒郎是阿爺、阿娘的獨子，若是軒郎出了事，這個家就垮了！分明是有人故意陷害，可苦無證據，生生傳成被小鹿驚著！溫榮嘆了口氣，軒郎真真是難得的好性子，叫旁人早鬧開了。可軒郎寬容不追究，不表示躲在背後的蠅營狗苟之人就會悔悟了，且自己也嚥不下這口氣。

溫榮穩了穩心神，說道：「軒郎，昨日之事怕是有人要陷害我們房裡，往後我們都要小心了。還有三皇子那兒，找了時間，好好謝謝他。」

軒郎頷首道：「三皇子的救命之恩我會記住的，可我有一事不明白，若說是陷害，我們才回盛京不多時，未得罪過人，阿娘又是極好的性子，莫非是阿爺在朝堂與人有過節？」

溫榮一時也理不清，昨日的秋狩自己未在場，只能先勸軒郎萬事小心，凡事多留個心眼。「軒郎，這些時日先不要去騎馬了。」

軒郎不置可否。「待腳傷好了，我更該去練習騎射。三皇子說了，不但要練習騎射，還應該請個武功師傅，若是有了武功，靠自己就能避禍。」

溫榮見軒郎信誓旦旦的模樣，知道勸不住，可不忘潑一潑冷水。「過兩日就要去國子學了，怕是沒那許多時間讓你去學武功。」

溫景軒聽到「國子學」三字就洩了氣，像是癟了的茄子。

溫榮知曉他是擔心被林家大郎考功課，心下好氣又好笑，可溫榮實是想像不出林大郎嚴肅的模樣。林大郎笑起時如三、四月裡的漾波芙蕖，很是優雅清逸，竟叫軒郎這般緊張？

溫榮親眼見了軒郎無大礙，才放下心來。初始溫榮懷疑了是二房所為，可今日碰見溫菡娘時，菡娘一如往日地對自己冷嘲熱諷，面上全無異色……難不成二房如今連溫菡娘都瞞著了？溫榮只覺得迷霧重重，心裡關於黎國公府的府內糾葛，是越發地疑惑和擔憂。

有道是虎毒不食子，溫榮早已察覺此事並不只是承爵那般簡單……

由於阿娘不允許軒郎下地走動，故溫榮命人將棋盤擺至床前。溫景軒平日裡要去書院，下了學後又時不時與二位皇子和林大郎學騎射，如此一來，幾無機會同榮娘弈棋了。受點小傷卻換來了閒暇時光，昨日驚心動魄的一齣，又叫好脾氣的溫景軒忘了幾分。

直到溫世珩回府，溫榮與阿爺說了伯祖母身子的情況後，才起身同家人作別回遺風苑。

經了一下午，溫榮心下作了決定，即便再難啟齒，今日也要將疑問說出。或許伯祖母能給了自己早已想到、卻不敢妄定的答案。上天令自己重活一次，總不能又迷迷瞪瞪地過下去，與其如前世那般，突有一日整片天坍塌了叫人措手不及，不若自己勇敢一些，哪怕背後的真相叫人觸目驚心，也好過活在粉飾的太平裡。

待溫榮回到遺風苑，內堂裡早已擺好了食案，瞧見溫榮，謝氏才吩咐婢子將廚裡熱著的飯食端出。數樣精緻小碟都是特意為溫榮準備的，自己晚膳簡單，卻不捨得溫榮陪著過樸素日子。

謝氏身下只得一女娘名喚作溫璃的，雖非男兒，可若是常往來，好歹也是個倚靠，然溫璃年幼時，前黎國公逝世，謝氏難承喪夫之痛，終日神情疲累、鬱鬱寡歡，對璃娘更是疏於照顧，而嘉宜郡主至前黎國公府探望謝氏與璃娘時，即以謝氏對璃娘照拂不力，要誤了璃娘為由，將其接走了。那時謝氏早已無多餘的精力，只能任由嘉宜郡主擺弄。可令謝氏不曾想到的是，嘉宜郡主對璃娘的照顧可謂盡心盡力，如此嘉宜郡主更在外博得了好名聲。待璃娘及笄，嘉宜郡主又一手操辦，為璃娘尋得一樁好親事，將溫璃娘嫁與鎮軍大將軍的嫡子，故如今溫世鈺在武將中官職雖不高，卻同許多武官交好。

溫璃鮮少回遺風苑探望謝氏，溫榮倒是在黎國公府裡數次見到過這位姑姑。溫璃待小輩亦算是親切大方，可那染著豔紅鳳仙花汁、高高翹著的尾指，卻令溫榮心下不喜。

謝氏見溫榮自國公府回來後便魂不守舍，似有滿腹心事一般，不免擔憂地問道：「可是妳哥哥傷勢嚴重？」

溫榮蹙眉搖了搖頭。「伯祖母不用擔心，軒郎傷勢不重。只是……」

「無事便好。」謝氏長舒了一口氣，見溫榮欲言又止，和藹地笑著拍了拍溫榮的手背。「好孩子，是否還有其他事？若是伯祖母能幫得上忙，便與伯祖母說了。」

溫榮眼眸微閃，穆合堂裡只留下了伯祖母的陪嫁侍婢啞婆婆伺候，汀蘭、綠佩與碧荷都叫溫榮打發了出去。溫榮咬了咬牙，似是下了很大的決心般，輕聲問道：「伯祖母，阿爺是祖母的嫡子嗎？」

大伯父與二伯父形容削瘦、顴骨微高，眉眼雖方正，但雙目卻因喜酒色而無神難清；阿爺劍眉朗目，稜角方剛，性子雖迂直清傲，卻潔身自好。大伯父承爵，二伯父補門蔭；唯獨阿爺憑十多年苦讀，終登兩榜，並以此入仕。若同是祖母嫡子，為何如此不像？

縱然有此想法即為不孝，可溫榮不想再自欺欺人下去。若是伯祖母否認，那自己便心甘情願地認命。

突聞一聲脆響，啞婆婆捧著的洪福青花瓷碗碰在了地上，一臉驚慌失措地看著謝氏與溫榮，還不待溫榮反應，啞婆婆已跪在了地上，連連向二人叩頭，淚水順著眼角止不住地滑下。溫榮見狀，慌忙起身去扶啞婆婆。啞婆婆雖是婢僕，卻是老人，自己怎禁得起叩拜？可不論溫榮如何勸說，啞婆婆都連連擺手，跪地不起，更巴巴兒地望著伯祖母。

「……罷了，」謝氏癱靠在矮榻上。「知曉了確實要比做一輩子糊塗人好。」

溫榮望著伯祖母，心怦怦地跳。

「孩子，我才是妳的親祖母……」聲音哽咽低沈，是用了多大的力氣，才能說出真相。

溫榮聽言，鼻子一酸，忍了許久的淚水終於溢流了出來。是想要的答案，本就該是這樣……

當年，啞婆婆禾鈴墜崖後並未失去記憶，裝瘋傻不過是為了自保，保住性命，直到主子和家人團聚的那一日。禾鈴雖不識字，卻能看得懂畫，她就是藉著偶然得到的狸貓換子圖，用手勢令主子知曉了真相。

壓在心底數十年的秘密，就似那沈重的頑石。原來榮娘早已懷疑……謝氏只覺一陣恍惚，再睜眼時，心口頑石已碎成了粉泥。換子承爵無異於欺君，也就那年輕妄為的嘉宜郡主膽敢撒出這等彌天大謊，做出這等喪天良之事。可嘉宜不仁，自己卻不能不義。國公爵是溫家祖輩戎馬一生換來的，縱然不在意，也不能毀了。謝氏今日肯說出真相，亦是因為察覺到端倪的是榮娘。榮娘是個聰明心善的孩子，不需要自己教，就會知曉該如何做。且榮娘亦不過是想做個明白人，無意去和眼淺心窄之人爭富貴。

第十四章

因為軒郎受傷，這幾日溫榮隔天便要回一趟黎國公府西苑，中間還得抽空去了宣義坊，陪獨自住在別院的陳府家眷。說來除了第一日見到五皇子，後來五皇子便再未去過宣義坊別院了。陳府家眷與房大學士的帖子，依舊如石沈大海，溫榮只能勸了月娘、歆娘再等一等，畢竟往洛陽陳府的御史臺巡按還未回了話與聖人。

西苑裡的氣氛已不如前幾日那般緊張，軒郎傷勢確實不重，不過兩日就能下地自如行走。溫榮亦答應了祖母，不會將那等大事告訴阿爺與阿娘的。阿爺心事都寫在臉上，阿娘更是不懂隱藏的性子，若是真真和溫老夫人他們撕破臉皮，黎國公府怕是要更快覆滅了。

前因後果串起，溫榮自是豁然開朗，狩獵驚馬一事多半為府中人所為。軒郎若出事，三房便不可能去爭國公爵位，且軒郎是應了二皇子的帖子才去秋狩的，只要有人在中間挑撥了一二，阿爺與阿娘就可能遷怒於二皇子。說不得府裡還打著阿娘與林中書令是父女關係的算盤，想借此機會令林中書令靠攏太子，如此對於溫老夫人等太子一派而言是再好不過了，真真是一箭雙雕！

謝氏得溫榮提醒，想起下月確實是太后生辰，往年宮裡年年來帖子，可謝氏卻一次都未去，畢竟孤身一人，看到熱鬧的場面，不過更感淒涼罷了。今年謝氏不但要帶著溫榮去為太后祝壽，更要探了太后口風，看是否能求得恩典。

而溫榮前日邀請林府娘子至遺風苑玩的信，變成了林大夫人甄氏的拜帖，林大夫人要帶著三個孩子至遺風苑拜訪前黎國公夫人。

謝氏收到林府帖子這日，溫榮正立於案几旁，試著作那茶百戲。茶百戲亦是點茶之術，可大多數人知曉的茶百戲，是用細竹在茶沫上點畫，溫榮今日卻是在用濃稠的金黃茶膏作畫。茶沫點畫只圖個好看，眼瞧討喜的玩意兒罷了，可用金黃茶膏點出的水丹青，一旦化開，異香撲鼻。此點茶技藝自蜀道禪茶傳入，盛京裡鮮少人知曉，溫榮也只瞧見過一次，覺得有趣，便自學了。溫榮有畫技和煮茶的功底，學作那水丹青，倒也無師自通。

謝氏見溫榮認真的模樣，命汀蘭端了一碗溫榮新煮的茶湯，笑說道：「妳這孩子心巧，便是煮出的茶湯，都比那茶娘子的香上幾分。」

溫榮聽聞祖母誇讚，一邊用茶筅不停攪動茶湯，一邊笑應道：「伯祖母若是喜歡，榮娘便常煮了與伯祖母吃。待兒將茶百戲練成了，伯祖母就能嚐到正宗的蜀道禪茶了。」

在知曉謝氏是親祖母後，溫榮私底下已改口，喚謝氏為祖母，可為了不叫旁人起疑，人前還是喚了舊稱。

謝氏聽言，笑得更是舒暢。「好，伯祖母等著榮娘的蜀道禪茶！」喝了茶湯後，謝氏合上茶蓋，將茶碗遞與汀蘭，起身說道：「明日林家帶了晚輩過來，妳雖在府裡，可終究人少，想來妳哥哥腳傷已大好了，趁著明日還未入國子學，叫妳阿娘帶著軒郎與茹娘一道過來了，就在這穆合堂裡擺了筵席，人多了也熱鬧。」

溫榮聽言歡喜，知曉祖母對軒郎的傷是牽腸掛肚的，只是不便去了那黎國公府。

第二日，林氏帶著兩個孩子早早到了遺風苑，叮囑了軒郎、茹娘與榮娘在一處陪了伯祖母後，便匆匆去了廚裡幫忙安排席面。

約莫巳時，林府家眷到了遺風苑大門處，溫景軒則帶著兩位妹妹去月洞門迎接林家貴客。

遠遠瞧見了溫榮，瑤娘急不可耐地命僮僕放下肩輿，快走幾步先到了溫榮跟前。

瑤娘與軒郎、茹娘問了好後，便親熱地挽著溫榮胳膊，輕聲附耳說道：「一會兒給妳看樣好東西！」

溫榮心下好笑，瑤娘是好玩的性子，不知得了什麼寶貝，卻也不嫌麻煩，迫不及待地從中書令府帶了過來。溫榮眼神輕飄向端正向自己走來的林家大郎，一身靛藍素面袍服，眼神清潤、面容如玉，確實是風采過人。溫榮想起陳府赴宴那日，崔家娘子失手落扇的失魂落魄模樣……

溫景軒帶著兩位妹妹迎向前，先與林大夫人見了禮。

甄氏前日聽聞軒郎落馬一事，實是擔憂，今日特意帶了尚藥局的宮製外傷膏，眼下親見軒郎並無大礙，才放下心來。

而林子琛見到溫榮時，薄唇輕抿，嘴角揚起漂亮的弧度，自是感覺到了先才榮娘輕帶而過的目光。榮娘雙眸裡有庭院裡的花紅柳綠，有天空中的雲卷雲舒，似乎還有幾分……審視的笑意？林子琛好不容易靜下的心，又是一陣慌亂，倒不敢去仔細瞧榮娘了，只轉頭問了溫景軒這幾日在府裡養傷的情況，還有是否落下了功課？

怪道軒郎會害怕林家大郎，原來林大郎比阿爺還要緊張了軒郎的功課。

三兄妹接了客人後，一起回了穆合堂。

甄氏帶著三個孩子，規規矩矩地同前黎國公府夫人正式拜了禮。

謝氏在德光寺落成禮時便見過了嬋娘與瑤娘，而林大郎卻是第一次見。謝氏仔細看了看林大郎，眉眼乾淨正氣，遂頷首笑道：「這孩子一見就是有出息的。」

林氏見老夫人誇了林家大郎，笑著在一旁幫言道：「琛郎功課優秀，轉年定能金榜題名，如今軒郎功課長進，亦是多虧了琛郎呢！」

謝氏知曉林大郎平日裡有抽空教輔軒郎時，望向林大郎的目光裡又多了幾分深意。謝氏對甄氏亦是瞭解的，甄氏雖不能說是憨厚耿直了，可心眼與算計同那黎國公府裡大夫人方氏和二夫人董氏比起來，是一個地下一個天上，故謝氏對溫世珩一家與林中書令府走得親近，很是滿意。

甄氏拿出了與軒郎、榮娘、茹娘的禮物，軒郎的是紅木雕魁星點鬥筆匣，溫榮和溫茹則是梨花木纏枝紋熏香盒。

大家坐在一起說了會子話，謝氏便讓孩子們到各處玩去。

今日林子琛帶了幾本書與軒郎，同長輩作別後帶著軒郎去了隔壁廳房說功課。而嬋娘與瑤娘幾日不見溫榮，早纏著溫榮一道兒去院子裡說話了，三位小娘子一路說笑著繞過影照壁。

溫榮瞧著在青石子路上跳格子的瑤娘，笑道：「石子坑坑洞洞的，小心一會兒摔花了臉。對了，先才妳說的是何好玩意兒？」

瑤娘聽言「喔」了一聲，一副恍然大悟的模樣，腳下突然一個踉蹌，還好身邊的婢子扶住了，站穩後急忙命婢子將篋籠提了過來，只見篋籠裡住了一隻上躥下跳的小松鼠。

溫榮瞧著毛茸茸的小傢伙，心又軟又癢的，命綠佩去取了乾果子過來。

瑤娘瞧見溫榮喜歡，得意地說道：「是我獵到的呢！」

溫榮笑道：「瑤娘真真是好身手，可惜了沒能瞧見妳的馬上英姿。」

瑤娘聽言就想起榮娘不肯去秋狩一事，埋怨道：「那可不是？縱是不善狩獵了，去賞風景也是極好的，妳偏偏要推了那帖子！」

溫榮知曉終南山玉山狩獵場風景宜人，周遭群山環繞，草場疏林遼闊延遠，因而承諾道：「今年是不能了，來年再與妳們一道去。」

「說話可得算話了！」瑤娘拉著溫榮對了拇指，承諾不得食言後才滿意了。

不一會兒，瑤娘又壓低了聲音，神神秘秘地與溫榮說道：「這次狩獵，好幾人都瞧著了靈物。」

溫榮一愣。靈物？倒是沒聽軒郎提起。溫榮一臉疑惑地望著開始故意賣關子的瑤娘。

瑤娘神神秘秘的，嬋娘是不屑叫妹妹遂了心意，直接與溫榮說道：「這次狩獵，許多人在疏林裡瞧見了雪狐。」

若是雪狐，那可真真是罕物，溫榮亦是只聽過，卻從未見過。靈物現身與天生異象一般，都極得世人的重視，看來盛京裡又要生出許多傳聞與說法了。

瑤娘見賣的關子被嬋娘攪了，只好接著說道：「雪狐現身，眾人都說來年聖朝必有大吉之事，二皇子聽了很是喜悅呢！」

溫榮卻是不以為意了，二皇子多半是聽見人吹捧，故又得意忘形。說來二皇子雖有手段，可卻不知收斂，欲速則不達，大事難成。來年不過是乾德十四年，溫榮記憶裡，乾德十四年並未有大事發生。

瑤娘拉著溫榮說了好些秋狩的事情，關於三皇子李奕的更是要事無巨細，而提到三皇子，不免就想到軒郎驚馬一事。如此算來，三皇子可謂是軒郎的救命恩人。

嬋娘想起當時景象，心有餘悸地說道：「溫二郎落馬可真真是嚇著我們了，好在傷不重，總算是有驚無險。」

瑤娘是不遮遮掩掩的，憤憤不平地應道：「我聽哥哥說了，溫二郎騎射技藝頗好，如何能叫那小鹿驚著了？分明就是溫菡娘有意為之，到處宣揚溫二郎是叫小鹿驚著的，可我與嬋娘是不信的！」

原來軒郎叫小鹿驚著的傳聞，是二房傳出來的。萬幸軒郎傷勢不重，他們無法遂了心意，可如此還是不願叫三房好過，接連著再唱上一齣。軒郎堂堂男兒被隻驚慌失措的小鹿驚落了馬，傳出去定叫人輕視，好在明眼人還是有的。

「對了，榮娘，昨日我哥哥——」瑤娘才剛開口，就被嬋娘撞了一下。

溫榮見狀輕笑，善棋之人心思細膩，嬋娘攔住瑤娘總不會錯。溫榮不追問，提著篾籠笑說道：「今日妳叫我瞧著了這可愛的小傢伙，我也不能藏寶了不是？前幾日我得了幾只新巧的魯班鎖和梅花玉扣九連環，可要一起玩了？」

「好啊，我們比比看誰解得快！」聽見有好玩的，瑤娘拊掌歡喜道。

溫榮吩咐婢子去取魯班鎖和九連環，自己帶二人出月洞門，沿著庭院的湖心長廊去那碧雲亭。碧雲亭沿湖而建，立於亭中，極目所視，水光瀲灩，樹影蒙空，一派大好風景，湖岸上盛放著四時不絕的秋海棠，粉紅的秋海棠猶如曉天明霞，俏麗花姿迎風明媚動人。

原先謝氏是將此處院子封起的，直到溫榮住了進來，謝氏才命人將院子重新打掃了開放。平日裡溫榮常扶著謝氏來此處散步說話，如今溫榮才知曉，原來真正的黎國公府，該是這般模樣。若不是數十年前的易子之事，阿爺該是承了黎國公爵的。阿爺與軒郎素來端正勤勉，若由阿爺承爵，或許黎國公府真能如這碧雲亭旁的海棠一般，四時不滅。

溫榮與林府二位娘子才到亭中，便有婢子端來了茶點與果品。

篋籠放在了一旁，小松鼠吃盡了爪子裡的果子，又窸窸窣窣地躥跳不停。

溫榮與嬋娘照瑤娘的意思，一人拿了一只魯班鎖，而瑤娘自己挑了九連環，要比了誰先解開。溫榮和嬋娘已經將魯班鎖拆了又裝好，可瑤娘手中的九連環卻似與她作對一般，一只都拆不下。

溫榮心下好笑，瑤娘的性子適合鞭陀螺。

瑤娘左右擺弄都不成，洩氣地將九連環拍在了亭間石案上。

溫榮笑道：「可要我幫忙了？」

林瑤噘嘴說道：「這九連環古怪得緊！分明就是那樣解的，如何到了梅花扣這一環又不行了？」九連環是自小就常玩的，掌握了技巧，解開非難事。

溫榮聽言說道：「這九連環可不一般，幾處的梅花紋玉環都是有玄機的，我也研究了許久，若是叫妳這般簡簡單單解開了，我豈不沒面子？」

「我就說了這裡面有古怪！」

瑤娘聽言九連環裡有玄機，又來了興致，不肯叫溫榮教了，反要討了去，覥臉說道：「榮娘都要解上些時日的，我自是無法馬上解開，不若借與我回去把玩幾日，想來定能破了這玄機！」

溫榮如何會吝惜了九連環？遂笑著答應。

「榮娘。」

三位娘子正在亭間玩笑，忽聞身後傳來清澈悠揚的聲音。

林嬋與林瑤回頭瞧見了是大哥，皆意味深長一笑。

林瑤指著不遠處雕著青林隱居圖的石壁說道：「嬋娘，那兒有一處石壁畫，我們過去瞧瞧！」說罷，二人也不與榮娘招呼，一溜煙地跑了。

見此，溫榮不免銀牙暗咬，嗔怪了那二人，心下更有幾分不安，可此時再走是不行了，無法，只得捻衽與林子琛見了禮，又問道：「琛郎如何會來了此處？」

林子琛卻是鼓足了勇氣才過來的，不知心意要如何叫眼前的佳人知曉？

湖風輕過，兩岸粉白二色海棠相簇相擁，秋涼裡亦有清香浮動。

先才林子琛自長廊而來時，遠遠便見到了碧雲亭裡著月白藕絲疊紗花綾襦裳的清麗娘子，一顰一笑間皆如春日桃花輕放，溫暖、適宜，教人怦然心動。林子琛終於知曉，究竟是怎樣的女子，才能畫出令百花低首拜芳塵的千嬌牡丹。

感覺到了溫榮眼中的小心謹慎，林子琛知這般私下相見唐突了，遂歉疚地說道：「打擾榮娘賞景了。老夫人與姑母喚了軒郎說話，某聽聞院裡的小廝說此處風景甚好，故想著過來走走。」

聽言，溫榮心下一鬆，不似先才那般警惕。碧雲亭的景致確是遺風苑裡最宜人的，無怪僕從向林大郎推薦了此處。只是嬋娘和瑤娘拋下自己雙雙離開，叫人好生尷尬。雖知曉長輩心意，且林府這門親事無可挑剔，可如今兩家人不過才有了結親意向罷了。親事未定，林大郎終究是外男，自己與林大郎私下見面，縱然是在自家府裡，可叫下人瞧見，難免有碎嘴之人傳出不好的閒話。林大郎既然無事，自己還是早些去尋了嬋娘與瑤娘吧！

溫榮抬眼望向林子琛，輕聲道：「奴去吩咐了婢子為琛郎伺候茶湯。」

林子琛見溫榮捻裙欲離開，忙定下神來喚道：「榮娘……」話到嘴邊，又沒了下文。

溫榮眼裡閃過一絲疑惑，素來聽聞林大郎行事俐落果斷，可今日似乎頗為不乾脆。無法，她只得止步問道：「不知琛郎還有何事？」

林子琛強作鎮定，聲音清朗，緩聲道：「榮娘悉心教授嬋娘、瑤娘圍棋與丹青，某心下甚是感激，前日裡碰巧得了一支燒藍玉管銀毫和一份漆煙徽墨，用於水墨丹青是極好的。某不善於作那水墨畫，故想將此贈與榮娘，也不叫埋沒了去。」

說罷，林子琛自袖籠中取出一只狹長玉環扣銀釧紋錦盒，言談舉止雖勉強同往日一般端方自如，可手心卻已微微泌出了汗。林子琛自嘆第一次對某人和某事如此在意與緊張，便是轉年的貢院一試，亦因胸有成竹而未太放在心上。原想託了嬋娘將禮物帶與榮娘的，昨日與嬋娘說後，嬋娘都已應允了，可不想在那最後接下禮物的關頭，叫瑤娘瞧見了。瑤娘將禮物奪了去，不但塞還與自己，更譏諷堂堂七尺男兒，卻連這點兒勇氣都沒有，還言之鑿鑿地說榮娘瞧不上那等拐彎抹角的性子，話裡話外都是在慫恿了自己親自去送。

本是可忽略瑤娘胡言亂語的，可心裡確有同榮娘私下見面的心思，遂順水推舟，不再堅持。現下想來，實是有幾分後悔，不知榮娘是否肯收下了禮物？

溫榮看著林大郎捧著的銀釧錦盒，素雅精巧，倒是很合自己心意，可對林大郎此舉心存疑慮，故不敢輕易接了。

林子琛見榮娘柳眉輕攏，便又誠懇地說道：「家妹平素給榮娘添了許多麻煩，不過是尋常筆墨，還望榮娘不棄。」

溫榮猶豫片刻。兩家人往來親厚，若是執意推拒，不免叫人覺得不近人情，且林大郎看似雖有幾分慌張，但眉目清明並不閃躲，可知曉林大郎是無害人之心的。

林大郎說話周全，自己也挑不出錯處，平日林大郎對軒郎亦多有照拂，故自己也該提醒了軒郎則個，不能失了尊師的禮儀。如此想來，溫榮才欠身淺笑道：「琛郎有心了，奴謝過琛郎。」命綠佩上前接下。

溫榮與林子琛作別後，吩咐婢子為林大郎準備了茶果，又命人前往穆合堂傳話與軒郎，令軒郎得空後至碧雲亭。總不能將林大郎一人留在碧雲亭裡，怠慢了賓客。

一切安排妥當後，溫榮才收起笑，沈著臉朝正躲在石壁處、偷偷觀望碧雲亭動靜的嬋娘與瑤娘走去。

兩姊妹瞧見榮娘盈盈走來，皆吃吃笑個不停。待溫榮近前，才發現榮娘面色清冷，也不與二人招呼，只一聲不吭地立於一旁，似是在生氣。二人自知做得過了些，大哥品性雖是再好沒有的，可榮娘與大哥不過只見了數面，心下怕是會有所顧忌。平日裡女娘與郎君往來算不得什麼，可私下裡還是需小心謹慎。林家娘子實是認為待大哥考上進士科後，家裡就會正式同溫府議親，這才促成二人私下會面。

此時嬋娘與瑤娘不免擔心了榮娘會真的生氣，若因此鬧彆扭生分了，可真真是不值當。嬋娘輕推了把瑤娘，衝著榮娘努努嘴。這些歪主意自是瑤娘想出來的，如今又闖了禍。

瑤娘向溫榮靠去，扯著榮娘的袖衫，輕聲討饒道：「好榮娘，我知道錯了還不成嗎？要不我把小松鼠與妳，做為賠罪可好？」

溫榮不滿地瞪了瑤娘一眼。嘴裡說著送松鼠，可眼裡分明是不捨的，自己還能真要了人家的心頭好不成？遂沈著臉，也不答應。

瑤娘見不頂事，也沒轍了，輕嘆一聲蹙眉說道：「也就那好不容易得的小松鼠討喜些，若榮娘連小松鼠也瞧不上眼，我卻是再沒好的了。好榮娘，妳要如何才肯消氣了？」

溫榮知瑤娘是真在認錯了，面上表情才略鬆了些，煞有介事地說道：「我卻是有瞧上的，只怕妳不肯。」

瑤娘見榮娘終於開口，眼睛一亮，拍拍胸脯，豪爽地說道：「榮娘若是有瞧上的，儘管拿了去！」

溫榮倒第一次瞧見瑤娘這般嚴肅認真，撐不住噗哧一笑，將青碧繡水芙蓉錦帕在瑤娘小臉前一晃。

「我就是瞧上妳了，要來家裡做我嫂子可好？」

聽言，瑤娘面色大窘，狠狠一跺腳，卻不先罵榮娘，而是啐了嬋娘一聲。

便宜！」

「就妳顧前顧後的，我早說了榮娘不會那般小心眼與我們置氣的，如此倒叫榮娘占了我

嬋娘聽言，杏目圓瞪，正色道：「如何是占了妳便宜？若是軒郎肯收了妳，想來爺娘與我都是極願意的，就怕委屈了軒郎！」

瑤娘氣得轉身，頭也不回地往水廊而去，瞧樣子是想回了穆合堂。

嬋娘不忘在背後笑道：「莫不是要去同姑母告狀，說我們欺負了妳？只是若姑母問起我們怎麼欺負妳的，妳可要想好如何開口了！」

瑤娘聽聞二人的笑侃，一時氣結，腳步一滯，突想起一事來，遂又折還了回來。

瑤娘三步作兩步地跑到溫榮跟前，笑得陰陽怪氣。

「我可不怕妳們的嘲笑，不過是說說罷了。倒是榮娘，我卻有一事好奇，昨日琛郎巴巴兒地求我們帶了禮物與妳，可被我們拒絕了，先才琛郎可是將禮物親自送與妳了？拿出來叫我們瞧瞧是何好玩意兒！」

溫榮頗為詫異，望著二人說道：「琛郎送的是筆墨，妳們不知道嗎？」

琛郎分明對榮娘有情意，卻只送了筆墨？本以為琛郎會送白玉梳或是玉珮、髮簪之類的，不承想竟是筆墨。瑤娘與嬋娘面面相覷，嘆琛郎不知風月。嬋娘與瑤娘對筆墨毫無興趣，三位娘子又玩笑了一會兒，便有婢子來尋了回穆合堂用席面。

用過了席面，林氏命茶娘子用江南名茶餘姚仙茗煮茶湯，而溫榮與嬋娘則在穆合堂裡擺起了棋盤。

林子琛向溫景軒交代國子學裡該注意的事情，可說著說著，目光卻不自覺地飄向了棋盤處。榮娘的棋藝被嬋娘誇得出神入化，說來亦是，原先自己與嬋娘的棋技是不相上下的，可自嬋娘師從榮娘後，自己便不再是嬋娘的對手，輸多贏少，嬋娘如今幾已不屑與自己弈棋了。對弈時，溫榮眉眼含笑，提子落子皆淡定從容，不似嬋娘那般蹙眉沈思，可知榮娘與嬋娘弈棋是十分輕鬆的。

「若是下於此處，黑子十步之內將處於劣勢。」

聲音清亮婉轉，林子琛端著茶碗的手緊了緊。

溫榮與嬋娘弈棋，已是習慣了邊下邊教，正因為如此，嬋娘的棋技才能進步飛快。

過了申時，謝氏吩咐婢子準備車馬。

送走了客人，溫榮遵照阿娘的意思，將林大夫人送與自己的梨花木熏香盒打開了，瞧見盒中連珠紋錦緞裹著的步搖時不禁愣怔，這……也太貴重了些。赤金雙蝶戲牡丹綴金絲南珠宮製步搖，送皇親貴戚也不過如此。林氏見了也嚇一跳。

而與茹娘的是一支赤金嵌寶蝴蝶簪，軒郎是紫檀嵌玉雕梅竹鎮紙，也是用心準備的。

溫榮自是不敢說出林大郎私下還送了禮物，只命綠佩將銀釧錦盒先悄悄拿回廂房。

甄氏的意思再明顯沒有的了，林氏對林大郎也很是滿意，面上是藏不住的喜意。

時辰已晚，林氏吩咐了溫榮好生照顧伯祖母後，帶著軒郎與茹娘同謝氏作別。

再過一會兒，溫世珩該下衙回府了，而未事先請示了溫老夫人，林氏不敢擅自作主留宿在遺風苑裡。

溫榮回廂房換了一身素青襦裙，抬眼看了看放置於櫥架上的錦盒，才轉身去尋了祖母。

謝氏讓溫榮扶著，沿長廊回穆合堂，笑道：「榮娘可是早已知林家心思了？」

溫榮想起碧雲亭裡身姿挺拔、俊朗不凡的林子琛，面頰上有幾分發燙，垂首低聲說道：「伯祖母莫要笑話了人家。」

謝氏頷首道：「林大夫人倒是真心地想成這門親事，我瞧見林大郎也喜歡，與妳是般配的，只是林中書令與林中丞怕是不甚乾脆……」

祖母所言，溫榮並非不曾思量過，她目光微動，輕聲說道：「伯祖母放心，兒都知曉的。」

謝氏心裡雖不是滋味，卻也無可奈何。榮娘本該是黎國公府嫡長女，如今卻成了他人眼中的雞肋。貴家之間相互結親，待嫁的郎君和女娘，無一不是被放在了秤上稱量的，家世、品貌缺一不可，家世卻又是擺在了品貌前頭。林大夫人是有眼光的，京中不乏容貌端麗俊俏的女娘，可有風骨與氣韻的卻極少。被美貌所惑，不一定得賢妻，可榮娘二者兼具。謝氏不知哪家有福氣，能娶到了榮娘。

秋日夜空裡最亮的是天河東處的牛郎星了，與天河對岸的織女星遙遙相望。河漢清且淺，相去復幾許。

溫榮扶著祖母憑欄賞看秋夜的星幕，倒一時忘了時辰。涼風輕過，溫榮不禁打了個寒顫，感覺到祖母手微涼，慌忙轉身自婢子手中取過羽緞褂為祖母披上，關切地說道：「伯祖母，長廊上風涼，兒扶伯祖母回房歇息。」

謝氏輕嘆了一聲。「好，時候不早了，榮娘也早些回去歇息。」

謝氏擔心榮娘會在意林家這門親事，若是不成，往後少不了傷心失落。如今榮娘幾是自己唯一安慰，沒有榮娘相陪，自己不過是等著油盡燈枯，一併解脫罷了，故著實不捨得榮娘委屈。

溫榮先送謝氏回內堂廂房，仔細查看了祖母房裡的窗扇是否關嚴實，一切妥當後才與祖母道安。才回房裡，綠佩便亦步亦趨地跟在身後，溫榮瞥了綠佩一眼，卻也不搭理她。

綠佩無法，只得開口問道：「娘子為何不打開了那錦盒看看？」

溫榮不在意地散了髮，烏溜溜的長髮披散下來，碧荷服侍溫榮換上了中衣，溫榮這才慢條斯理地道：「有何可看的？不過是筆墨罷了。」

「奴婢都瞧出來了，娘子還要故意不承認！」綠佩倒是關心溫榮的大事。

碧荷笑道：「綠佩姊是急著當管事娘子了！」

「貧嘴，去取來看看吧！」溫榮嗔怪道。兩人是被自己慣壞了，說話越發沒大沒小起來！只榮娘自己也撐不住了好奇。

綠佩將錦盒捧到溫榮跟前，頗為緊張地說道：「娘子，林大郎會不會與林大夫人說了？若是林大夫人認為這是私相授受，該如何是好？」

溫榮搖了搖頭，笑道：「不妨事的。」若只是普通謝禮，林家人並不會在意；若林大郎真有私心，更不會出去隨便說了，畢竟與他無任何益處，何必誤人誤己？且溫榮是相信了林大郎品性的，否則也不敢讓軒郎與他走得如此近了。

溫榮將錦盒上的蓮花扣環取下，小心地打開了錦盒，還未出聲，綠佩已大驚小怪了起來。

綠佩驚呼道：「娘子，這銀毫好生精緻！」

碧荷亦瞧出端倪，警惕道：「娘子，這怕不是一般的答謝禮。」

一支銀絲蔓枝紋交纏並蒂蓮玉管燒藍銀毫，玉管頂部鏤出細孔，綴了細巧青藍同心結。溫榮心下好笑，這銀毫端手裡都嫌重了，平日裡如何能拿來做水墨畫？

放下銀毫，溫榮又執起那方漆煙徽墨，徽墨豐肌膩理、光澤如漆，墨面上精刻瀟湘八景。徽墨是不輸於銀毫的珍貴，如此可真真是捨不得用，只能做那藏品，這份答謝禮確實貴重了些。

溫榮將銀毫與徽墨重新放回錦盒，吩咐綠佩收存好了。

綠佩詫異道：「娘子不用嗎？那銀毫沈了些，可徽墨看著比娘子平日裡使的細膩上許多。」

溫榮笑道：「瞧妳緊張的，又不是要丟了去。先收好了，該用時我自會拿出來用的。」

若是不該用，還是尋了機會，還給林家大郎吧。祖母也知曉這門親事不會順意的，林大夫人雖有意結親，可林家不是單單她一人說了算。林大夫人今日送如此貴重的步搖，確實是林中書令與林中丞同意的，可這支步搖並不僅僅是林家對自己的重視和認可，更是緩兵之計，誰叫自己棄之可惜。溫榮自嘲一笑。林家若是真心求娶，大可不必等來年，如今便可早早議親，定下親事後，過上二、三年再全大禮亦為常事。

待林大郎來年榮登進士榜，憑藉林中書令在朝中關係，林大郎進翰林院或御史臺是輕而易舉的。林家大郎年輕有為，到那時，林府根本不用去別家求娶，自有許多貴家盯著這門好親事，就是與皇親貴戚結親亦大有可能。林中書令雖非圖利益之人，可也必須考慮了林氏一脈安穩。官至中書令，自是高處不勝寒。

溫榮還是覺得慶幸了，重活一次，連自己的終身大事都能看淡許多。林大郎今日送同心結與並蒂蓮，倒是明白地表示了心意，可那點兒女情長，在權勢與利益面前，算得了什麼呢？

這日，溫榮正準備了去宣義坊。昨日裡收到陳家娘子來信，說是打算先回洛陽，而房大學士也與她們回信了。天陰沈沈地飄著幾絲細雨，綠佩服侍溫榮穿上妝緞銀鼠灰褶子大氅，一早與祖母作別後，帶了遺風苑的部曲與僕僮出府，約莫巳時初刻，趕到了宣義坊。

溫榮由婢子迎進烏頭門，陳夫人、月娘、歆娘已在前院裡等候，如今陳府家眷雖心有難處，精神卻好了許多。陳府娘子牽著溫榮至廳房說話，陳夫人則去吩咐了熱茶湯。

月娘取出房大學士的回信，只是四字「稍安勿躁」。

溫榮頷首問道：「房大學士可同意見妳們了？」

月娘搖了搖頭。

「不曾同意。可有這四字，我們便安心了許多。」

房大學士信裡的意思是——此事要等到御史臺巡按回京後才可定奪。

此確乃為官之道。為人臣子，若是無法猜到聖主心思，官級必定不高；猜到了卻不肯安分守己的，必然做不長久。房大學士與林中書令能如此得聖主器重，是不無道理的。

房大學士肯回信，至少說明房大學士不會對此事不聞不問了。

歆娘捧了一盞茶遞與溫榮，歡喜說道：「明日我們就要回洛陽了，可過一段時日還要過來。」

溫榮聽言，也替陳府家眷高興。稍安勿躁亦指明此事聖主尚在權衡之中。陳家人仔細想想便能知曉，朝武太后生辰在即，彈劾陳知府貪墨一事，要到來年才會有定論了，與其在京裡乾等，不如先回洛陽。

月娘在一旁說道：「我們打算過了上元節再進京。」

不一會兒，歆娘被打發去廚裡吩咐點心，房裡只有月娘與縈娘二人。

月娘猶豫了一會兒，幾番欲言又止後說道：「縈娘，若是妳有機會見到五皇子殿下，可否幫我們謝謝他？此處雖為五皇子別院，可我與歆娘卻也只在茶肆吃茶那日見過五皇子，便是後來我們至別院，也是五皇子身邊的親信安排的。」說罷，月娘自袖籠取出一只玉色明暗繡流雲百福荷囊，低聲道：「我也不知該如何感謝了五皇子，這幾日無事，學著做了一只荷囊，縈娘若是方便，幫忙交與五皇子可好？」

溫縈蹙眉，頗含深意地望著月娘。

月娘面上紅暈一閃即逝，雙眸忽閃，不敢看向溫縈。

數月前二位娘子送與自己的平安結還是歪歪斜斜、入不得眼的，可今日的荷囊卻極為精巧。溫縈心下輕嘆一聲，吩咐碧荷接下，握著月娘的手，誠懇地說道：「那五皇子的性子最是清冷，不知月娘可有耳聞？我自尋了機會幫妳送，可肯不肯收，我不敢保證的。」

月娘聽言很是感激，忙不迭地點了頭。「我這兒先謝謝縈娘了！」

溫縈笑了笑，並不多問，只輕鬆地說道：「不過是小事罷了，成不成還尚未可知呢。只是妳們上元節後回京，可還是住於此處？」

月娘頷首，言語裡頗有幾分喜意。

「是了。今早上院裡管事的說了，五皇子差人帶了話過來，說我們回京後，直接過來了此處便可。」

溫榮聽言放下心來。「如此甚好。」

如今陳知府家的該是都感恩於五皇子了。房大學士終於肯回話，不論是因為五皇子在後面幫了忙，還是被陳知府家眷的執著感動，這中間，都有五皇子的功勞。不過是水到渠成之事，溫榮未作他想，安慰了陳夫人幾句，又與二位娘子說了一會兒話，由於天涼夜來得早，故溫榮過了未時即與陳府家眷作別。若無意外，轉年上元節後又可再見了。

月娘與歆娘也合做了小禮物送溫榮，綴寶珠百瀧流紋藕荷瓔珞，溫榮瞧見很是喜歡，陳府娘子是有心思的，知曉自己的喜好。與陳夫人、陳府二位娘子作別，溫榮並不讓三人送出烏頭門，披上了銀灰氅子，自向院外走去。

直到遺風苑的馬車出了街坊，一襲玉青色大科綾紗袍服的郎君才端步走了出來。著藏青色袍服，名喚作桐禮的侍衛上前欠身問道：「殿下好不容易擺脫了王淑妃派來跟著的人，為何不進去了？」

李晟握著的手微微緊了緊，並不做他言，只說道：「回宮吧。」聽聞溫四娘已收下琛郎的禮物，更何況，自己與她亦未有何可說的……

溫榮回到遺風苑裡，至廂房換了一身青緞素面小襖胡裝，便去了內堂尋祖母。她一五一十地與祖母說了陳府家眷情況，單略去月娘請求幫忙帶謝禮與五皇子一事。

謝氏知曉房大學士回信後，頷首道：「陳府家的暫時不用提著心過日子了，回洛陽好啊，什麼都不及一家子團聚在一起。」

溫榮知曉祖母心裡的渴盼，可如今只能一步一步再做打算。算來已在遺風苑住了月餘，而自己畢竟是黎國公府三房娘子，長期住在遺風苑不合常理，溫老夫人更會因自己的不識趣而越發遷怒於三房。如今祖母身子已大好，故溫榮答應了阿爺、阿娘，待太后壽辰結束，就回西苑。

謝氏將茶碗合上遞與汀蘭，望向身旁低首若有所思的溫榮，慈祥地說道：「那日朝武太后壽辰，榮娘隨我一道入宮拜賀。」

溫榮抬眼，頗為驚喜。宮裡真的來了與自己的宮帖？

謝氏有一品國夫人邑號，故按照大聖朝規矩，每年元月、冬至、立夏等日子，皆要赴太后所居延慶宮參賀。可太后與聖主念及謝氏孤老，免了其參賀之禮，謝氏是感激朝武太后這故友於己的照顧的。此次太后生辰，內命婦與外命婦皆將進宮賀壽，沾親的宗室家眷自不必說，朝中五品以上官員之母、妻皆收到了宮帖；外命婦中，三品以上者可攜嫡出長女、長孫女入宮拜壽。家譜上，溫榮並非謝氏長孫女，之所以能進宮向朝武太后慶壽，是因入了太后的眼，故得了特許。

「伯祖母，太后壽辰，兒該送什麼才好？」溫榮顰眉問道。

德光寺落成禮那次，是在祖母指點下才作了一幅春江景，此次太后生辰，雖說得了宮帖是莫大的榮耀，可壽禮亦叫人費神。自己對朝武太后並不瞭解，還是得靠祖母。

謝氏見溫榮對賀壽一事上心，頗為欣慰，沈吟片刻後問道：「榮娘，妳前日裡佩帶的香囊可是親手做的？」

溫榮不好意思地搖了搖頭。「不全是。香囊花樣子是阿娘繡的，香囊裡的香料是兒配的。」

謝氏笑著頷首。「如此便可。花樣子是其次了，臨時去繡亦來不及了，那香味我聞著倒是喜歡。」

溫榮聽言眼睛一亮，這般可容易了許多。香料於己而言不難配，自己素來喜歡純粹的花香，故原先在杭州郡時，便收集和陰乾了各季的花蕊粉。若是要送予太后，可在香花丸裡再加上檀香、降香和龍腦，香味不但淡雅清新，更有安魂鎮魄、捷獲禪悅的功效。相較於宮廷裡用久了便叫人膩煩的秘製香料，這主調是花香的香囊荷包有更多的妙處。

溫榮抬眼，歡喜說道：「謝謝伯祖母提點，明日兒去東市看看有何可用的錦緞料子。」

真真水晶心肝的人兒！謝氏笑道：「好的。太后雖尊貴，卻也喜歡素雅大方的。」

溫榮又與祖母說了一會子話，才起身去了廚裡。前兩日軒郎差小廝自國子學帶話回來，說是想吃自己做的蜜糖松子酥。軒郎早先並不常吃糕點，可入國子學後，因國子學裡飯食太過淡口和單一，故嘴饞了。國子監是有提供食宿的，林氏本不同意軒郎住在國子學，可國子監司業與林大郎在考了軒郎功課後，都認為軒郎功課底子偏薄，溫世珩聽了國子監司業建議，命軒郎暫住於國子學，如今軒郎一個月就只能回黎國公府兩次。

溫榮對此無異議，好歹離溫老夫人等人遠一些，且還能與同窗多相處。

二位皇子與林大郎偶爾會帶軒郎去練騎射，可為了不耽誤軒郎學習，一月亦不過三兩次而已。軒郎卻是希望能有更多的時間學武功，多次與榮娘埋怨，為何他不能文武兼修？溫榮勸軒郎先安分地在國子學裡住上一年，待功課底子紮實了再回府裡，可與阿爺商量了，正經地請一名武功師傅，每日下學後練上一個時辰武功。軒郎聽了亦知無他辦法，只是要溫榮時不時地做些糕點送與他解饞。溫榮念及軒郎功課辛苦，倒也同意，且這段時日要照顧祖母，茹娘那兒陪伴得少了些，每每不忘再為茹娘做上一份。

第二日，溫榮吩咐了僕僮將食盒送去國子學，便帶了綠佩和碧荷前往東市。東市裡最大的綢緞莊就是溫榮一家初至盛京時，大伯母方氏推薦的程記瑞錦綢緞莊，溫榮到了東市後，徑直往程記的鋪子走去。

接待溫榮的依舊是那位掌櫃娘子，掌櫃娘子瞧見溫榮，一眼便認出了，畢竟那時掌櫃娘子對溫榮是感激的，溫榮肯讓出那疋五色錦與太子，鋪子裡少了許多麻煩。

今日再見，掌櫃娘子很是熱情。「小娘子，看看有何喜歡的。昨日剛有幾批上好的染纈料子送到，小娘子可有興趣？」

「有何好的，拿出來瞧瞧先。」綠佩望著櫃格上琳琅滿目、色彩各異的錦緞，早已是眼花撩亂，不知該如何下手挑了。

「好勒，小娘子請於雅座稍事休息。」掌櫃娘子邊說邊邀請溫榮至一旁的雅座，並連忙吩咐婢女將新料子拿出來。

這一疋疋料子都是上好的，摸上去細緻光滑，可顏色卻太過鮮豔，那夾纈牡丹、銀朱團窠纈錦緞是十分的富貴華麗。溫榮記著祖母的交代，太后喜歡素雅大方的花樣，故抬首望向掌櫃娘子問道：「不知莊裡可有素雅的料子？」

掌櫃娘子笑吟吟地問道：「娘子可是自己用了？是要做了裳裙還是屏風或鞋面？」

溫榮搖了搖頭笑道：「並非是我自己用的。想做了禮物送與老人家，故想著素雅些的好。」

掌櫃娘子爽聲笑道：「小娘子早說了便是，我這綢緞莊可是啥都有的，我這便命人取了來！」

只見婢女又新捧了幾疋錦緞過來，果然要素雅上許多，皆是秋香、薑黃、檀色等沈穩適合老人的顏色。

溫榮忽然瞧見一疋琥珀色，用蝙蝠、鹿桃、松鶴做的福祿壽紋夾纈錦緞料子，那花樣栩栩如生，夾纈錦緞素雅且不失富貴大方，花樣的寓意又是極好的。溫榮捧著這疋錦緞，瞧了是越發滿意，正要問掌櫃娘子這料子價值幾何時，猛地瞧見綢緞莊外正向裡張望的禹國公府韓大娘子和薛國公府張三娘子。溫榮蹙眉不喜，真真是冤家路窄，前次在趙府鬥畫，韓大娘子怕是恨上自己了，自己鮮少來的東市，偏生又遇見她們。

綢緞莊外的韓大娘和張三娘亦瞧見了溫榮，二人施施然地走了進來，看著溫榮，不冷不熱地笑道：「倒是巧得很！」

溫榮無法，起身同韓大娘與張三娘問了好。

韓大娘四處看了一遭，乜眼瞧著溫榮。「林府娘子沒與妳一起？」

溫榮輕笑道：「只我一人了。衣料我已挑好，二位娘子請自便，我先告辭了。」

溫榮不願與二人多說話，轉身命綠佩拿上琥珀色福祿壽錦緞去與掌櫃娘子送錢。

不想韓大娘瞧見溫榮挑中的錦緞時，兩眼都放出了光來。韓大娘今日亦是至東市尋太后賀禮的，她是禹國公府嫡出長女，故在受邀之列。去年韓大娘送與太后的是極其名貴的翡翠滿綠玉鴻運手排，可不想太后並不在意，反倒是應國公府謝大娘送的不值錢的、親手繡的松鶴延年團扇得了太后誇讚。張三娘雖不能進宮為太后賀壽，卻可幫韓大娘出主意，提議送親手做的小畫屏，禮輕情意重，今年定能得太后讚賞。

韓大娘聽後覺得在理，故拉了張三娘一道來東市，找適合做畫屏面子的錦緞。溫榮娘挑的那疋福祿壽紋樣，著實合韓大娘心意。韓大娘並不去為難溫榮，只轉向掌櫃娘子道：「那小娘子好眼光，那般紋樣的夾纈料子可還有？與我也來一疋。」

掌櫃娘子聽言，登時眉開眼笑。夾纈料子很是昂貴，一般人買不得，遂殷勤地說道：「說來可是巧，統共只有兩疋，再多都沒了！我這便去取了與娘子。」

韓大娘命婢子接過錦緞後，不問價錢，打了眼色與身邊婢子，婢子立即上前付了掌櫃娘子五十金。

韓大娘不在意地說道：「料子我很是滿意，多的賞妳了。」

掌櫃娘子自是千恩萬謝。

本以為這就罷了，韓大娘卻盈盈走至溫榮身邊，狀似不經意地說道：「這料子用與做太后的壽禮，是再合適不過的。」說罷韓大娘要轉身離開，又突然咂咂嘴，意猶未盡地輕聲道：「溫榮娘，就算能進宮為太后賀壽，但人與人之間，還是分了高低貴賤的！」

說罷輕笑一聲，這才帶了人離去。

第十五章

韓大娘聲音雖輕，可在溫榮身旁的綠佩卻聽得一清二楚，很是生氣。

「韓大娘子真不講理，她那話是何意思？」

溫榮輕嘆一聲，與掌櫃娘子說道：「夾纈錦緞我們不要了。」

掌櫃娘子笑道：「不妨事的，娘子再挑挑，是否有合了娘子心意的。」

溫榮將綢緞莊裡的錦緞料子又挑揀了一番，不是太過花俏便是不如先才的富貴大氣，因此謝過掌櫃娘子後，空手出了綢緞莊。

綠佩不解地問道：「娘子，那夾纈不是還有嗎？為何不要了？」

綠佩未聽出韓大娘話裡的意思。看得出，韓大娘要用福祿壽錦緞做送與太后的賀禮。拜賀順序是以品級身分排的，韓大娘的身分在己之上，倘若自己賀壽禮的紋樣與她相同，卻在她之後拿出，必是吃虧不討好，只能換了。

出了程記瑞錦綢緞莊後，溫榮主僕三人往東市深處走去。不想未走幾步，天竟輕飄起了細雪，好在三人出府時皆披了大氅。

連走幾家綢緞莊，都未挑到滿意的錦緞。溫榮倒是不急不躁，徐徐地在東市街道上各處瞧著。

綠佩與碧荷卻有幾分心灰意冷，很是為娘子焦急。倘若真未買到了合適的，奉與太后的賀禮該如何做了？

溫榮忽然在一家茶肆前止住了腳步，那茶肆櫥架上的一套長沙窯素面青釉茶具吸引了溫榮，遂帶著綠佩與碧荷走進茶肆，挑起了茶具。原來這兩月溫榮苦練的茶膏點茶技藝已見成效，如今雖不能說是爐火純青，卻也可算得上嫻熟。

溫榮並不吝惜技藝，平日裡悉心教了汀蘭，汀蘭無丹青功底，無法在茶膏之上點出盛放的牡丹或秀水群山，但能學如何調製茶膏。謝氏這些時日已喜歡上了這正宗禪茶，只無奈溫榮不能長住於遺風苑。

配禪茶最好的茶具要數長沙窯和越窯，遺風苑裡祖母是慣用長沙窯的，可黎國公府西苑用的卻是婺州窯與壽州窯，故溫榮打算備上一套放在西苑廂房。

溫榮仔細查看了那套長沙窯青釉茶具，確認無任何不妥與瑕疵後便命綠佩付了錢。

綠佩見娘子得了心儀茶具後歡喜的模樣，不免噘嘴擔憂道：「娘子，錦緞還未尋到，如何先買了茶具？若是遲了，買不到錦緞，該如何是好？」

溫榮笑道：「那茶具瞧著喜歡便買下了，也未耽誤了多少時間。且偌大的東市，我們不過才走了兩條街，妳們二人莫要垂頭喪氣的。」

東市的熱鬧不因細雪而減分毫，比之往常反倒是更喧鬧了，街邊時不時地傳來孩童清稚的嬉笑聲。東市裡除了各處商鋪肆、雜耍百戲，還有掛著大字「神機妙算」布簾的問卜道人。

溫榮主僕三人路過道人卦座時，隱約聽見道人對著一位粗綢白衣，一看便知是外鄉進京、待來年貢試的舉子說道「平地登雪上九霄」。溫榮本不以為意，可綠佩卻頗為激動，還耐不住地轉頭瞧了幾回。

待走遠後綠佩才笑說道：「娘子，道士說那舉子能上九霄呢，轉年必能考中進士科！」

溫榮好笑道：「不過道士一句話，如何就信了？若是憑算命之言便能考上，又何須寒窗苦讀？」

且登雪上九霄並非是好事，溫榮知曉那詩的下一句是「進通月影上仙橋」。稀鬆的雪地、虛幻的月影……平步青雲哪裡有這般容易？只是溫榮未與綠佩說了。難得來一次東市，遇見韓大娘便有夠掃興了，此時何必再減了綠佩的興致？

說話間，三人走至一條小街，小街拐角處是一家不甚起眼的綢緞莊，鋪面比之先才的要小上了許多，賓客稀少，幾是門可羅雀，溫榮進到店裡，四下瞧著。

綢緞莊掌櫃娘子見好不容易來了客人，慌忙放下手中的刺繡花繃子，站起身招待。

「娘子可要買布疋？我這兒各種布疋都有。」

溫榮打量一番櫥架上的綢緞，不若程記鋪子那般花色繁多，皆是一般陳色，心下不免失望，可還是開口問道：「掌櫃娘子，可有素雅時興的錦緞料子？」

掌櫃娘子早瞧出溫榮所穿衣料顏色雖尋常，但那料子卻都是上好的綾羅錦緞，故尋常布疋，小娘子必定瞧不上眼，遂殷勤地取出了店裡最好的幾疋料子。

依舊是普通的繭兒纈紋樣錦緞，無法用於做賀壽的香囊荷包。溫榮顧自地抬頭仔細看櫥架上層的布疋，突然，一疋碧藍色五穀豐登紋樣蠟纈料子闖入眼中。

溫榮心下一喜，指著碧藍色錦緞說道：「掌櫃娘子，那疋與我看看。」

掌櫃娘子一愣，似乎頗為為難，待她取下布疋奉上後，溫榮才發現這一疋要比尋常的小上許多。

掌櫃娘子猶豫片刻後，說道：「這布疋只二十尺，相較尋常的足足少了一半，半件裳裙都做不得，故雖是上好蠟纈錦緞，卻無人問津。」

溫榮摸著這塊蠟纈，質地十分精良，並不輸於先前程記瑞錦鋪子的夾纈錦緞。碧藍錦緞上用了杏黃、鵝黃、櫻草等色，作出了五穀豐登蠟染紋樣。自古便有「是故風雨時節，五穀豐登，社稷安寧」之說法，故那五穀豐登的寓意亦是極好的。既然韓大娘已送了福祿壽圖，自己不若就取了五穀豐登的美意，且只是做一只香囊荷包，二十尺的錦緞綽綽有餘。

溫榮十分滿意，笑問道：「這蠟纈料子價值幾何？」

掌櫃娘子瞧見此錦緞可脫手，十分歡喜，並不訛人，誠意地說道：「這料子很難出手，娘子肯要了，我自便宜賣去，十貫錢便是。」

綠佩聽聞直呼合算，若是完整的一疋，怕是不下十金。

如今溫榮是更喜歡這五穀豐登紋樣的，先才福祿壽雖應景，卻少了幾分新意。待回府後，可得加緊縫製香囊了。

朝武太后生辰在臘月初五，這日盛京市坊全掛上了大紅錦綢。因要趕在吉時前進宮，故盛京中得了宮帖的內命婦、外命婦皆比往常早了許多起身，今日的盛京幾是徹夜燈火。

謝氏邑號一品國公夫人，寅時即起身由婢子伺候換上了冗繁的禮衣，梳半翻平髻，髮髻上簪赤金嵌祖母綠九鈿。

而溫榮是未出閣的女娘，無品級，故按祖母的意思，著一身細雲錦緞長衫，桃紅暗紋影金芍藥束胸長裙，玉底蜀錦織金繡鞋，百合髻簪嵌玉蝴蝶金步搖。

由於外命婦只允許帶兩名隨從扶車，思量再三，謝氏與溫榮決定帶汀蘭與碧荷進宮。綠佩雖羨慕碧荷能隨娘子進宮長見識，卻也無甚怨言。畢竟今日是太后壽辰，宮中將有許多皇親勛貴，自己不曾見過世面，難免令娘子丟了面子。

卯時未到，盛京裡各處市坊坊門大開，晨鐘曉鼓比往常早了半個時辰敲響，南北向大街鼓聲自內而外依次傳開，城中廟宇亦隨之撞響晨鐘，激昂的鼓聲與深沈悠遠的鐘聲交織，徹底喚醒了整座盛京城。

天街裡，馬車一輛接一輛連成串，十分有氣勢，滿滿登登皆是進宮為太后賀壽的。百姓紛紛從市坊裡出來，聚在天街兩旁看熱鬧，雖還未到除夕，盛京裡卻已同過年般熱鬧。

平明時分，車馬聚集於宮城門外，由內侍省內謁監檢審後點引，女眷自光順門進名朝賀，謝氏等年老者，則敕賜肩輿，得乘坐入內。

黎國公府溫老夫人及溫大夫人方氏、溫三夫人林氏已先到延慶宮了，正在與殿中勛貴女眷說著話。

溫榮扶著謝氏進延慶宮側殿時，許多人的目光都轉了過來。前黎國公府老夫人如今可謂是極難得見到。

方氏和林氏一左一右扶著溫老夫人向謝氏走來，溫榮慌忙與溫老夫人、大伯母、阿娘拜安。

「兒見過祖母，見過大伯母、阿娘。」

溫老夫人瞧見溫榮時滿臉的慈愛，牽過溫榮的手，再與謝氏問了好。

溫老夫人輕嘆一聲，頗為無奈地說道：「前月聽聞老嫂子身子不好，我是日日想著要過府探望，可這身子著實不爭氣，入秋後見了風便頭疼。好在府裡有四丫頭在嫂子身旁照顧，幾個丫頭裡，四丫頭是最伶俐懂事，做事最為穩妥的，有四丫頭陪著老嫂子，我才能安心養病。」

周圍不少女眷都豎著耳朵聽這邊說話，溫老夫人說得明明白白的，她亦生病了，可還是將最喜歡的四丫頭送去遺風苑照顧謝氏。

謝氏聽言，面露喜色，頷首笑道：「那可不是？弟妹可真真是好福氣，能有四丫頭這般乖巧的孫女！四丫頭每日在我身邊服侍時，我都是打心眼裡地羨慕妳呢！」謝氏並不避開溫老夫人的話頭，而是順著誇讚下去。溫榮究竟是誰的孫女，溫老夫人是再清楚不過了，這根刺，誰碰都得痛。

溫老夫人和方氏的笑容僵了一瞬，不願就「能有溫榮這孫女是多大福氣」的問題再說下去。

林氏是個不上道的，見兩位老人都在誇溫榮，很是不好意思，低頭謙虛地說道：「榮娘能照顧伯祖母，是她的福氣。」

正好中書令府林大夫人與應國公府謝大夫人過來同謝氏見禮道好，溫老夫人遂笑著再叮囑了溫榮幾句，便帶著方氏與林氏去席上坐下了吃茶。

林中書令雖官居正三品，可正妻早亡，林大夫人是作為五品殿中丞之妻進宮為太后賀壽的，嬋娘與瑤娘自不能來。而謝大夫人同為一品國公夫人，帶著嫡出長女謝大娘子一道進宮。謝大娘同長輩端端正正行了禮，年歲不過十四，不張不揚，不似韓大娘那般跋扈。

溫榮對謝大娘並無過多印象，只知道前世應國公府謝大娘嫁與二皇子，不想二皇子後因謀反獲罪，泰王府女眷皆沒入賤奴，謝大娘在泰王府被查抄當日投繯自盡。

溫榮與謝大娘皆是落落大方、氣度從容的，都得了幾家長輩好一陣誇讚。

溫榮可以感覺到謝大娘瞧見自己時眼裡的欣喜，可礙於長輩在場，只能規規矩矩的，不敢多說話。

吉時到，禮部官員到了延慶宮，朝武太后著石青色織金壽山福海紋褘衣，四福高髻簪十二寶石金鈿，由王淑妃、韓德妃、德陽公主、平陽公主、丹陽公主陪著走了出來。待朝武太后落坐，王淑妃、韓德妃、三位公主便帶領眾位女眷，於延慶宮大殿跪拜朝謁。

禮制繁複，不知跪拜了幾次，溫榮才聽見禮部官員宣佈禮成。眾女眷規矩起身至旁席踞坐，應國公府謝大夫人帶著謝大娘子與前黎國公夫人坐於一處。

女眷禮成後，便是百僚朝賀，朝中五品以上官員進殿賀壽，故離溫榮等女眷獻賀禮尚有一段時辰。

殿中宮婢忙得腳不沾地，為各處案席端上糕點、茶湯。

謝大夫人恭敬地與謝氏說著話，溫榮和謝大娘作為小輩，自是不能插嘴的。

謝大娘朝著溫榮莞爾一笑，氣質溫婉，眉目清秀，笑起時如白蓮一般嫻靜舒朗，可謂是真正的大家閨秀。溫榮思及驕橫跋扈的韓大娘，對比了二人，心下唏噓不已。韓大娘那般品性卻母儀天下，可謝大娘卻與自己一般，一段白綾，了卻餘生……

禮部官員朗聲宣太子與諸位皇子進殿向朝武太后賀壽時，場中待嫁女娘的目光幾乎都落在了幾位皇子身上，而溫榮亦不自覺地抬起了頭。

能入延慶宮為太后賀壽的小娘子，家世皆極其顯赫，如今除太子妃為長孫氏外，二皇子、三皇子、五皇子均未婚配，妃位空缺。席中望向三皇子與五皇子的灼灼目光更多些，大膽張揚，可在不經意間又羞紅了一張俏臉。保不齊哪天來了詔書，殿上的翩翩俊朗郎君，就成了自家夫郎……

三位皇子一致地束紫金冠、朱紫四爪蟒紋金絞邊袍服，腰上繫金繡紋嵌玉腰帶。溫榮是第一次見到李奕穿皇子行服。

三皇子與五皇子送的壽禮並不出挑，不過是尋常的福壽紋樣玉器；而二皇子則送了華光爍爍的鏤雕畫金象牙三層龍船，除了無比的華麗與富貴外，更令人一見便想起二皇子編纂的、極得聖人稱讚的《攘海志》。

李奕如今是在高臺看戲，巴不得前院火起得再大些，他不但能瞧到熱鬧，還能省下不少功夫。溫榮垂首不再關注殿裡情形，端起茶碗品著宮中茶湯。不一會兒，溫榮發覺有人在扯自己的衫袖，抬眼對上了謝大娘明亮的目光。

溫榮如水般的雙眸漣漪輕泛，謝大娘不禁一怔，心下忽有惺惺相惜之感。

溫榮將百果紫玉賀糕端至謝大娘跟前，輕聲笑道：「這糕味道很是好，謝大娘嚐嚐。」

謝大娘頷首親熱地笑道：「叫我琳娘便是，無須見外了。」

吃了半盞茶湯後，謝琳娘合上琺瑯彩壽字紋茶蓋，頗為期待地說道：「榮娘，聽聞妳畫技極好，如今太后掛於延慶宮內殿的春江景亦是妳作的。」

溫榮垂首，不好意思地應道：「不過是粗淺畫技，得了太后高看，卻是惶恐。」

琳娘執起碧紗雙鸝鳴枝團扇捂嘴笑言：「榮娘是謙虛了。妳瞧瞧對面席上的韓秋娘，那巴不得將妳吃了的眼神，必是因為妳在趙府宴上的鬥畫贏了她。」

溫榮一驚，順著謝琳娘的目光望去，果然見到韓大娘正朝這一處看來，對上溫榮目光時，非但不躲開，反而狠狠一剜。溫榮不在意地將韓大娘的不善收入眼底，只是那股子戾氣入心後便化作護花的春雨。

瞧見韓大娘那精心的妝扮，溫榮覺得有幾分可笑。

韓大娘一身如意雲紋織金錦緞大袖衫，鏤金百蝶綴茜紅瓔珞束胸長裙，面妝則畫了兩撇鴛鴦眉，眉心黏羽紗蝴蝶花鈿，點石榴嬌唇妝，傅粉鵝黃樣樣不少。

溫榮奇怪她不仔細地去看三皇子，為何要同自己掐眼架？溫榮收回目光後，低聲說道：「那日贏她並非我所願。」

琳娘蹙眉頷首。

「我知曉，韓秋娘是輸不得的性子。趙府瓊宴我並不曾去，只可惜沒能親眼瞧見榮娘妳的畫技。」

溫榮詫異地問道：「趙府未曾派帖子與妳嗎？」

「派是派了，」琳娘眨了眨眼。「可我推了。」

溫榮對謝琳娘的印象頗好，性子溫和又知禮大方，且說話真誠，並不一味算計旁人。那趙府筵席，有娘子是巴巴兒趕趟去的，可有些娘子卻是不屑一顧，溫榮亦不想再去了第二次，溫榮與琳娘相視一笑。如此這般，二人說話又更放得開了，說起奉與太后的春江景，便不免提到德光寺落成禮，溫榮先才就覺得是第一次見到琳娘，原來德光寺落成禮那日，琳娘因身子不適，未曾出府。

琳娘遺憾地說道：「若是那日去了，就能早些認識妳……」

溫榮亦執起碧玉柄覆霜寒梅團扇半掩嬌容，笑道：「若是投緣，不論何時相逢皆能一見如故；可若是不投緣的，多早認識都無用，見面一樣大眼瞪小眼。」

琳娘知曉溫榮在指誰，吃吃直笑。「韓大娘起初並非衝妳來的，她與林瑤娘的心思，盛京裡哪家不知曉？」話出口了，琳娘才意識到自己小人了，忙道歉道：「榮娘，我並非是要挑撥了妳與瑤娘，只是見妳不似盛京裡那些拿捏做喬的女娘，故才一時口不遮攔……」

溫榮笑著輕輕牽了牽琳娘的手。

「我知曉的，自不會往心裡去……」

過了近半時辰，百官朝賀的獻禮儀式才結束，若不是有琳娘坐在一處說話，溫榮真擔心自己要打起瞌睡了，枯燥無趣得如那書院裡的老夫子講帖經。

女眷獻禮不似百官那般正式，尤其是作為小輩的娘子，只需表了心意便可，故謝氏才會令溫榮送一只親手做的香囊荷包。

琳娘溫和地緩緩說道：「去年我是繡了一柄松鶴團扇，得了太后好一陣誇讚，不知今年又會是哪般情形？」

太后會去誇誰，與壽禮是無甚關係的。禮部官員宣了琳娘的名字，琳娘款款走至殿中，將賀禮輕放於宮中女史捧著的紅錦托盤裡，再盈盈跪下。

是一幅四尺錦繡壽桃長仙鶴朝陽丹青。溫榮雙眸微亮，琳娘亦是善丹青的，無怪開始便與自己說了奉太后春江景一事。太后看著謝琳娘的賀禮，笑得很是喜歡，直誇琳娘用心了，而琳娘跪禮後，太后更將琳娘叫至身旁問了幾句話。

韓大娘的壽禮是寶相花紫檀邊框福祿壽紋畫屏，朝武太后雖也誇了幾句，可溫榮遠遠瞧見都知道太后是在敷衍。

那日在東市錦緞鋪裡，溫榮瞧上福祿壽夾纈，確實是圖紋樣寓意好，可自己要奉與太后的壽禮，真正重要的不在於紋樣，而在於香囊中的自配香料，故就算夾纈被韓大娘先買走，亦不甚在意。溫榮心下好笑，韓大娘該是眼紅去年琳娘送團扇得了太后誇讚吧？可韓秋娘連依葫蘆畫瓢都算不上，只可謂是畫虎不成反類犬。那畫屏上的夾纈，一見便知是綢緞行裡買的，且紋樣又是再普通不過的賀壽圖，如何能及上琳娘親手繡的松鶴？

終聽見禮部官員宣到自己的名字，溫榮起身端正走至殿中，規規矩矩地與太后行禮賀壽。

朝武太后對溫榮的印象很好，若不是溫榮，怕是她那故友今日都不肯給面子進宮了，遂笑著命女史將溫榮的賀禮捧至跟前。賀禮未到，朝武太后與坐於上席下首的王淑妃等人便先聞到了一陣清新花香，比之宮裡的香料少了幾絲甜膩，卻依舊令人精神一振。

太后輕拿起香囊荷包，不是千篇一律的福松壽鶴，碧藍色五穀豐登紋樣香囊荷包精緻小巧，綴數道金絲福壽雙魚結流蘇，朝武太后瞧著越發喜歡，笑問道：「這香囊裡是什麼香？

我聞著熟悉，卻一時想不起。」

溫榮恭敬地跪拜道：「回稟太后，奴是用了杏花香。」

太后聽言很是新奇。「我聽聞那宮裡的調香局，亦有用花瓣嘗試做了純粹花香香囊，可那香味兒淡得很，且味道不幾時便散盡了。」

「奴在陰乾花瓣時撒了花粉，故香味會濃一些，且做香料時加了沉香做固香，如此香氣便能持久了。」溫榮聲音雖輕，卻清亮得叫人忍不住嘆息。

朝武太后聽言，望著王淑妃笑道：「這孩子可是玲瓏心思，無怪婉娘將她捧在了手心裡。」

王淑妃望向溫榮的目光夾雜了幾分探視，口中卻迎合地笑道：「太后所言甚是，這孩子一瞧便得人疼的緊，兒今日可真真是託了太后的福，才能瞧見這新巧的香囊。」

王淑妃聲音溫柔婉轉，一般人聽得如春風化雨一般，溫榮卻是心下一緊。

王淑妃是三皇子生母，如今後宮中最得聖人寵愛的是韓德妃，可得聖人信賴的卻是王淑妃。乾德十五年，王淑妃被封為一品貴妃，因后位虛懸，王貴妃真正掌管了六宮。

王淑妃並不似表面這般親和無害，前世睿宗帝病重期間，韓德妃突暴病身亡，後宮中幼子也幾無倖存，那時李奕太子之位早已坐穩，故禹國公明知事有蹊蹺，卻敢怒不敢言。

睿宗帝駕崩後，後宮中無所出的妃子皆送至感鄴寺出家，雖說是寺院，卻如牢籠一般，外有武衛守著，那些妃子們只能過著不見天日的日子。

溫榮前世嫁與李奕後，正是因為略知曉了箇中隱情，故鮮少去巴結李奕母妃。反倒是韓秋娘，絲毫不介意與感念她姑母韓德妃和王淑妃之間的生死恩怨，誠心誠意地侍奉王淑妃左右。好在禹國公府勢力未被削弱，韓秋娘的后位坐得穩穩當當的。

溫榮對王淑妃的印象，不過僅止於那道賜死慈諭罷了。

「好孩子，快起身吧，過來叫我瞧瞧。」朝武太后笑著向溫榮招手。

溫榮盈盈上前，又端正行了禮。

朝武太后牽過溫榮端詳了一會兒，嘴角笑意更深了些。

「不過幾月工夫，出落得越發漂亮了。」

溫榮紅了臉，微微蹲身謝過了太后的誇讚。

周圍幾道目光都落在了溫榮身上。

王淑妃的容顏依然風華絕代，明豔豔地掛著滿滿笑意，染了大紅蔻丹的長長指甲，不經意地輕敲著海棠紋紫檀扶靠。

相較於王淑妃目光裡若有若無的審視，溫榮倒能感受到朝武太后的真意。

朝武太后望了一眼旁席上端正踞坐的前黎國公夫人，或許是朝賀禮制太過累繁，婉娘面上已露出幾分疲倦，朝武太后眼裡閃過一絲憐意。

太后牽著溫榮，慈祥地問道：「聽聞妳伯祖母前段時日發了舊疾，如今可是大好了？」

溫榮輕抬起了頭，雙眸純淨得如同從未被塵埃沾染，面上笑容很是勉強，輕聲回道：

「回稟太后，伯祖母經了數月將養，如今身子已好了許多。」

分明是在報喜，卻眉心緊蹙。太后不曾接話，王淑妃則合上粉彩壽紋茶碗，笑盈盈地望著眼前清麗出塵的女娘。

溫榮稍稍停頓後，沈靜地說道：「伯祖母雖不咳了，可晚間入睡難，又易驚醒，有時夜風大了，窗欞縫的風嘯聲就能令伯祖母一夜不眠。」溫榮說起了家常。大殿裡人多口雜，溫榮知曉什麼話能說，什麼話不能說。

太后聽言，頗為緊張。「是否請了醫官開安神湯藥？」

溫榮垂下頭。「請了好些醫官開湯藥為伯祖母調理身子，安神湯藥吃了近一月了，見無甚用處，伯祖母便不肯再用了。」

溫榮說的是實話。祖母夜間睡眠淺，除了湯藥，溫榮還有嘗試著做定心安神的香囊，可皆不見效果。

今日祖母想找機會同太后探口風的，可賀壽的日程安排得滿當。不消半個時辰，太后就該去更換行服了，到吉時即正式開宴。

雖不知宴席後太后將作何安排，可今日裡參賀的官員及家眷裡，重臣便占了半數餘。

溫榮說的家常再尋常不過，漫說老人，便是年少小兒，若心中藏著事都會睡不安穩。朝武太后主動問起了祖母，溫榮便要抓住了機會，希望太后能抽出時間，單獨傳見祖母。

王淑妃的眼裡滿是擔憂和欣慰，擔憂前黎國公老夫人的身子，欣慰老夫人身邊好歹有知心懂事的女娘。暖暖的目光落在人身上，卻能叫人不寒而慄。王淑妃端起茶碗，輕抿了一口茶，壽紋茶碗後的薄唇輕浮，是他人無法察覺的淺笑。

王淑妃自三皇子身邊的侍從，知曉了許多關於溫四娘的事，能棋善畫。奕郎更在趙府瓊宴上，當眾向溫四娘求丹青墨寶。王淑妃知曉溫榮拒絕贈畫後很是不屑。盛京中愛慕奕郎與晟郎的女娘究竟多少，她這當阿娘的自然知曉，欲擒故縱、欲拒還迎的戲碼她見多了，溫四娘不知趣地想吊奕郎胃口，往後怕是要後悔的。

王淑妃不過好奇了，到底是怎樣的女娘，能令奕郎那般主動？今日一見，小小年紀即已國色芳華，美不美倒是其次，關鍵是她很聰明。性沈內斂，懂得因勢利導，只閒話了幾句家常，就達到了目的，宴席後，太后該傳見前黎國公夫人了。

王淑妃餘光漫向不遠處，坐於二皇子下首的奕郎，雖正同晟郎說著話，可從容淡然的目光卻時不時地轉向這裡。聖朝裡貴家郎君有三妻四妾是常事，更何況是後宮了，更該有那麼幾個聰明人互相牽制。

王淑妃笑著望向女眷席，目光卻不願在韓大娘身上多做停留。自己的所有謀劃都是為了奕郎，委屈奕郎娶韓大娘，她心裡亦有不甘，既然如今局勢尚在膠著狀態，不若再看看是否有兩全其美的法子。

太后與溫榮又說了幾句場面話，這才命溫榮回席了。不一會兒，太后即回內殿更換行服，而女眷則至側殿等候吉時。

本陪著溫老夫人的林氏，忽然過來尋了溫榮，關切地詢問起先才太后與溫榮說的話。

若說早先太后將溫四娘的春江景掛於延慶宮，還不足以說明太后多看重溫榮本人，那麼今日太后滿面笑意地傳溫榮至跟前，神情比之與應國公府謝大娘說話時還要親切上許多，其意便不言而喻了。

溫榮看出了阿娘面上的不自在，知曉前來問話並非阿娘的意思，該是溫老夫人指使了過來的，故避重就輕，將太后和王淑妃的場面話一字不落地告訴了阿娘。不能叫阿娘在溫老夫人那兒難交差了。

吉時將至，聖主親自接迎朝武太后前往麟德殿。

開席後，宴席四處伴響月鼓豎琴，高臺上立部伎舞娘梳著九騎仙髻，身著孔雀翠衣，佩七寶瓔珞，垂手旋轉，嫣然縱送，隨著曲調加快，舞娘的腳步亦趨於激烈，曲終四弦戛然而止，軟舞亦如鸞鳳收翅……

宴席很是熱鬧歡快，約莫於未時中刻結束，內侍省是安排了申時送賓客出宮的。

朝武太后已覺倦乏，遂留了王淑妃、韓德妃、三位公主於殿中陪伴賓客，自己先行返延慶宮內殿歇息。聖主則召太子、長孫太傅、林中書令等朝中重臣去了御書房。

不多時，朝武太后身邊伺候的女史果然過來傳了前黎國公夫人至延慶宮內室說話。

謝氏拍了拍榮娘的手，叮囑了榮娘幾句，便隨女史往延慶宮去了。

女眷賓客被引往了右殿，有興致者可自行前往殿外花園賞玩，若覺得疲累了，殿中亦安排了席案吃茶休息。

德陽公主領著女娘去側殿玩起了覆射，宮中樂娘在旁敲鼓助興。

溫榮與琳娘皆是喜靜的，見殿中鬧得慌，頗為難耐。溫榮命宮婢取來了雲水金銀二色妝花緞大氅，謝琳娘則是玫瑰紫盤金銀鼠裡鶴氅，二人相攜緩步至郁儀亭。郁儀亭四處是開得正好的素心雪梅與綠萼，冷意裡清香漫動，宮婢於亭中石案擺了龍鳳描金攢盒，兩人又吩咐宮婢送了宮棋過來，不過才下了數十子，便有女史匆匆往郁儀亭來。

女史蹲身同二位娘子道了好後，望著謝琳娘說道：「謝大娘子，淑妃娘娘召妳於側殿陛見。」

謝大娘很是驚訝。

「不知淑妃娘娘何事召見於我？」

女史笑了笑。

「婢子不知。還請娘子快些與婢子一道過去，莫要叫淑妃娘娘久候了。」

謝大娘聽言，忙與溫榮說道：「榮娘，如今不知娘娘召我何事，我亦不知何時可出來尋妳了，若是一人太過無趣，就回了殿裡，好歹德陽公主那兒人多熱鬧，有人陪著一道遊戲。」

溫榮見此時琳娘還想著自己，頗為感激，笑著說道：「莫要擔心我了，妳自快快過去吧！」

琳娘走後，溫榮望著石案上下了數步的棋盤，只覺得無趣，略微坐了一會兒，便準備回殿裡，才起身，抬首間忽瞧見五皇子李晟正順著梅林小路漫步而來。

朱紫色蟒袍在似雪寒梅中分外惹眼，五皇子如玉的面容一如既往的清冷俊逸。冰雪林中著此身，不同桃李混芳塵。梅林中有著神清骨冷無塵俗的別樣風景，不知是因綠萼雪梅綻放了凌霜傲雪的芳華，還是因五皇子靜謐遼遠的目光？郁儀亭在梅林中極為顯眼，溫榮知曉五皇子必是瞧見自己了，此時避開不免失禮，且若是五皇子不願碰見自己，數步後便可轉向另一條小路。溫榮是盼著五皇子自小路繞離的，可不想他卻直直地朝郁儀亭來了。溫榮無奈，只得走下石亭的漢白玉階，垂首立於散落著雪梅花瓣的青石路旁。

待五皇子走近後，溫榮盈盈拜道：「奴見過五皇子殿下。」

李晟「嗯」了一聲，目不斜視地朝前走了兩步。

溫榮才抬眼準備回亭子，卻發現五皇子突然回轉過身。

李晟蹙眉問道：「溫四娘為何獨自在此處？」

溫榮微微蹲身回道：「奴本是與謝大娘至此處賞梅弈棋的，可先才淑妃娘娘召了謝大娘往內殿說話。」

溫榮對五皇子是心懷感激的，除了陳知府家眷一事，溫榮還知曉五皇子的心性和氣度一般人難及。如今五皇子雖幫著李奕謀儲，可五皇子在李奕繼承大統後便逐漸放權，只求做個逍遙王。或許自己不該因為李奕而對五皇子有偏見了。

「嗯。」李晟頓了片刻後又說道：「外面風大，回去吧。」

溫榮訝異地看了五皇子一眼，本以為五皇子是個寡言寡語、惜字如金的，不想原來也會關心他人。溫榮想起月娘託自己交與五皇子的荷囊，心下一緊。平日裡雖有將流雲百福荷囊帶在身上，可卻無甚機會見到五皇子，又不能夠託軒郎帶至書院，可自己答應了月娘，怎能食言？五皇子已轉身往前走了數步，此時梅林裡只有遠處三兩修剪花枝的宮婢……溫榮穩了穩心神後輕喚道：「煩請五皇子留步。」

李晟詫異地望著溫榮。溫榮娘不似會故意與人親近的，且李晟至今還記得初見溫榮時，瀲灩湖光般的雙眸裡那令人心驚的冷意。

溫榮自袖籠中取出了百福荷囊，垂首低聲說道：「陳大娘為感謝五皇子相幫，特意親手做了一只荷囊，還請五皇子——」

「不用了。」聲音比那綴於梅枝的冰稜還要冷上幾分。

溫榮訕訕地收回了手。早知道會是如此，可不幫月娘送上一遭，實難安心。

「喲，原來五弟也在這兒，我可不用再費神去尋了！」

遠遠聽見聲音，溫榮驚訝地回頭，卻見德陽公主、丹陽公主與謝大娘正自小路往郁儀亭而來。好在那荷包早已收進了袖籠！溫榮規矩地同德陽公主和丹陽公主見了禮。

丹陽公主直直盯著溫榮打量，那般毫不遮掩的眼神叫人有幾分不自在，不知丹陽公主是否亦是任性妄為的？

李晟同二位公主點了點頭後，漫不經心地轉身離開。

「五弟，如何一瞧見我們就要走？」德陽公主挑眉高聲笑道：「太后傳我們過去說話呢，二弟與三弟可是已經去延慶宮了。」

李晟聽言只得止住腳步。

德陽公主又望向溫榮，含嬌帶嗔地說道：「太后亦傳見了妳的，不想尋遍大殿都未瞧見妳的影子，我便主動請纓出來尋妳，虧得遇見琳娘了，才知妳在此處賞梅。」

溫榮慌忙蹲身致歉，連道惶恐。

德陽公主眸光流轉，意味深長地來回看了五皇子與溫榮，黏著銀梅蕊花鈿的眼角滿是風情。此時梅林裡，於德陽公主而言是無外男的，可德陽公主依舊一番嬌媚做派。

五皇子蹙眉信步往前走去，路過德陽公主時才冷冷地說了一聲。「走吧，莫要叫太后久候。」

二位公主與五皇子走在前頭，謝琳娘同溫榮跟隨在後，與三位皇親隔了數步之遙。

琳娘面帶愧色，不好意思地低聲道：「我以為妳是一人在這兒，才帶了公主過來的。」

溫榮先才與琳娘弈棋時，雖不過走了數步，卻已知曉謝琳娘不但性子溫婉，為人處事上亦謙和謹慎，見琳娘似誤會什麼，便輕鬆笑道：「五皇子至梅林賞雪，恰好遇上了。」

琳娘見溫榮確實不甚在意，這才放下心來。倘若榮娘真對五皇子有情，心下怕是要怨自己的。琳娘想起先才王淑妃所言，輕嘆一聲蹙眉道：「若不是太后派了人過來，我怕是還無法從淑妃娘娘那兒出來。」

琳娘執起繡金線邊寶藍牡丹錦帕捂住了嘴，準備與溫榮說什麼，抬眼忽瞧見丹陽公主正立在幾步遠的拐角處，二人見狀只得快走上幾步，穩身要同丹陽公主行禮。

丹陽公主上前扶住了二人，笑著擺了擺手。

「與我無須那些繁文縟節。」

丹陽公主的不擺架子倒是叫溫榮側目了。丹陽公主剛過及笄之年，是聖主與長孫皇后之女，長孫皇后早亡，聖主思念亡妻，后位至今虛懸，聖主與太后皆是對丹陽公主寵愛備至的。今年端陽月，吐蕃入京求娶公主，當時適齡待嫁的只有丹陽公主與廣陽公主二人，聖主不忍愛女丹陽遠嫁蠻夷，故將年僅不過十四的廣陽公主下嫁了吐蕃。

盛寵之下多嬌蠻，故溫榮本以為丹陽公主與德陽公主一般，皆是心性極高、做派極大的，哪怕面上笑得再盛，目光深處裡都是將他人視若螻蟻的不屑與輕視。

丹陽公主與謝琳娘本就相熟，平日裡丹陽公主偶爾會傳了謝琳娘進宮說話與弈棋。丹陽公主同琳娘說了幾句話後便望向溫榮，眼裡有幾分驚喜，期期地說道：「我許久前就聽三哥說了溫四娘善棋，連林中書令府大娘子都拜了妳為師。我是與嬋娘對弈過的，嬋娘棋技已叫我甘拜下風了，不想榮娘卻成了她的師父！」

溫榮聽言失笑道：「公主莫要笑話了奴，嬋娘與我不過都是互相玩笑的罷了，哪裡就成了師父。」

「嬋娘那心性兒可不會隨隨便便認輸，」丹陽公主頓了頓，又遺憾地說道：「若不是申時就要送妳們出宮，可是想與妳對弈一局了。往後妳與琳娘一道進宮玩可好？」

丹陽公主並非是單獨詢問了自己的，故溫榮轉頭看著琳娘。

琳娘頷首，認真地說道：「我自是覺得極好，只不知榮娘是否願意？」

公主相邀，哪裡有拒絕的道理？溫榮遂笑著答應了下來。丹陽公主可算爽快俐落，頗好相與。

出了梅林便瞧見數座輕輦在等候，一行人乘上輕輦，約莫一刻鐘，便到了延慶宮。女史通傳後，德陽公主領著一眾人入了內殿。

溫榮隱約瞧見寶石瓔珞簾子後影影綽綽的許多人影，談笑聲不斷自殿中傳出，心下不免有所擔心，不知先才太后是否是單獨召見的祖母？朝武太后坐於海棠紫檀高靠矮榻上，滿面笑容，神采奕奕地與韓德妃說著話，不知韓德妃說了句什麼，太后扣上茶碗，笑得合不攏嘴。祖母瞧見溫榮時，依舊滿眼慈愛，輕輕點了頭，面上表情與往常無異。

一行人與太后拜了禮。

朝武太后望著德陽公主，寵溺地笑道：「今兒我做壽辰，妳這孩子倒擺起了架子，許久前便遣了女史去傳喚了，可妳好一會兒才過來，倒叫我們這些做長輩的好等！」

德陽公主聽言，盈盈放下茶碗，水眸秋光流轉，委屈地與太后說道：「祖母這話可冤枉德陽了，兒哪知榮娘去了梅林呢？叫兒一陣好找。不過五弟恰巧也在梅林，故亦可算是託了榮娘的福，找著了一個，便瞧見了一雙！不知五弟先才與榮娘說了些什麼，怎一瞧見我們就冷下了臉？」德陽公主狀似不經意地提到二人，內殿裡的目光瞬間都落在了五皇子與溫榮身上。

五皇子性子清冷，潔身自好的品行眾人皆知，只不知溫四娘不與其他女娘在大殿遊戲，卻出現在梅林，是為了哪樁？

三皇子李奕本已端起了茶碗，聽見德陽所言，只覺胸口一悶，茶湯便是入了口，也頂在了喉嚨上。

溫榮顰眉垂首，德陽公主所言不假，那時自己確實是在與五皇子說話，可德陽公主在梅林遇見自己時不問，偏在這時候提起……溫榮心下輕嘆，正待起身，卻見對席的五皇子抬眼說道——

「在梅林碰巧遇見了溫四娘，某問溫四娘是否有空，想請她幫忙解一局棋。」一片安靜裡，李晟的聲音格外清亮。

丹陽公主自先歡喜道：「可不是？我才與琳娘說了，往後要請了榮娘進宮，與我們一道弈棋！」

德陽公主笑得古怪。

「是了，我卻忘了你們皆是好棋與善棋之人。不知榮娘何時得空了，也去了我府上，教我下棋可好？」

溫榮一愣。德陽公主府絕非清淨之地，前世裡溫榮便知曉德陽公主是荒淫的性子，府內養了許多清倌面首，京中貴家女娘鮮少有獨自去公主府的，皆怕一不慎便被毀了清譽。

「皇姊府裡怕是連副棋子都沒有吧，喚了榮娘過去有何用？」丹陽公主一句玩笑話，輕輕鬆鬆地幫溫榮解了難。

溫榮感激地看了一眼丹陽公主，卻瞧見丹陽公主輕笑地同自己頷首。原來丹陽公主只是看著像瑤娘那般不拘束、沒思量，可心卻如明鏡似的。

德陽公主一副嬌憨委屈的姿態，正要同太后撒嬌時，瓔珞寶石簾子外傳來了女史的通傳聲。

朝武太后還傳見了溫老夫人與大伯母？

溫老夫人與方氏笑著同太后賀壽，又與殿中皇親行禮後才坐下。

太后神色不變，一味地同眾人玩笑，眼見快到了申時，朝武太后忽然望著溫榮笑說道：「妳伯祖母平日裡一人住在遺風苑，妳得空了要常去陪她老人家。」

溫榮連忙起身，畢恭畢敬地答應下來，承諾了會照顧好伯祖母。原來朝武太后將溫老夫人與大伯母一道喚至內殿，就是為了叫她們聽見這句話。

之前溫榮住在遺風苑裡，短時尚可，時間長了，便連溫世珩與林氏都要催著回西苑，今日太后發了話，是無人敢在背後非議了。太后是在為祖母著想，可溫榮亦猜到了先才祖母同太后說的事必不順，太后此般舉動是在安撫的。

溫老夫人與方氏笑得尷尬，即便知曉太后明著打她們臉，也無可奈何了。

眾人又說了一會兒話，申時初刻，內侍省安排了馬車送賀壽的朝臣與家眷出宮回府。

到了光順門處，溫榮是要隨祖母回遺風苑的，故同溫老夫人、大伯母與阿娘道別。

回遺風苑的馬車上，謝氏蹙眉說道：「此事叫爵位絆住了，太后不肯鬆口。」

溫榮既不驚訝亦不失望，今日的結果必然是這樣，只不過是先探探太后口風罷了。溫榮柔聲問道：「太后如何說的呢？」

謝氏頓了頓，嘆氣道：「於理合，於禮不合，叫我莫要有了這想法。」

不過一瞬的工夫，謝氏的面容晦暗了許多。溫榮覺得心揪著不舒服，卻又說不上是為了什麼，只努力笑著安慰祖母道：「祖母，往後黎國公府可不能干涉我去遺風苑了。」

謝氏將溫榮攬在了懷裡，頷首笑道：「是了，其他的再從長計議了便是。」

朝武太后單獨傳見謝氏說話時，明裡暗裡還隱約地透了一層意思——太后和聖主對前黎國公與謝氏是心懷感恩的，太后坦言若不是前黎國公，當今聖主無法順利繼位。可今時往昔已不同，黎國公府更是物是人非、大不如前，只不過現下風調雨順、皇糧充盈……

太后話裡的意思是，若無異動，皇家暫時不會介意養了閒人。謝氏心下苦澀，溫家曾是開國功臣，如今卻成了皇室包袱，謝氏不知該如何與孫女開這口……

溫榮前幾日答應了阿爺與阿娘，待朝武太后壽辰後就回黎國公府，因此次日溫榮簡單地收拾了一番，大部分物什還是留在遺風苑廂房了，吩咐綠佩裝箱籠後，便往穆合堂與祖母作別。謝氏正扶靠著案几親自點禪香，越窯褐釉蓮花香籠頂處青煙環繞。平日謝氏慣用的禪香總會多添些甘松，不僅芬芳，亦可令人心生歡喜。

「伯祖母。」見到祖母安靜祥和的樣子，溫榮才安心了一些。年關將至，各處皆是忙忙碌碌地準備慶除夕賀元日，可外頭越是熱鬧，遺風苑裡便越發顯得冷清。

謝氏牽著溫榮至矮榻坐下，笑說道：「這幾日妳阿娘怕是要忙壞了，妳也早些回去了為妳阿娘搭把手。伯祖母是喜靜的，聽見爆竹聲反嫌鬧得慌。」

謝氏又命汀蘭取來了一只檀木漆盒，漆盒裡整齊地碼了數個禪香。

「妳阿娘喜用香，故特意留了幾個禪悅香與妳阿娘，此香正氣，平日裡用了是大有裨益的。」

「謝謝伯祖母。」溫榮聲音低低的，生怕用些力，就會掉下淚來。禪香皆有安神的效用，祖母房裡禪香不斷，自己每每在祖母房裡看書時，總會不知覺地睡著了。都已如此，祖母卻依舊半夜裡起身撚珠打坐，縱是老人睡眠輕淺，也不該頻繁若此……

黎國公府西苑裡。溫榮的廂房隔出了一間暖閣，溫榮才換下大氅，就聽見婢子通傳，原來阿娘得到自己進府的消息就趕了過來。

林氏身後的彩雲和鶯如各捧一只大托盤，托盤裡是為溫榮準備的簇新過年冬服，一套桃紅撒花貂鼠昭君襖套，領襟上綴著銀紅雙閃如意條；一套秋香色金粉大牡丹窄袖灰鼠小胡襖，領邊與袖口鑲嵌了細密的珍珠，搭一條蝴蝶結長穗宮條。還有一雙掐金挖雲紅香羊皮小靴，皆是很喜慶的顏色。

溫榮歡喜笑道：「阿娘，如意條和長穗宮條好看！」

「妳這孩子，瞎胡鬧！」林氏輕點了溫榮額頭，雖板著臉，眼裡卻是藏不住的笑意。兩套小襖是東市成衣坊訂做的，宮條和如意條卻是林氏親手結的。林氏牽起溫榮，仔細瞧了一會兒，見氣色比原先好了，這才放下心來。這些時日榮娘在遺風苑陪老夫人，軒郎又住在了國子監學，西苑裡很是冷清。

溫榮對阿娘是心懷愧疚的，可相較之下，如今祖母卻又更需要自己，只不知何時才能兩邊都照顧到了？

約莫未時中刻，溫景軒回到了府裡，將書卷放在廂房就去與阿娘問安。

林氏與溫榮剛忙完廚裡的事，正坐在矮榻上打絡子，兩人瞧見軒郎時很是驚訝。早上軒郎並未遣僕僮回府傳話，如何會突然回來了？且申時未到，此時下學著實早了些。

溫景軒看到溫榮，面上多了幾分喜意。「榮娘可算回來了！」說罷，見二人一臉驚異，連忙解釋道：「今日旬考，故提早放了學。明日是旬假，遂回來看看家裡有何要幫忙的？」

軒郎面上雖無異色，可眼裡卻閃過一絲遺憾。軒郎就那點兒的花花心思，溫榮也不去點破，吩咐婢子去廚裡端來了松子酥與秋梨蜜糕。先才溫榮在廚裡就忙了這幾樣糕點，一些留了做阿娘與茹娘的點心，另一些則裝了食盒，命僕僮送去林中書令府與二位娘子。

溫景軒見到松子酥，雙眸一亮，不待旁人開口，先與溫榮說道：「早上三皇子下了帖子到國子監，林大郎進宮去了。」

溫榮清淺一笑，吩咐婢子為軒郎伺候了茶湯。若不是練習騎射一事落空，軒郎斷不會這般早回來。溫榮不甚在意地說道：「林大郎與二位皇子交好，三皇子請林大郎進宮是常事。」軒郎過完年亦不過才十五歲，許多事尚且還看不透了。如今三皇子和五皇子表面上同林大郎與軒郎關係都極好，可林大郎於二位皇子而言是知交，二位皇子對軒郎，更多的則是幫扶。溫榮對李奕為何突然傳林大郎進宮，毫無興趣。

申時末刻，林子琛才回到了中書令府。奕郎分明無甚要緊事，只為下兩局棋就傳自己進宮。第一局棋是中盤棋，但棋盤上也只寥寥下了數子，黑白二子局勢看著是不相上下，可不想棋至中盤，白子的優勢逐漸顯現了出來，原來白子早先的佈局是大有優勢的。林子琛詢問了李奕，棋局是誰先下的，可李奕只說碰巧瞧見，林子琛聽言便不再多問，不過是一局棋罷了，並不疑有他。倒是晟郎好生叫人奇怪，面容比往常還要冷肅，一下午幾是一言不發，顧自地在書案前研墨寫大字。

今日本答應了軒郎要帶他練騎射，雖事出有因，可終究是失信於軒郎。林子琛輕嘆一聲，換了素青羅呢襖子，正打算背書，眼前卻浮現出清麗的身影，心下不免有幾分期冀與焦躁，乾脆合上書，信步走至琅園。不知這幾日縈娘是否有與嬋娘、瑤娘寫書信？

侍婢通報後也不見有人出廂房接迎了自己，遠遠就聽見瑤娘大剌剌的聲音，喚屋外之人自便。嬋娘定是在研讀縈娘送她的手書棋譜，瑤娘卻不知又得了什麼新奇玩意兒。

才進廂房，林子琛便被瑤娘手中的梅花紋九連環吸引住。瑤娘本就沒有一雙巧手，精緻的九連環在瑤娘手中被胡亂擺弄，任誰瞧見瑤娘蹙緊的眉頭，都會知曉瑤娘是將這九連環恨得緊了，巴不得生拉硬拽再拆解一番。

林子琛著實看不過眼，按捺不住地走上前道：「給我看看。」

林瑤噘嘴，洩氣地將九連環遞給了大哥。

不過是一只九連環罷了，也就瑤娘要費那般大的力氣。林子琛照慣常的手法開始拆梅花環，可不多時，就發現了此九連環上的梅花玉扣暗藏了玄機，解開一環卻又掉入另兩環中。不知不覺的，林子琛亦蹙眉陷入了沈思，試了幾種法子，皆是不成。

林子琛緩聲笑道：「借與我一日，明日再還了妳。」大丈夫能屈能伸，林子琛坦然地告訴瑤娘，自己一時也解不開。

瑤娘見此，心下才平衡了些，得意地仰首說道：「縈娘可是解開了！九連環是縈娘借我玩的。」

林子琛俊眉輕挑。曾以為女子無才是德，可聰穎若榮娘，卻令自己越發傾慕。倘若真解不開這梅花九連環，是否應該承認了鬚眉不若彼裙釵，再謙虛地向榮娘求教？

林子琛回書房時，不但拿了九連環，還帶了一碟松子酥。先才瑤娘將松子酥自食盒取出，林子琛一眼就瞧出了那是榮娘親手做的，因為在國子監上學時，軒郎有了好東西都會同自己分享。林子琛將前幾日自東市尋到的一幅前朝字畫，同瑤娘換了一碟酥。

林子琛只希望，在不久之後，這些美好，自己觸手便能及……

第十六章

轉眼到了除夕夜，黎國公府一大家子聚在前廳裡用年飯，二房董氏的小女兒溫六娘，軟軟糯糯的一聲「福慶初新，壽祿延年」，逗得溫老夫人開心直笑。

溫榮雖面帶笑意，可自知曉阿爺非溫老夫人嫡子後，與溫老夫人等人之間的隔閡更厚重了，且心裡又記掛著獨自一人在遺風苑的祖母，怎麼也開心不起來。

用過年飯，溫世珩本要帶著妻兒去天街看驅儺（注），可聽說驅儺隊裡人多混雜，一不小心就會被衝散，仔細想來還是作罷，軒郎聽言很是失望。

乾德十四年，進士試於元月二十日在尚書省都堂舉行。

這段時日國子監學放了春假，溫景軒安分地在房裡溫習功課，黎國公府並無後生參加今年的進士試，可三房裡除了時不時去遺風苑的溫榮還有不知事的溫茹，其餘個個都頗為緊張。不過幾個時辰的工夫，軒郎便與阿娘討論了不下十次關於林家大郎是否能考上進士試的問題。

瞧見溫榮老神在在的模樣，林氏心下越發擔心，倘若林家大郎不曾考上進士科，是否還

注：驅儺，儺音同「挪」，舊時歲暮年終或立春時節驅鬼迎神的儀式活動。

要答應了林家的提親？

溫榮抬眼對上阿娘忽閃心虛的眼神，心下覺得好笑。長輩皆是如此，只道自己的孩子就有多好了，好似林家真就認準了自己。雖還未考完放榜，可溫榮知曉林大郎是一舉中第的，不論如何，還是該替他高興，寒窗苦讀十數年，誰都道不易。

溫榮垂首閒閒地翻著《春秋繁露》，女子但凡到了豆蔻年華，家中長輩便越發地操心女娘婚嫁一事。《春秋繁露》是阿爺吩咐自己背誦的，說是要牢記書中的三綱五常。

進士科自卯時開始，到了酉時才結束，待走出有重兵把守、四周修築了高嚴籬牆的貢院時，林子琛閉眼深吸了一口氣。

天色忽然暗了，毫無預兆地落起春雪。雖說已逢春，可正月裡的盛京卻正值春寒料峭。

林子琛再睜開眼時，先才眼裡的疲倦已褪去，如往常一般鮮亮，更含了幾多期許。不過一會兒工夫，春雪便落在了風華少年郎的鬢間與青袍之上。

等候在貢院外的林府僕僮，見到了自家大郎，慌忙上前接過褡褳，並為主子披上了緙絲灰鼠披風，殷勤地躬身說道：「小的瞧那些舉子皆垂頭喪氣的，唯有大郎是容光煥發，定是考得極好了！」

林大郎一眼望過去，撇嘴輕笑。「莫要順口胡說。」

進士科是聖朝讀書人矚目的晉身之階，暫且不論寒門庶族，便是貴門世家，亦要賴此輩固和延續如今的風光榮耀。君子之澤，五世而斬，坐吃山空就是這般道理，永世不滅的富貴，如同癡人說夢。每年進士試登科者不過二、三十人，但年年都有上千舉子聚在盛京。登科之難，難於上青天。

僕僮傻笑了幾聲，又殷殷地說道：「小的可不敢胡說，連三皇子和五皇子都親自過來了，此時正與溫二郎在街前的茶肆候著呢！」

林子琛蹙眉詫異，軒郎如何也過來了？小半年前，李奕便開玩笑地提過，待自己貢試之日，要一道過來尚書省都堂，一同感受「麻衣如雪，紛然滿於九衢」的舉子赴考盛況。奕郎與晟郎是皇親，皆有夜行令，故林子琛對他們的做派並不以為意。雖說今日因進士試，市坊延了半個時辰閉門，可現下已過酉時，待軒郎回安興坊，怕是要遲了……

多想無益。林子琛將肩頭春雪拍落，回頭看了眼貢院的紅漆高門，眼神微暗，攏緊披風，匆忙向茶肆行去。

披著大氅的三人遠遠瞧見林子琛，迎了上來。

李奕戲謔地笑道：「我們的狀元郎來了！」

林子琛聽言俊眉蹙起。

「開這等玩笑，他人聽了笑話。」

「我們這兒也沒了外人，何必謙虛？」李奕語調真誠，叫人聽不出譏諷之意。又似知曉了琛郎心中疑惑，不經意地說道：「軒郎對你進士試很是關心，遂帶了軒郎一道過來。」

溫景軒敬佩地望著林大郎。

「林大哥定能金榜題名，阿爺與榮娘皆是這般說的。」

溫榮確實說過，說若無意外，憑林大郎的學識與文辭才華，可順利考上進士科。不過溫榮說此話時並非自願，著實是耐不住阿娘、軒郎在旁多次探問，故才敷衍地順著說句恭維話。

林子琛知曉溫榮是看好了自己的，面露喜意。

「承蒙姑父和榮娘高看，只望某能不負他們的期望。」

溫景軒除了關心林大郎是否能中第，還好奇貢院裡的進士試究竟是怎樣的？進士科所考類目，平日裡國子學博士皆有詳盡細說，林子琛知軒郎探問的並非考題，故搖了搖頭，實話說道：「進士試非享福，既已苦讀十數年，便要忍得這一時。」

思及今日進士試，林子琛是忍不住地皺眉。把門胥吏姿態居高臨下，根本不將舉人放在眼裡，舉人們不但要忍受那番被呼來喝去的煎熬，更要忍受貢院裡極其簡陋的陳設，這般寒冽之天，卻只得單薦踞坐在地。

知貢舉的官員知曉林子琛為中書令府嫡孫，對其可算是客客氣氣，可縱是如此，胥吏斥罵周圍舉子的聲音亦猶在耳畔，舉子似比那僕隸還要低下，林子琛是不願再進貢院了。

李奕見二人相談甚歡，雙眸微閃，朗聲笑道：「時候不早了，我們先送了你回府，想必林中書令已是焦急地等你捷報了。待放榜之後的宴席，再為你好生慶祝一番！」

林中書令與林中丞等人在府院閣室旁的亭臺候著，大門外，僕僮通傳林大郎回府，兩位小娘子便先一溜煙地迎了出去。遠遠見到三皇子，瑤娘的步子悄然慢了下來，後悔今日為何不穿新做的羽紗面流雲彩緞小襖？

林中書令與林中丞同二位皇子端正行了禮，本要請至內院小坐，可二位皇子顧及琛郎經今日之試，必已疲憊，遂以時辰太晚為由，與眾人告辭了。

溫景軒無夜行令，獨自一人是回不了黎國公府的，甚至可能被夜禁巡衛查問，故二位皇子並不多言，陪同溫景軒一道去那黎國公府。

今日午間小睡後，溫景軒本是捧了書至阿娘房裡的，端著一副勤學的模樣，可卻心神不定。未時接到三皇子書信，便迫不及待地換了袍衫，林氏在其身後的叮囑都不曾留意。

三人至黎國公府時已是戌時末，二位皇子正要同溫景軒作別回宮，又遇見了剛巧回府的溫世珩。

年初中書省公事繁重，溫世珩在公衙裡用的晚膳，處理完事情，抬眼間已過了戌時。溫世珩知曉是二位皇子親自送軒郎回來時，很是惶恐，極力邀二位皇子至府內西苑小坐。

軒郎本以為二位皇子著急回宮了，故不想令二位皇子為難，正要開口擋住阿爺興奮的話頭，三皇子已一口答應，五皇子也不過是轉頭望了三皇子一眼，未開口拒絕。

溫世珩又驚又喜地在前帶路，溫景軒一時想不明白，愣愣地在後頭跟著。

守院的僕僮早將三皇子與五皇子至府內西苑一事傳到了祥安堂與各房……

溫榮換了小衣，靠在暖閣箱床翻看《六典》，阿爺吩咐的書，已被溫榮束之高閣。

綠佩得到消息後，慌慌張張地進了暖閣。「娘子，三皇子與五皇子過來西苑了！婢子這就為娘子更衣！」

溫榮驚訝地抬起頭，見綠佩捧了那套桃紅撒花襖向自己走來。

溫榮將書合起，笑說道：「綠佩，不必著忙的，三皇子與五皇子過來西苑是同阿爺、軒郎說話，與我們並無關係，既如此何必去攪擾了他們？若有人問起，便說我已歇息了。」

說罷，溫榮看了眼壁牆上的降彩燈盞。

綠佩聽言一時不知所措。

皇子來了，娘子卻要裝睡不去接迎，如此會不會得罪了權貴？可粗想來，娘子說的話似乎又有道理……

碧荷並不理會呆愣原地的綠佩，走至燭檯前準備熄了燭光。

溫榮本以為就此躲過了，不承想阿娘已走至門外。

林氏進屋見溫榮還閒閒地靠著箱床，焦急地說道：「妳這孩子，火燒眉毛了還不緊不慢的，快起來！」

溫榮本想用先才敷衍綠佩的一番話再搪塞了阿娘，不想阿娘不吃這套了。

林氏蹙眉耐心地說道：「二位皇子平日裡對軒郎多有照拂，若是皇子要與他們爺倆說話，我們去見禮了便出來，再怎樣也不能在禮節上怠慢了貴客。」

原來阿娘也可思慮得這般周全。溫榮心下輕嘆一聲，無奈地任由綠佩伺候換了小襖，簡單綰了倭墮髻。隨手挑一支細花釵簪上。

貴客已到了西苑正堂。溫榮進正堂時，第一眼便瞧見阿爺與二位皇子互相謙讓而空出的紫檀主座。

溫榮並不特意掩飾面上的倦意，神色懨懨但也有禮有節地同二位皇子見了禮，再尋一處角落坐下，低首不言不語。

很快的，溫老夫人與大伯父、二伯父等人齊聚在了西苑正堂。這般團圓景象，在西苑裡可是第一次。菡娘大晚上都不忘穿得姹紫嫣紅，縱是心有所屬，目光也忍不住地落在二位皇子身上。

三皇子李奕一襲織錦鑲紅狐毛襖衫，容貌身姿極為尊貴，眉眼溫潤如三月裡漸次延展的花枝，不時勾起的笑容柔軟似春日清風。溫榮也曾喜歡這溫暖多情的笑意，那時覺得李奕的笑容乾淨明朗。今時再見，李奕的笑就恍若是不帶鋒芒的利劍。

如若無法改變前世的結局，今日李奕與阿爺、軒郎品茶相談甚歡，待到那一日，是否依舊可不留情面地下旨將黎國公府男丁皆於西市市坊口處決？

阿娘命婢子捧來了今日溫榮新做的糕點，溫榮終於抬了下頭，目光閃過一絲怨懟。糕點是要帶去遺風苑與祖母的，如何便宜了貴客？

溫榮顰眉抬首的一瞬，若有若無的目光被李奕收入了眼底。李奕輕笑，端起茶吃了一口。本以為自己能受到歡迎，不想卻遭了人嫌棄。

如今自己一直被夢困擾著，溫榮娘的一舉一動皆似曾相識，卻又很是陌生，照理該是同一人，緣何又大不一樣？

是夢亦是謎。李奕知曉，謎底就在踞坐於角落、帶了尖牙的小貓身上。既已令自己寢食難安，小貓又豈能那般順意暢快？

二伯父此時提起了太子，言談裡是毫不掩飾的推崇，溫榮眼睛一跳。

在朝臣眼裡，李奕雖通文采騎射，生活中卻太過肆意自在。他與五皇子二人幾未主動關心過朝政，三皇子雖同太子、二皇子一道隨睿宗帝出入御書房輔政，可也不曾闡述過任何有見地的言論，如此看來，李奕是心甘情願做逍遙王的。

而五皇子李晟更是無爭位之心亦無爭位的能力，漫說朝中幾無可倚靠的大臣，就連母妃都已早亡，不過是王淑妃善心良意，將其視如己出，同三皇子一併帶大。

撇去二人的個人能力不論，太子與二皇子皆為長孫皇后所出，僅憑睿宗帝對長孫皇后的至深厚愛，就可知曉皇儲之位縱然換下了太子，也只有二皇子能居上。

故二伯父才這般肆無忌憚地說太子的好話，誠心實意地希望二位皇子站對了位置。只是這人究竟好不好，親兄弟自比外人知曉得清楚。

溫老夫人緩緩咳了幾聲。

李奕抬眼關心道：「老夫人身子可好？某與五弟此時辰造訪，攪擾了老夫人休息。」聲音清潤悅耳，心思周全細密。

溫榮認同了李奕所言，盼著二人有自知之明，快些離去。

溫世珀鬱鬱地看了眼溫老夫人，垂首不再多言。

溫老夫人放下茶碗，望著三皇子，感激地笑道：「承蒙三皇子關心了，老身無礙。只是這茶湯怕是煮過了，令二位皇子見笑。」

眾人相坐於西苑正堂，煮茶的茶奴自然是西苑的。

溫世珩瞥了眼林氏，林氏早已羞愧紅臉，吶吶地不知哪裡做錯了。

溫榮顰眉端起茶碗，揭開茶蓋，淺淺吃了一口茶湯，心裡又好氣又好笑。茶湯確實是比平日裡微苦，但並非是煮過了的緣故。

今日茶奴煮茶所用的茶餅，是祖母前日送與自己的顧渚紫筍，一味上好禪茶。自己捨不得用，念及阿爺平日公事繁重，此茶提神配目，遂轉送與阿爺。雖說茶湯火候正好，可茶奴也犯了一個錯誤。

紫筍茶最難得的是其淡淡蘭花清香，過了沸水後，茶片舒展，如筍似蘭。茶奴卻加了重酥，生生將清香完全蓋去。又糟蹋了一樣好東西，溫榮心下輕嘆，將茶碗合上放至一旁。

溫老夫人看向端正跽坐於方氏身旁的溫蔓娘，滿面笑意地說道：「聽妳阿娘說，妳這段時日在與潘家娘子學茶道，可是有進益？」

溫蔓垂首謙恭地回道：「回祖母話，茶道博大精深，潘娘子茶藝更是成風之斫，兒自當盡力所學，只是兒愚鈍，如今尚只知一二。」

溫蔓膚色白皙，不過說了幾句話，面頰已泛起陣陣紅暈，頗有幾分嬌花照水之姿。溫蔓今日著一身玉色金絲繡花小襖，姿容雖及不上溫榮，可相較一旁傴臉瞪眼的溫菡娘，可謂閨秀溫婉。

三皇子聽言驚訝問道：「潘家娘子可是去年曲江關宴與杏園探花宴上的司茶娘子？」

溫老夫人頷首笑道：「三皇子好記憶，正是關宴上的司茶娘子。潘家茶道本不外傳，可潘娘子卻偏偏看中蔓娘，破格傳授了茶道。」

溫榮亦忍不住地多瞧了幾眼蔓娘，這幾月府裡變化可謂是大，溫老夫人提攜蔓娘，大伯母望著蔓娘時眉眼帶笑，似一對情真意切的母女。

總有目光似有似無地飄向溫榮。原來溫四娘並非只有冷漠和不以為意兩種眼神，內心情感的波動在她眼底轉瞬即逝，雖短暫，卻足以流光溢彩。

三皇子目光清澈，很是溫和地說道：「能得潘家娘子親傳，溫二娘的茶藝定是極好的。」

照此發展，蔓娘該親自去煮茶了。溫榮又端起被放至一旁的紫筍茶湯，加了酥酪後味道雖重些，可仔細品還是能嚐出是顧渚紫筍。

果然，得吩咐後，蔓娘盈盈起身退至側室。不消片刻工夫，碧清茶湯由婢子捧了上來，蔓娘親自奉了茶湯與二位皇子。

李奕面上永遠掛著如沐春風、令人驚豔的淺笑；李晟面容如霜，冷冷接下，轉手放在身旁的茶案上。

溫榮好奇蔓娘茶藝究竟如何，先才蔓娘說的略知一二，不過謙詞，否則也不敢在二位皇子面前獻茶藝。

揭開粉彩茶蓋，清香散溢而出，溫榮一愣，蔓娘所用茶餅居然是被茶聖桑苧翁稱為天下第一茶的蒙頂石花。

西苑裡無此貢茶，原來大伯母他們準備得如此周詳。

三皇子稱讚此茶湯堪比宮中茶娘子所煮，溫蔓娘羞粉了一張柔美俊臉。

溫世鈺和方氏早已笑得合不攏嘴。今日嘗到了甜頭，方氏才算徹底明白溫老夫人命自己過繼溫蔓的苦心。將一個可任由自己擺弄的人放在身邊，即撐面子又省心。

眾人避開朝政，只談風雅。溫家與二位皇子交情淺，如此是明智之舉。

貢茶蒙頂石花也攔不住溫榮百無聊賴後的倦意，好在二位皇子只小坐了半個時辰，便起身告辭了。溫世鈺、溫世珀等府中男丁皆殷殷地去送了二位皇子。

直到人都散去，林氏才輕嘆一聲，吩咐婢子收拾茶碗。

溫榮知曉阿娘還在難過先才溫老夫人那句有意無意的責怪，阿娘可謂是吃力不討好了。她心下不忍，遂安慰道：「阿娘，那顧渚紫筍是禪茶，本就苦些，不過是祖母吃不慣罷了。」

林氏搖了搖頭。

「是我平日裡不曾留意了阿家的喜好，若似大嫂那般勤快，就不會令阿家不喜了。」

溫榮一時語塞，知曉今日阿娘不論用何種茶，都不可能令溫老夫人滿意的。見婢子收拾得差不多了，她關切地勸阿娘早些歇息。

可林氏今日茶湯吃多了，夜雖已深，卻無絲毫睡意，牽著溫榮又說起了家常心裡話。

「……本以為皇親是極難相與的，不想三皇子如此平易近人，一點架子也沒有。嗯……五皇子也是極好的，就是不愛說話……」

林氏談及二位皇子時，面上是受寵若驚的表情，軒郎如今不但得林大郎照拂，同二位皇子的關係更是越來越近，有二位皇子親自陪同回府，該是怎樣的殊榮。

提到五皇子李晟，溫榮心下覺得有幾分好笑。評價五皇子不愛說話是極客氣的了，那五皇子一晚上都是沈著臉的。先才正堂裡，只有李奕在與眾人談笑風生，五皇子起初還吃了一盞茶，可第二盞蒙頂石花，只瞧了一眼，便擱置在旁。

二位皇子的行事皆叫人琢磨不透，可相較李奕的針線細密和長袖善舞，五皇子李晟的為人猶可算真誠。

二房羅園裡，溫菡娘正慪著臉發脾氣。今日祖母分明是在抬舉了溫蔓那賤人！三房溫榮娘雖招人厭，可好歹知道輕重，有自知之明，安分守己地選個不起眼的角落坐著，可蔓娘居然厚臉皮去與二位皇子奉茶！

溫菡本已坐在了妝鏡前，可怒火上頭，隨手摔了傅粉銀盒，銀盒落地的脆響，還不足以解心頭恨意，只聽羅園三娘子廂房裡哐哐啷啷聲作響……

羅園今日火旺，溫世珀回房後也鐵青著一張臉，望著董氏，心虛地問道：「阿娘會不會改主意？」

關乎黎國公府能否再興盛，既然不是小打小鬧，怎可能說改就改？董氏善解人意地溫和勸道：「今日阿家是為夫郎好的，妾身就問了夫郎一句，夫郎與那二位皇子交情如何？」

溫世珀蹙眉細想後，才頷首道：「二位皇子是看在三弟面子上才進的黎國公府。」

董氏道：「是了，三郎子今日可是一句朝政之事都未提。」

溫世珀突然想起原先對三房做的事，面色一變。「三房何時與二位皇子走得如此近了？聽聞秋狩軒郎驚馬時也是三皇子救的，妳說若是……」溫世珀身子一顫，當初迫不及待到不計後果，如今想來才後怕。

董氏長相柔和善良，映照了燭光的雙眸忽明忽暗。「只能捕風捉影的毫無證據之事，夫郎何須擔憂……」董氏正說著話，忽瞧見菡娘身邊伺候的婢子在外屋探頭探腦，當即不悅地走上前說教道：「一點規矩都沒有！不在屋裡伺候娘子，過來何事？」

小婢子嚇得一縮腦袋，聲音輕輕顫顫的。「娘子、娘子不小心碰碎了剔花飛鳳牡丹瓶……」

「什麼?!」溫世珀猛地一拍桌子站起身。「簡直胡鬧！」牡丹瓶是御賜之物，早先是放在祥安堂裡的，溫菡看上了牡丹瓶的富貴精緻，百般撒嬌地向溫老夫人討了去。

溫世珀正要過去教訓了菡娘，董氏慌忙攔住。

「夫郎莫衝動，阿菡也是不小心的，本沒幾人知曉，你這麼一鬧，反而人盡皆知了。你明日還要去衙裡，安生歇息了吧，我過去看看。」

董氏一進溫菡廂房，就瞧見溫菡正對著一地碎瓷片愣神。

嘩啦一聲很是解氣，可反應過來後，才知道自己闖禍了。

董氏命婢子速速將碎瓷片收拾了，並吩咐了今日之事緘口不言。

溫菡娘見有阿娘幫襯，這才鬆了一口氣，委屈地趴在董氏懷裡。「阿娘，妳說祖母是不是不疼我了？」

董氏輕嘆道：「傻孩子，不會的，可妳也該向蔓娘與榮娘學學。妳不是想學丹青嗎？榮娘也答應教妳了，可妳卻三天打魚兩天曬網的，不過去了兩、三次便不肯去了。今日妳亦該知曉了有一技之長的用處，倘若妳會了茶道，鋒頭怎會讓蔓娘搶去？」

溫菡聽言厲聲道：「溫蔓娘也不知掂量掂量身分，敢去勾引皇子？她那姿色模樣，給人家皇子做妾都不夠資格！」

「閉嘴！」見溫菡肆無忌憚地口出惡言，這般不知禮數，確令人失望。董氏嚴厲地說道：「蔓娘已過到正室，身分一事莫要再提！想將蔓娘與榮娘比下去，就好好收起心思，不要再同她二人作對！妳打碎了御賜牡丹瓶，傳出去是大不敬，我是妳阿娘，自會盡力維護妳，可妳自己也該長長心眼了！」

溫菡重重地咬著唇，瞥眼瞧向原先放了牡丹瓶的八寶櫥，如今已是空空如也……

夜色下的天街分外清冷，往大明宮方向的馬蹄聲清脆急促，巡夜武侯聽見動靜趕了過來，可一瞧見高頭大馬上的郎君，便慌忙收起往日凶神惡煞的嘴臉，恭敬地候立一旁。

李奕與李晟自建福門入大明宮，二人將馬轡交與相隨侍從。

李晟望著李奕，清冷月光裡如墨一般的雙眸含著幾許怒氣。「三哥，為何要進黎國公府？」

若想坐山觀虎鬥，就該將不務正業的戲演足了，進黎國公府豈不是引起二皇子懷疑？

李奕抿嘴輕笑，冷峻淡漠的眉眼叫人敬畏害怕，可勾著自信與傲氣的笑容亦能驚心動魄。「你也沒反對。」

李奕轉身，二人並肩向蓬萊殿走去。「相信我便是了。」有時候要證明一件事，可以主動瓜田李下……

翌日，溫榮簡單梳理後便去了遺風苑，昨日好不容易做出的數樣糕點都被拿去招待了貴客，今日自己只能空著雙手。春日化雪之時分外冷，濕漉漉的青石子路上薄冰還未完全化開，木屐碎冰時咯吱咯吱作響。

進了穆合堂，謝氏瞧見溫榮的臉和雙手被凍得通紅，連忙起身將孫女牽至炭爐前暖著，見溫榮緩和了些，謝氏才遞過一封信來。

溫榮瞧見信封上的字跡便知是月娘的。陳府娘子的信如今皆是寄往遺風苑，遺風苑裡的婢僕都為世僕或家生子，且祖母用人心裡有數，都是可信得過的。

溫榮揭開了信封，原來昨日陳府夫人和娘子便已入京了。前幾日溫世珩在西苑裡沒少長吁短嘆，說是御史巡按在洛陽知府府邸裡搜出了陳知府貪墨的帳本。欲加之罪何患無辭？漫說是帳本，如今在洛陽知府府邸裡搜出金山溫榮都不會驚訝。本以為陳府家眷會憂惶難當的，可溫榮卻發現陳府娘子書信的字裡行間，不似去年那般壓抑了。溫榮心下有幾分欣慰，改變不了，不如坦然面對。雖如此，可陳府娘子會進京，許是還抱了一絲期望。

溫榮將信放至一旁，望著謝氏說道：「伯祖母，明日我想與阿娘說一聲，再過來住幾日可好？」這段時日，溫榮雖時常到遺風苑看望祖母，可皆是用過午膳就回了黎國公府的。住在遺風苑，不但能陪了祖母，且平日往宣義坊尋陳府娘子也會方便上許多，在黎國公府裡不論去哪兒、與誰一處玩，都似被人盯著。

謝氏頷首笑道：「若是妳阿娘同意，我自希望榮娘能在遺風苑裡多住些時日。」

謝氏靠在矮榻上假寐，溫榮捧著書閒閒地籠著炭火，很是愜意閒適。

突然，穆合堂裡傳來一陣蟈蟈的叫聲，將溫榮嚇了一跳，這才想起是綠佩之前不知從哪處草叢裡撿到的。那蟈蟈本凍在雪裡，溫榮等人都以為它已僵死，不想裝進小篾籠，又帶至暖烘烘的內堂後，不幾時就活了過來。

謝氏聽見聲音也睜開了眼，瞧見溫榮正愣愣地望著篾籠，如夜星般明亮的雙眸裡閃著難得一見的稚氣。縱是再無所求，也要護了孫女周全，再為她謀一個可靠人家。

見祖母撐著矮榻直起了身子，溫榮歉疚地說道：「打擾伯祖母歇息了，兒這就將蟈蟈放到耳房去。」

「沒事的，蟲兒也喜歡暖和。」謝氏撚著天臺菩提手串，笑著同溫榮問道：「榮娘，妳回來盛京也有些時日了，可曾瞧見中意的郎君？」

溫榮才端起茶碗，還未吃進嘴裡，手不慎一晃，茶湯濺了幾滴至炭爐之中，發出嘶嘶嘶的聲響，臉被炭火烘得通紅，乾咳兩聲，輕聲說道：「伯祖母笑話兒。」

見溫榮羞澀，謝氏輕笑一聲，緩緩說道：「離二月中旬沒幾日了。」

二月中旬是進士科放榜日。溫榮知曉祖母在暗指什麼，嚥嘴說道：「兒還小，想多陪陪伯祖母。」

綠佩與碧荷表面上在逗蟈蟈，耳朵卻是豎著在聽老夫人與娘子說話。若無意外，她二人就是娘子的隨嫁侍婢，自然希望娘子能嫁到好人家。綠佩沒明白二月中旬是何意思，瞧碧荷恍然大悟後面露喜色，更是好奇，衝著碧荷打眼色，碧荷卻故意不理自己。綠佩拈著逗弄蟈蟈的燈芯草輕輕抽了碧荷的手背幾下，癢癢麻麻的，碧荷一時沒忍住，輕叫出聲。

溫榮嗔怪地瞪了二人一眼，兩個小婢子不但不害怕，反而嘻嘻笑個不停。

「這兩個小丫頭都叫妳慣壞了！」謝氏自己也好笑了起來。這幾日謝氏仔細想過了，待林大郎順利考上進士科，若林府大大方方地過來提親，那確實是一門如意好親事。只是林中書令那老傢伙……若說他老奸巨猾，偏偏又是真正忠賢且知感恩圖報的。謝氏搖了搖頭，希望林正德自己想明白了，如此榮娘嫁去他府裡才能順心順意。

進士科考完後，林子琛算是了卻了一件大事。

整理了書案上厚重的《五經正義》，鋪上雙絲路單宣，親自研了墨，書房裡散溢著濃濃的墨香。好些時日不曾作畫，林子琛抬眼望著掛於正牆上的牡丹圖，眉眼緩緩露出笑意。從瑤娘那兒得來的梅花玉扣九連環已被解開了，精緻小巧的梅花扣整齊地碼放在書案一旁，林子琛順手壓在了宣紙一角，今日作畫卻是格外的順手。

「大哥！」

瑤娘突然跑進書房裡，小娘子嗓子尖脆，林子琛握在手中、本揮灑自如的羊毫輕顫了下，一滴墨落下，散在了才畫好的丹青之上。林子琛不滿地瞪了一眼瑤娘，從早到晚都是咋咋呼呼的！

眨眼間瑤娘已跑至林子琛書案前，嬋娘跟在身後倒有幾分歉意，只說沒拉住了。

原先林子琛要複習背書，準備貢試，兩位小娘子還有幾分收斂，畢竟祖父和阿爺都交代了，誰都不允許打擾大哥唸書。可如今進士試結束，瑤娘自然肆無忌憚。

「不許看！」林子琛見兩位妹妹都趴在書案前盯著才作的丹青，臉一紅，作勢要收起。

「敢畫不敢叫人看，一點都不光明磊落！」瑤娘早已一掌壓在宣紙的白色邊角上。

丹青裡是一彎浩渺煙湖，水廊蜿蜒曲折，直通掛著碧影紗的水亭，亭裡娘子倚廊而立，輕風徐徐而過，月白輕紗衣裙如煙如霧地飄在廊上。

「畫裡的亭臺和小娘子都好生熟悉……」林瑤娘擺弄著，仔細端看。

嬋娘早已知大哥畫的是何人，留了面子給大哥，雖不語卻笑得厲害。

「這不是滎娘伯祖母府裡的碧雲亭嗎？」瑤娘意味深長地看了眼大哥，突然想起一事來，笑問道：「聽說過幾日樂園桃花就要開了，大哥可要與我和嬋娘一道去遊園賞花？」

林子琛毫不猶豫地搖頭道：「趁這幾日國子監春假，我打算帶軒郎去練習騎射。」

瑤娘聽罷很是詫異。

「可我們是打算約了滎娘與軒郎一塊兒去的，滎娘還未見過盛京裡的桃花呢！大哥真不要一起嗎？」

「好了，別逗大哥了，我們一塊兒去便是！」嬋娘拖著瑤娘出了書房。「大哥快繼續畫了，多畫幾幅與我們看！」

林子琛面色五彩斑斕，化到嘴角，卻是會心一笑。

嬋娘與瑤娘去尋了阿娘，準備同阿娘說去樂園賞花一事。才走至房外，便聽見阿娘正與阿爺提到榮娘。兩姊妹默契地止住了腳步，想知曉阿爺和阿娘何時去溫府提親？隔扇門裡聲音不大，可卻一字不漏，清晰地傳入二位娘子耳中——

「……我看著溫四娘品性容貌都是極好的，不若就定下了這門親事吧？」甄氏對溫榮是看在眼裡，喜在心裡，不但品貌好，且又聰明，將來對琛郎也是個幫襯。

林中丞聽言，不悅道：「我與阿爺同妳說過不下一次了，與溫家走得近是因為慕嫻是我胞妹，並非是要妳去操心琛郎的親事！黎國公府如今的情形妳也是知道的，珩郎又是個執拗的性子，在官場上能自保便不錯了！這次陳知府一案，也不知是誰勸住了珩郎，好歹在朝堂之上保持了沈默，否則這把火就該直接燒到黎國公府上了！」

甄氏對朝政一竅不通，被夫郎一說，只覺得惶惶不安起來。「那、那琛郎的親事……」

「再等等便是了！琛郎與溫四娘年紀都不大，不差這一年半載的。吏部侍郎嫡子前年中了一甲第二名，也是到了年底才由聖主賜婚於永樂郡主——」隔門外突然傳來一聲脆響。

瑤娘先才抓在手裡把玩的鎏金鈴鐺不慎掉在了地上。

林鴻彥快步走至隔扇門處將門拉開，看見正要轉身離開的女兒，當即皺起眉頭，厲聲喝道：「站住！是誰教了妳們做這等聽人牆腳的事？」

不罵倒罷了，兩位娘子或許就安生地回了房裡。只見瑤娘嘴巴一噘，低聲叨咕道：「說的勞什子話還擔心被我們聽見？不就是因為自己也嫌臊！」

「有妳這麼與阿爺說話的！」林鴻彥氣得鬍鬚亂顫。

甄氏聽聞動靜，慌忙走了出來，兩邊勸道：「好了好了，這是做什麼呢？都少說兩句吧！」說罷，衝著嬋娘和瑤娘努了努嘴。

嬋娘這才急忙拖著瑤娘回了琅園。

晚膳時，林府氣氛有幾分古怪，瑤娘氣鼓鼓的，也不願與阿爺、阿娘多說話，便連林子琛也沒落得好臉色看。

晚膳後，林子琛到琅園尋了嬋娘與瑤娘，期期地問道：「妳們與阿娘說了去樂園的事嗎？」

瑤娘冷哼一聲。「不敢說了，保不齊你以後有多尊貴，我們怎敢邀你同遊？我還怕誤了人家娘子！」

「好了，這事與大哥也沒關係，別在這兒夾槍帶棒的。」嬋娘拉了瑤娘一把。

林子琛先才便察覺到些端倪，瑤娘更是不會無緣無故冷嘲熱諷的性子，因此面色一緊。

「可是阿爺、阿娘說什麼了？」

「哼！阿爺說吏部侍郎家的嫡子考中進士科後，娶了人家永樂郡主，那可是皇親國戚，有了這先例，家裡人都指著你去高攀呢！」瑤娘說罷，氣鼓鼓地甩下二人回了廂房。

林子琛驚訝地望著嬋娘。「瑤娘說的可是真的？」

嬋娘無奈地點了點頭。「若是阿爺真有那般打算，我們確是不敢再邀榮娘同遊了。」

林子琛的心猛地一沈。

嬋娘知曉大哥是對榮娘藏了心思的，見大哥面色緊繃，生怕大哥衝動地做出不明智的事來，忙勸慰道：「大哥先莫多想，待進士科放榜後再探探阿爺、阿娘的意思。阿爺的話也並非完全沒了道理，榮娘年紀比我還小，議親一事是不急於這一時的。」

林子琛衝著嬋娘勉強地笑了笑，轉身心事重重地回了書房。

嬋娘望著大哥失魂落魄的背影，無奈地嘆了一聲。子女的親事，無非是父母之命、媒妁之言，只是榮娘那般好的娘子，門第亦不低，阿爺怎還會有不滿意的？

得了阿爺、阿娘同意後，溫榮又暫時搬至遺風苑陪了祖母。

這日溫榮正在穆合堂裡修剪初春冒新芽的錦松，綠佩匆匆地拿了一封帖子進來，本是寄往黎國公府的，黎國公府裡的管事瞧見是宮裡來的帖子，忙立時差人送到了遺風苑。

溫榮接過泥金帖，是丹陽公主邀請進宮看皮影戲和下棋的，不想丹陽公主還記得曾提過要與自己弈棋。

溫榮與祖母說了請帖之事後，謝氏沈吟片刻問道：「可還請了別人？」

「還有應國公府的謝大娘子。」溫榮翻看帖子，帖子字跡清秀，看來是丹陽公主親手所寫。

謝氏這才頷首道：「謝大娘是個穩重的，去宮裡走走也好。」謝氏知曉謝大娘的品性是極好的，且有聽聞謝大娘與丹陽公主相熟，那日太后壽辰，丹陽公主亦主動替榮娘解了圍，如今想來，丹陽公主的品行該是不會差了。提到公主，謝氏便不免想到了德陽公主，忍不住地皺了皺眉。聖朝雖禮教不興，女子也少有束縛，可德陽公主行事卻太過不拘倫常禮法。好在德陽公主如今已另建公主府，並非住在宮裡。

丹陽公主的寢殿在大明宮的丹鳳閣，溫榮下馬車後便有女史上前相引，走上玉街廊橋時，溫榮忽瞧見一再熟悉不過的身影迎面而來。銀白藍海流雲紋蟒科袍服，玉面上掛著和煦的淺笑。

三皇子李奕走至二人面前，待女史和溫榮拜禮後，笑問道：「榮娘也過來了？」

溫榮微微蹲身，後退至一旁，為某人讓開了路。分明是叫人移不開眼的精緻俊朗，溫榮卻不願抬眼多看。

李奕對溫榮的疏離已是習以為常，轉頭與引路女史道：「妳先去丹鳳閣。」

女史一愣，為難地看著溫榮。「這……」

「丹陽也請了某，妳與公主說了，某有關於圍棋的問題請教溫四娘，某自會帶著溫四娘一同過去。」

三皇子雖對政事無興趣，可品行卻是有目共睹的，因此女史聽言不再多問，欠身同李奕行了禮，獨自往丹鳳閣的方向走去。

溫榮警惕地後退了兩步，面色不豫地問道：「不知三皇子有何事？」

「榮娘是否對我有誤會？」四下已無外人，李奕倒也不拐彎抹角。清朗溫潤的聲音猶如翠玉相擊，很是好聽。

溫榮垂首不語。前世的種種確實是誤會，若不是她誤以為他是良人，也不至於落了那般下場。

見溫榮沈默，李奕微微一笑，帶著幾分委屈說道：「榮娘與某連一句話也不肯多說。」

「丹陽公主還在等奴。」溫榮不得已，提醒了李奕，她今日是丹陽公主邀請的賓客。

李奕無半分讓開的意思，只慣常的溫文儒雅、平易謙虛。「榮娘，若是某有得罪妳的地方，不妨直說，若錯了，某自會道歉。」

「三皇子與奴鮮少往來，何來得罪一說？若奴的言行令三皇子不喜，還請三皇子寬宏大量，不與奴計較。」

溫榮面上不怒、不喜、不驚，至多是一絲不耐。

李奕還不願將眼前的小娘子就這麼放走，有問題還未問出口。是關於夢中的江南之景，煙柳幕桃花，紅玉秋沈水。夢裡的白堤石橋、亭臺錦鯉，比江南山水畫還要清晰鮮明。自己從未去過江南，這究竟是胡亂想像，還是眼前小娘子親口描述的風景？

溫榮欠身後便要繞過李奕離開。

「好歹某也是皇子，可榮娘一點也不怕！」李奕見沒得到自己允許，溫榮已捻裙快步向前走去，不禁有幾分孩子氣地說道。

「三皇子何須為難了奴這麼一個無關人？奴已在街廊耽擱了許久，擔心丹陽公主怪罪。」溫榮與李奕擦身而過。

她說了她是無關人。溫榮的雙眸如深潭一般黑亮，自己似被綁縛在頑石之上，還未掙扎，便已沈入了潭底，可在她眼裡，連一絲波瀾都不曾驚起。

李奕跟在溫榮身後走下玉街廊橋，溫榮隱隱覺得不妥，可又想著快些擺脫了李奕，故腳步不停地向丹鳳閣走去。

「看來榮娘對宮裡很熟悉，妳知道丹鳳閣在哪裡？」李奕嘴角彎起，笑容乾淨。

溫榮娘只進過一次宮，而且是直接去了朝武太后的延慶宮。第一次走，就如此熟門熟路了？李奕露出一抹玩味淺笑。

溫榮心下一驚，這才發現是自己疏忽了，好在還未曾走遠。不得已止住腳步，溫榮微微蹲身說道：「先才女史與奴指點了一二，之後卻是不知了，還請三皇子指明。」

李奕有幾分好笑，早知會這樣，自己就不該開口，讓她一路帶到丹鳳閣，到時再看看她如何自圓其說豈不更有趣？看來自己還是捨不得為難了她。

三皇子與溫榮一前一後地進了丹鳳閣，丹陽公主見到溫榮，笑著迎了出來，看著李奕嗔怪道：「今日本就是請了榮娘過來以棋會友的，你半路攔了人家，知道的說你癡棋，不知道的還說你怠慢了貴客！」

「丹陽說的是，是某疏忽了。」

李奕果然是個知錯能改的。

丹陽領著溫榮往側殿走去。

「五哥與琳娘已經到了好一會兒了。今日我特意請了江南東道的燈影伎人，妳是杭州郡回來的，想來會喜歡。」

溫榮感激地笑道：「公主記得這等小事……」

說話間，二人進了側殿，殿裡端正擺放了數張食案，食案上是精緻的宮廷御點。

謝琳娘已笑著起身向二人迎了過來。

五皇子見到來人，放下手中茶盞，俊顏之上無半點表情。

人齊了。丹陽公主吩咐伎人開始演起了燈影戲。

丹陽公主點的是「二度梅」，因請的江南東道的影伎，故配樂多用了江南絲竹，曲調高亢激昂裡不失婉轉優雅。

未看出丹陽公主亦是性情中人，對戲裡人物遭際境遇唏噓不已，好在結局可算團圓美滿，這才揾了揾眼角，露出笑來。

接著，丹陽公主又客氣地請溫榮與謝琳娘點了幾齣。

午膳後，二位皇子謝過了丹陽公主的招待便自回了蓬萊殿，丹陽公主則領著溫榮與謝琳娘去丹鳳閣高處觀賞宮景。大明宮裡殿堂遍佈，廊榭相連，好一派古樸壯觀的景象，只是溫榮對宮裡的一切已是再熟悉不過，故少了幾分興致。

丹陽公主與二位娘子說了一會兒話，便吩咐了婢子擺棋盤，與溫榮說道：「榮娘可別怪我失禮，著實是仰慕妳棋技多時了，今日難得有此機會，豈能不叫我等開開眼界。」

謝琳娘亦是笑說道：「太后壽宴那日，雖只與榮娘下了數步，卻已令我好生佩服。」

溫榮好笑道：「妳們二人一唱一和的故意來消遣我呢！那日琳娘與我不過是走了開始，也來渾說嘲笑！」

「我們棋上見真章便是！」丹陽公主拍了拍雲錦金鳳小夾襖，先在棋盤前坐下。「琳娘便先讓我同榮娘對弈上一局吧！」

丹陽公主很是爽快，本以為丹陽公主好棋必定亦善棋了，不想不過是數十步子，丹陽公主便已甘拜下風。弈棋時，丹陽公主特意命女史在旁記下二人走的每一步，並標了步次順序，初始溫榮只道是公主要研究了棋局，也未做他想。

三人一共下了四盤棋，丹陽公主局局都輸，溫榮與謝琳娘有想過故意讓子，不想丹陽公主棋技雖拙，心眼卻明，只說若是不拿出真本事，暗暗讓了她，才是真真地瞧不起她。約莫輸什麼也不能輸了傲骨，便是這個理。

丹陽公主的棋藝著實令人不敢恭維，一局便知丹陽公主平日裡是從未研究過棋局的，溫榮只詫異了既如此，丹陽公主為何還對弈棋如此感興趣？

申時初刻，丹陽公主吩咐車馬送二位娘子出宮，丹陽公主忍不住誇了榮娘的棋技比那棋侍詔還要高明上幾分，更意猶未盡地約了溫榮與琳娘下次再進宮弈棋。

今日溫榮走的棋譜，很快便被送往蓬萊殿。

李奕仔細看過後搖頭笑道：「丹陽不善棋，如此也看不出溫四娘的真功夫。」

李晟聽言面色不豫，在背後窺覦覬覦他人棋技，李晟覺得此舉實為不光明，故冷聲說道：「如此不若真心同溫四娘求教。」

「她對你我避之不及，何必叫人為難？」李奕善解人意地說道。

李晟放下汝窯青瓷茶碗，抬眼說道：「那與棋侍詔弈棋便是。一次尚可，久了三哥你認為溫四娘會不知曉丹陽的意圖？」

李奕舒展輕笑。要多久？

若說李奕的笑容如春風裡的桃李杏粉，李晟便是冰雪裡的暗香凜梅。在二位皇子身邊伺候的宮婢，一時紅了臉，埋首不敢發出一絲聲響。

李奕將棋譜交予內侍收起，不經意地問道：「五弟前些日去了房大學士府裡？」

李晟面色無異，淡淡地應道：「聽聞房大學士自東市書肆裡尋得前朝字帖善本，某無事便去看看。」

李奕聽言頷首笑道：「可惜那日某與二哥一同去了南書房，否則便能同五弟一道欣賞前朝善本了。」

李晟眼睫不抬。「三哥正事要緊。」

第十七章

春雪化盡後好不容易迎來純粹的晴天，溫榮去遺風苑庫房裡整理了老墨。

前日謝氏瞧見溫榮繪丹青，這才想起庫裡有許多夫郎收藏的古墨。溫榮喜好頗為獨特，貴家女娘素來是喜歡盛滿妝奩的胭脂傅粉，可溫榮卻是老墨古籍收藏了許多。謝氏知曉後並不詫異，當初夫郎也是這喜好。

庫房裡雜七雜八堆滿了箱籠，幸而管事嬤嬤的記性好，前黎國公收藏古墨的是一只小皮箱。先才溫榮從穆合堂出來時，謝氏與汀蘭便開玩笑地說，那庫裡的許多箱籠是要與溫榮做了陪嫁的。

綠佩與碧荷跟在溫榮身旁，取出小皮箱後，管事嬤嬤為確認是否還有遺漏的，隨手打開了皮箱旁的幾只箱籠。一只堆滿了字畫，瞧著畫卷上已有些許黃斑，溫榮自是心疼得緊，改日要與祖母說了，字畫也該整理；另一只箱籠裡是滿滿的、閃得人眼花的金銀器皿。

綠佩驚訝地用手捂住了嘴，溫榮與管事嬤嬤倒是見怪不怪。

曬墨前，溫榮先在篾匾上仔細鋪了一層生宣，將老墨一塊塊碼好了，與碧荷二人一道抬至庭院。回廂房後，溫榮抬眼瞧見櫥櫃裡的銀釧錦盒，是林大郎至遺風苑時與自己的禮物。溫榮未多想，自錦盒裡取出那方瀟湘八景漆煙徽墨，徽墨起了薄薄一層濕氣，看來是才做成不久的。成色、質地與描金都極好，是值得收藏的尚品，趁著春日陽光不烈，晾曬數次便能長存了。溫榮擺弄了幾番，倒是另眼相待，小心地在漆煙徽墨下墊了一層方帕，親自端至庭院裡。

「娘子，二郎過來了。」

綠佩得了消息，提著一只蟈蟈籠過來尋娘子。

這幾日綠佩與碧荷的日子亦是閒適得無趣，二人不知從何處學來了鬥蟈蟈，碧荷不過是得空了玩上一會兒，綠佩卻時時提著那篾籠子。

溫榮至庭院泉眼處，將糊在手上的黑墨洗去，詫異地問道：「阿娘可是一道過來了？」

綠佩搖了搖頭。「只二郎一人。」

穆合堂裡，謝氏正牽著軒郎說話，不過是問了課業的問題。這幾日春假，多虧了林家大郎盯著軒郎的課業進度。

瞧見溫榮，軒郎歡喜地說道：「明日貢院放榜，榮娘可要一道去瞧瞧熱鬧？」

不待溫榮回答，軒郎又顧自地說道：「榮娘，我還聽說張榜之前要在尚書省都堂舉行唱第儀式呢，被唱到的才是進士及第，否則就是落第，想來很是有趣的。」

軒郎並非應考舉人，不過是瞧熱鬧，故一點壓力都沒有，此時不論說及第抑或是落第，皆眉飛色舞的。

「林家娘子可有去了？」溫榮眨眼問道。明日放榜林大郎必定會去的，若是能遇見嬋娘與瑤娘，可一道做了伴。

溫景軒聽言搖了搖頭，蹙眉說道：「林大郎還未回我書信，這些時日林大郎似乎有些鬱鬱的。榮娘，妳說林大郎會不會沒有考好？」

「進士試當日，你也去貢院了，那時林大郎的情緒如何？」溫榮不以為意地問道。

「滿面笑容，可謂是春風得意。」軒郎如此想來才覺得安心。

「那便是了。若是考得不好，出貢院時即可瞧得出來。」溫榮見軒郎憨直的模樣，心下有幾分好笑。說來這幾日嬋娘與瑤娘亦鮮少與自己書信，更沒邀了一道出去玩。如今還未放榜，林府長輩現在便挑了門戶高低似也早了些。

謝氏斜靠在矮榻上聽兄妹二人說話，軒郎的性子像極了他阿爺，將來若是走上仕途，亦是個耿直的清官，凡事無愧於心便能睡上個安穩覺了。見兄妹二人說到林大郎是否及第的問題，謝氏笑著看向汀蘭。

「妳去取了那對『雁塔題名』、『杏林春燕』花卉紋的鳳首瓶來。」說罷，與榮娘和軒郎笑道：「明日你們得了消息即遣人與伯祖母說了，若是林大郎被唱出名字，我也該送了賀禮去。」

溫榮知曉祖母打算在第一時刻送賀禮，是想叫林家知曉女方有議親的誠意。林家雖尊重前黎國公夫人，但兒女的終身大事還需仔細考慮，若林大郎一舉中第，怕是林府的門檻都要被踏破了，到時林家長輩必是要比上三家的。溫榮思及此，撇嘴自嘲地輕笑了一聲。

軒郎詫異地望著榮娘。「榮娘，妳笑什麼？」

溫榮慌忙搖頭。「軒郎也該努力讀書了，希望待到那日軒郎能金榜題名。」

軒郎聽言拉下了臉，林大郎年前吩咐的課業，他還沒背熟呢。在杭州郡裡無拘無束慣了，至盛京才發現自己比起其他學子要少了幾分忍耐。

貴苑五更聽榜後，蓬山二月看花開。

進士試在尚書省南面都堂，張榜地點則在貢院東牆。盛京依舊籠罩在夜色初分的霧氣裡，卻已有許多望眼欲穿的舉子踟躕於貢院東牆之下。

為了聽唱榜，軒郎卯時中刻便在遺風苑門外等了溫榮。

溫榮靠在馬車裡，晨鼓與車輪聲交織，嘈雜作響，可還是止不住濃濃的睡意。

到貢院不過辰時初刻，溫榮撩開一絲簾幔看到外頭景象時，嚇了一跳，不想貢院門口已是車水馬龍，白衣舉子密密登登地擠於東牆處。

溫榮遠遠瞧見了一輛翠幄馬車，是林府的，只不知林府娘子是否在車上？

軒郎知曉後命僕僮過去相詢，自己則仔細看了林府馬車周圍，卻是不見林大郎的身影。

「溫二郎也來了？」

林大郎未尋到，卻也遇見了熟人。趙二郎亦是博學多識、文采斐然的，不知今日榜首會是何人了。

溫榮戴著帷帽，下車與趙二郎見了禮。趙二郎不過同二人說了幾句場面話，便搖著羽扇，帶著僕僮往貢院閒閒走去。那一身錦衣華服的趙二郎還未到貢院東牆，就有禮部官員迎了出來。堂堂尚書左僕射家的嫡次子，自是不會與麻衣舉子擠於一處聽唱榜。

溫榮先才瞧見趙二郎一臉輕鬆，估摸是早已知曉金榜名單了。聖朝裡請託行卷的風氣頗盛，公薦與通榜並非罕事，若能得到達官貴人賞識，及第者名單便無幾分懸念，可一甲頭三名卻不知花落誰家？不一會兒，溫榮瞧見嬋娘與瑤娘匆匆向自己走來。溫榮見瑤娘連帷帽都沒戴，輕聲責怪了一句，慌忙牽了二位娘子上馬車。

瑤娘與軒郎打了招呼，說林大郎在前頭的馬車上，只是行走不便，故無法過來。

軒郎聽言一愣，不待細問，慌忙向林府馬車跑去。

溫榮亦是關切地問道：「林大郎怎麼了？」

嬋娘輕嘆一聲。

「昨日大哥與二位皇子去西郊騎馬，不想在跳榛時不慎摔了，好在有武功底子，可腿還是受了傷。醫官看過後，說是沒個十天半個月都不能下地了。」

林子琛受傷，三皇子與五皇子都很是自責，畢竟是他二人邀林子琛去西郊騎馬的，可二位皇子初衷卻是因為瞧見林子琛悶悶不樂，擔心他有事悶在了心裡，才希望他出去散散心。

溫榮柳眉微顰。「林大郎騎射技藝是極好的，怎會……」騎射技藝相較二位皇子有過之而無不及，輕鬆的跳樁如何會失誤了？
瑤娘張了張嘴，愣是沒敢說出口。嬋娘與瑤娘都是知曉的，大哥是因榮娘才會魂不守舍，瑤娘亦後悔那日將話說重了。不管怎樣，想高攀的是阿爺和阿娘，與琛郎無甚關係。
而昨日中書令府裡，亦因為林子琛受傷一事而鬧得不可開交。知子莫若母，甄氏縱是起初不曾留意，經過這些時日，也知曉了琛郎的心思，可甄氏亦不敢明著駁逆了夫郎。
昨日林鴻彥聽聞琛郎受傷，未時請假自公衙回了中書令府。雖心疼，可作為嚴父，關切的話到嘴邊便變成了斥責，斥責琛郎這般不小心，怒其性子難成大事。
甄氏本就因擔心琛郎而心下煩悶，再聽夫郎所言更是不悅，二人回了廂房便你一言、我一語地爭論了起來，瑤娘是不省事的性子，瞧見爺娘面色不佳，遂悄悄繞去了窗櫺下……
雖說夫為妻綱，可此時甄氏也忍不住地埋怨了夫郎。「……若不是你說吏部侍郎家的大郎娶了郡主，琛郎怎會如此？不若順了孩子心思，豈不是皆大歡喜？」
林中丞皺眉說道：「胡扯！琛郎受傷與此何干？親事本就是父母之命、媒妁之言，我們漫說沒同溫家訂親了，便是連議親都沒有，他哪裡來的想頭？」
甄氏卻也不肯死心。
「溫四娘有何不好的？與琛郎可算郎才女貌極登對了，更何況慕嫻是你胞妹，慕嫻的性子再溫和沒有了，斷不會為難了琛郎和溫四娘的。」

「好了，妳一天到晚就這些眼淺的算計！是妳的算計重要，還是琛郎的前程重要？」林中丞擺了擺手，似是不想再議論此事。

甄氏一肚子的委屈和擔心，撐不住地哭咽道：「我只知道，倘若琛郎有個好歹，再好的前程也無甚用處了！」

「婦孺之見，鼠目寸光！單憑溫四娘還未進門就將府裡鬧得雞犬不寧這一點，就不是樁好親事！」林鴻彥甩了袍袖正要出廂房，又回頭說道：「妳自己想想，進士試還未放榜，倘若大郎落第了，溫家還會不會同意這門親事？門第、功名、文才、品貌、命相，哪家議親不是如此？」

見阿爺出了廂房，躲在窗櫺下的瑤娘才離開，可心裡亦生出了個疙瘩。倘若大哥未考上進士科，榮娘是否就真瞧不上大哥了……

瑤娘性子直爽，藏不住的心事都寫在了臉上。若是有瑤娘都不能說出口的事……溫榮抿嘴輕笑。

不一會兒，溫榮透過帷幔瞧見了騎著高頭大馬、手執黃紙榜文的禮部官員，連忙同嬋娘和瑤娘招呼道：「榜文自尚書省禮部送過來了，禮部官員要開始唱榜了。」

瑤娘這才從思緒裡回過神來，撩開帷幔好奇地瞧了一眼。

先前踟躕於貢院之外，心懷忐忑、焦急等待出榜的舉子們紛紛往唱榜處聚攏而去。數年焚膏繼晷的苦讀，只為金榜題名，換一份金花帖子，與家人報登科之喜。
林瑤轉頭瞧見榮娘雙眸閃爍透亮，十分歡喜期待的模樣，癟了癟嘴，終究忍不住問道：「榮娘，若是我大哥沒考上，妳會不會……」扭扭捏捏不是瑤娘的性子，可就如林中丞說的，林子琛與溫榮八字都沒有一撇，怎能問得太明白？
溫榮輕鬆地玩笑道：「進士科是鮮少有人一次考上的，但林大郎文詞拔俊，有經畫之略。我不甚瞭解林大郎，可妳們是他的胞妹，豈能不相信了自己大哥？縱是一時不慎落第，明年再接再厲便是。若妳們著實看不開，心情不好了，便來尋了我，別的不敢誇，可糕點卻是越做越好。」
瑤娘忍不住噗哧一笑。本就是三人做手帕交在前，大哥與榮娘親事起苗頭在後，如此生分了不值當。
瑤娘將注意轉向了唱榜處，噘嘴說道：「我們離得遠了些，什麼也聽不清。」作勢就想下了馬車。
貢院處皆是陌生舉子，這般下馬車成何體統？溫榮忙將瑤娘拉住，笑道：「不妨事的，有小廝在前頭候著，聽到林大郎的名字會過來告訴我們。」溫榮忽覺得被嬋娘握著的手緊了緊，二人相視一笑。
不多時，林府和溫府的小廝興沖沖地跑過來，立在馬車外恭敬地說道：「林大郎是一甲頭名！」

聽言，嬋娘與瑤娘欣喜萬分，溫榮也替林大郎高興，遺風苑小廝得了消息，慌忙回遺風苑同老夫人報信。

「這兒人多，你與大郎和溫二郎說了，我們同榮娘去前頭茶肆。」嬋娘向家中小廝吩咐道。

三位娘子歡歡喜喜地進了茶肆，為了照顧琛郎，特意命茶博士在一樓開了雅間。

不想過了一會兒，林大郎卻遣了小廝過來傳話，說他與軒郎先回府了，讓三人也早些回去。

瑤娘聽言不滿地問道：「大哥不知道榮娘也在這兒嗎？」

小廝很是為難。「小的與大郎說了，且溫二郎也在的，小的……」

「好了，大哥想早些同家裡報喜亦無甚不可。」嬋娘見溫榮面色無異，鬆了口氣。大哥不願過來亦是不想壞了榮娘對他的印象吧，本是鮮衣翩翩的郎君，如今卻行走不便，還不如好好在府裡將養。雖是中了頭名，可嬋娘卻依舊不覺得圓滿，盼望大哥在新科進士的相識宴前能下地自如行走。

三位小娘子點了一壺茶，說了會兒話便各自回府。

溫榮回遺風苑後才知曉，祖母不但送了「雁塔題名」和「杏林春燕」賀喜紋樣鳳首瓶，且知曉林大郎受傷後，又加了一份上好的治外傷膏貼、一棵足重五兩的老山參。

溫榮思及今日之事，知曉林家必定是在正經考慮林大郎的親事了。看來林家在仔細琢磨後，將家世放在了品行之前，如此想來心下雖有幾分不舒服，卻也無可厚非。成親非兒戲，祖母與阿娘何嘗不是再三掂量，才看上了林家大郎？

前世的三尺白綾，還有至死之時李奕的不肯一見，令溫榮心裡對成親有著難以磨滅的陰影。若是可以，溫榮寧願不嫁，守著祖母、阿爺、阿娘過一輩子，待親人們在京中穩妥了，黎國公府亦能避開覆滅之災後，自己便度牒做了女冠，享那「京洛多風塵，到此一洗空」的清淨，也未嘗不是人生一件快事。

現下黎國公府裡少有動靜，又處在了貢院放榜、京中沸騰的當頭，故祖母與阿娘將心思都放在了自己的親事上，溫榮只擔心林家與別家訂親後，祖母和阿娘會失望。

十日後，溫府收到了邀請林氏至林府做客的帖子。自放榜後，往林府拜賀與議親的人是絡繹不絕，門檻子怕是都被踩壞了。

前日阿娘還到遺風苑請祖母做說客。只因阿娘聽說盛京裡許多家有適齡女娘的勛貴朝臣都帶了重禮親自登門，林大郎受了傷無法待客，可那些精心妝扮、花枝招展的小娘子，在甄氏等林府長輩面前很是溫柔賢慧。

進士榜上第一名啊。溫榮嘴角含笑，在一旁看熱鬧。林大郎如今就是香餑餑，誰都想咬上一口。

林氏作為林大郎的姑母，早差人送了厚禮，在知曉別家很有誠意地親自登門後，便也蠢蠢欲動，可與珩郎商量時，卻被一口拒絕。溫世珩這幾日對林家頗為不滿，林中書令是自己上峰，倒是如往常一般，公私分明，可大舅子林中丞，原先二人是常約了坐於一處吃茶討論朝政的，然那日自己主動上前道賀時，林中丞卻目光閃躲，近幾日更是在躲自己！溫世珩一根筋好面子，做不出熱臉貼冷屁股的事，故將話明明白白地說與林氏知曉了，自家女娘是不愁嫁的，遺風苑與黎國公府三房都已送重禮表了心意，林府自會去思量。若是放下身段趕趟兒地套近乎，豈不是叫榮娘被人小瞧，好似非他家郎君就嫁不出去似的！

林氏則是覺得林大郎是打著燈籠也難尋的文才和品貌，盛京裡貴家郎君雖說不少，可皆是紈袴，哪裡有一個配得上榮娘？在知曉崔御史家夫人帶著崔娘子，短短數日已去了中書令府兩次後，林氏便再也坐不住了。崔家想同中書令府結親的心思再明顯不過，如今自己單單送禮，比之她們多次登門造訪的誠意，實是算不得什麼。林氏是希望謝氏能勸勸珩郎，莫要倔著性子，放下身段事小，耽誤了榮娘事大。

林氏與老夫人說話時特意將溫榮支開了，謝氏知曉了林氏意思後並未表態，只說容她再想想。林氏離開後，遺風苑老夫人一五一十地將珩郎與林氏的想法都告訴了孫女，問榮娘有何打算。謝氏心裡早已有數，這是榮娘的終身大事，自然該由榮娘挑選，雖說脾性非一眼、兩眼能看得出來的，可眼緣亦是重要，若是榮娘真看上了林家大郎，她不但會去同頑固臉薄的珩郎說道，更不介意親自登門祝賀了林大郎登科。

謝氏問溫榮心裡所想時，溫榮認為阿爺有道理，在祖母面前也不避諱了自己對親事的看法，綻開笑容，坦然地說道：「這事講心甘情願，相互都滿意和看好的，才能少生間隙和隔閡，與長輩相處也才能多些融洽，少幾分不自在。若是用身分或是旁事、把柄壓人求得，怕是要難以為繼的。」

謝氏聽言很是滿意，榮娘面容確實是溫和恬淡的，可她卻與她祖父、阿爺一般，都生了孤筋傲骨。

相較自己的親事，溫榮倒更關心阿爺和陳府的娘子。兩日前阿爺遞了一本奏摺與聖主，阿爺非御史臺言官，且得了自己和祖母忠告，故不會做出越權彈劾朝臣之事，不過是忠言勸聖主警惕奸佞阻塞視聽、歪曲事實排除異己。當廷阿爺得了聖主褒獎，聖主誇其性子耿直，雖供職於中書省，卻敢言敢行。林氏知曉後很是歡喜，溫榮卻是驚出一身冷汗。

御史巡按在洛陽知府府邸搜出貪墨帳本，溫世珩還是沈不住氣了。雖說顧及家人和溫府，在奏摺裡不曾指明事體，但終究是少了幾分忍耐。堆高於岸，流必湍之。縱是溫世珩無意朝中所謂的派別立場，卻也引起二皇子等人的注意了。黎國公府護擁太子，二皇子遲早要對付溫家，而溫世珩則如洛陽陳知府一般，出頭的椽子，將先被除去。

溫世珩素來欽羨朝堂上敢於犯顏直諫的朝臣，可他亦知曉，直諫的多為當朝重臣或是御史臺官員，故往日裡只得硬生生地忍下話來。今次得了聖主誇讚後，底氣足了幾分，頗有沾沾自喜、揚眉吐氣之勢，更在謝氏面前放言說一味的閃躲和懦弱不是溫家人的性子。

溫榮聽言有幾分詫異，兩世裡她都未瞧見大伯父與二伯父在危險時出過頭。

謝氏生氣地瞪了溫世珩幾眼。

溫榮見此時祖母說的話阿爺都聽不進，也只得暫時作罷。容忍伺機與軟弱噤聲確實是難以分清，如今阿爺自是將容忍伺機當作了軟弱避禍。自此，阿爺雖如往常一般，時不時往遺風苑探望祖母，卻鮮少再提政事，約莫是前日興頭正盛時，祖母非但不曾鼓勵，反而潑了冷水，故阿爺在祖母面前使小性子了。溫榮思及此，忍不住笑了出來。

「榮娘，在想什麼有趣的？」謝氏見溫榮靠在軟榻上，一會兒蹙眉、一會兒舒展淺笑的嬌憨模樣，笑著問道。

溫榮爬起身，偎著祖母坐下，頑皮地說道：「伯祖母，阿爺在妳面前也會鬧脾氣呢！」

謝氏撫摸著孫女的鬢髮。

「妳那阿爺，是文官卻偏有勇無謀，雖說性子正直、為人坦蕩非壞事，可伯祖母就擔心妳阿爺被人利用了還被蒙在鼓裡。」

溫榮一愣。「伯祖母的意思是，阿爺被人鼓動了？」

謝氏搖了搖頭，悵然道：「不好說，妳阿爺本也就耐不住。」

溫榮抬眼問道：「陳知府貪墨案，會累及家人嗎？」

貪墨案嚴重者可誅，高祖建朝上徽年間，曾有知府私開倉廒被定重罪。貪墨案較輕者可依刑小懲大戒，但收押與流刑者居多數。

謝氏親暱地望著溫榮笑道：「妳與妳阿爺都是愛瞎操心的性子，陳府老夫人和陳少監早去上下打點了。」

溫榮瑩亮的眼睛眨了眨，是了，陳家大房縱是覬覦家產，表面功夫還是要做足的。御史巡按搜到了貪墨帳本，這宗貪墨罪就是板上釘釘了，再要翻盤可謂極難，故陳家長房安分聽了陳老夫人的吩咐，求求人、賣賣面子，留下柔弱婦孺，任其揉捏又顯了善心親情。

謝氏將廚裡新送的糕點擺至溫榮跟前，還是提到了林家。「妳這孩子，如今該先操心了自己的事。妳阿娘接到中書令府的帖子，那日可要與妳阿娘一道兒過去？」

溫榮噘嘴撒嬌道：「嬋娘昨日與我的信裡沒有邀請呢，兒不想去，還是讓軒郎去吧，沾沾一甲頭名的喜氣，希望來年軒郎一舉中第。」

謝氏見溫榮又想繞過去，佯裝生氣地點了溫榮額頭。「不許和伯祖母打馬虎眼！軒郎功課妳阿爺和阿娘自會管教，伯祖母只問了妳，若是林府這門親事丟了，妳不可惜？」他林大郎是香餑餑，榮娘也是。應國公夫人瞧見溫榮時便喜歡得緊，只是應國公府嫡子已訂親，嫡次子卻文武皆不出色，家世雖好，小輩不努力也白瞎，故謝氏考慮了一圈都不滿意。

溫榮輕靠在祖母懷裡，暖暖的令人十分安心，當一切安靜下來，溫榮也會覺得累，修長的墨色睫毛微微顫動，淡淡地應道：「伯祖母，兒不願與他人爭。」任誰經歷了一遭生死，都會變得心寬，並非是寶便一定要得到，快樂就好。

「娘子！」綠佩與碧荷在庭院裡鬥蟈蟈時，聽到了黎國公府裡的消息，還收到一封陳府娘子與娘子的書信，這才嘰嘰喳喳地跑進穆合堂。

「黎國公府裡羅園也收到了林府的請帖，聽說溫老夫人與二夫人封了賀禮去林府。」碧荷蹲身與謝氏和榮娘見禮後說道。

綠佩撇撇嘴，兀自嘀咕。「沒考上時巴巴兒吊人胃口，中了進士就開始擺起了排場！」綠佩本以為林府是單獨請三夫人的，這時才知曉原來是請了那許多人。

溫榮不在意地說道：「是該請，禮尚往來罷了。」溫榮垂首撕開了陳府娘子的書信，信裡並未具體說了何事，只問溫榮明日是否有空，若得空望能至宣義坊別院，有事相商。

知曉林府大辦宴席，溫榮更是將林府一事拋諸腦後了。軒郎是一定隨阿娘去的，軒郎為報師恩，特意去昭成寺求了香灰，做了福囊要送林大郎。

謝氏知曉後很是欣慰，誇軒郎尊師重道有誠意，珩郎的幾個孩子皆是懂事有出息的。

啞婆婆為謝氏和溫榮換了手爐，天氣日漸轉暖，再過些時日，手爐便可收起了。

謝氏又想起了一事，笑說道：「明日妳去宣義坊時，除了妳親手做的糕點，再替伯祖母帶兩件禮物與二位娘子。若不是如今政事敏感，伯祖母也想請了她們過府坐坐。」

溫榮歡喜應道：「謝謝伯祖母。」

「陳府娘子也是難得的性子，雖知曉我們府裡亦有能力幫忙，卻未為難勉強了妳，估摸陳知府也有勸妳阿爺莫要出頭。我們說的道理，縱是妳阿爺全然想明白了，但心底依舊會有為至交兩肋插刀的方剛之氣，所以我們也該好好謝謝陳府家眷。」

溫榮頷首道：「伯祖母說的是，兒便沒了這般周全的思量。」

謝氏舒心笑了幾聲。「榮娘可比伯祖母聰明多了，伯祖母與妳一般大時，只知曉躲在樹後瞧妳伯祖父。」

溫榮聽言雙眸一亮。「伯祖母與伯祖父可是兩情相悅？」

謝氏笑著默認了，笑容很是幸福與滿足。夫郎從未納妾，亦未有通房侍婢，嫁入黎國公府後，除了起初未分家時，二房裡嘉宜郡主折騰人了些，其他皆是順心順意，她與夫郎更是琴瑟和諧。謝氏柔軟目光忽又暗了幾分，再美滿，也抵不過陰陽兩隔。夫郎去得過早，兩人終究不能白頭偕老……

謝氏知曉內宅之爭不易，故望溫榮亦能遇見可一心一意待她的良人。

謝氏為陳府娘子準備的禮物是一對銀白點珠流霞紅橘紋盞，雖非金貴之物，卻有著好寓意，盼不論結果如何，陳家皆能如意平安。另外又命溫榮帶了一匣顧渚紫筍，原來前日裡溫榮提起陳府夫人精神恍惚，謝氏留了心，說可吃些禪茶。

溫榮著一身蓮青色梅花紋實地紗小胡襖，這幾身素色襖服，是謝氏去東市成衣坊為溫榮訂做的，林氏為溫榮新做的衫裙顏色皆十分喜慶，平日裡去參加宴席尚可，但去探望陳府娘子不合適。

溫榮打算在宣義坊與陳府娘子一道用午膳，故早起後陪著祖母玩了一會兒樗蒲（注），辰時末刻才乘馬車去宣義坊。溫榮到別院時，月娘與歆娘正在打絡子，自府裡出事後，二位娘子性子收斂了，話也少了許多。

前次過來，溫榮便將流雲百福荷囊交還了月娘，月娘眼眸裡閃過一絲失望，卻還是感謝了溫榮，自嘲說五皇子怎可能稀罕了這些，倒是麻煩了榮娘。溫榮見月娘失落，心下亦有幾分不忍，可此事不能勉強，月娘如今的境況，同五皇子怕是不可能了。

月娘牽著溫榮去了湘妃竹柵裡的小亭子，竹柵圍成的園子雖不大，可搭了處清雅的曲水流觴，青岩上小篆刻了「松亭試泉，曲水流觴」幾字。溫榮想起了五皇子李晟，五官精緻貴氣，蹙起的俊眉透著令人無法逼視的威嚴，那般清冷的性子，卻也有此情調。

「榮娘，嚐嚐，是我親手做的。」歆娘端一碗五香飲與溫榮。

溫榮捧起素白瓷茶碗，歆娘多加了些蘭香，倒是別有一番滋味，她笑著誇了歆娘的手藝。

「榮娘，房大學士與阿爺寫了一封書信，阿爺其實也明白那理，胳膊擰不過大腿，與其真與二皇子等人鬧翻，不若留條後路。」月娘躊躇了一會兒，又說道：「若是定了罪，阿爺怕是要被流放嶺南，我知曉如今祖母和大伯父在京中為我們打點關係，望不累及家人，更提出了要將我們接到盛京陳府大宅。」

注：樗蒲，音同「書僕」，一種古代賭博的遊戲。投擲有顏色的五顆木子，以顏色決勝負，類似今日的擲骰子。

溫榮見月娘面露難色，大約知曉了月娘的意思。
「榮娘，若是定了貪墨罪，洛陽府邸的財物是要一併收繳的，阿娘與我們沒有傍靠，便是住在盛京陳府裡亦要看大伯父和伯母的眼色，與其在盛京裡牽腸掛肚地擔心阿爺，倒不若和阿爺一道去嶺南。」月娘垂首，貝齒輕咬著下唇。
溫榮輕嘆了一聲。
「月娘，妳們可想好了，嶺南不但偏遠荒涼，且人雜夷獠不知禮教，更聽聞那兒盜寇恣行，不若就留在了京裡，我也可時常來尋了妳們。」
月娘搖了搖頭。「榮娘，妳說的我都懂，我們也是思量再三才有此決定的，減罪難，加罪更非兒戲——」
「娘子，五皇子殿下來了，正在烏頭門處，不知可否方便進來？」院門處伺候的僕僮匆匆忙忙進了竹柵，打斷了月娘的話。
三人皆是一愣，月娘登時飛紅了臉，手絞著錦帕，不知所措。
自陳府家眷住進了別院，五皇子便再未出現過，今日的突然造訪，實是令人驚訝。
溫榮輕碰了碰月娘，月娘這才回過了神，半掩唇，緊張地說道：「快請五皇子進來！」
說罷，三人走出了湘妃竹柵小院，至中門親自接迎五皇子。
李晟自院門處而來，一襲海棠色大科袍服，玉帶常靴，如往常般冷著面孔，獨有不同的便是換下了慣束的嵌玉寶冠，紮了錦紗羅頭巾。

溋榮等人同五皇子見禮後，邀至竹亭裡小坐。
月娘輕抬盈盈怯目，柔聲問道：「不知五皇子至別院是為何事？」
李晟望著題字青岩處，淡淡應道：「恰好路過此處，順道進來。」
歆娘端來五香飲奉至李晟跟前，無奈他視若無睹，此番情境叫三位娘子有幾分尷尬。
月娘先才還有著送荷囊的心思，此時見到五皇子冷峻嚴肅的面孔，是噤聲惶恐，不敢言語了。
過了好一會兒，李晟才轉向溋榮，冷聲問道：「前日妳府裡用的是何茶？」
溋榮抬眼正對上李晟的眼睛，如霜似雪的眸裡映著春日暖暖的陽光，清冷中流轉了幾分光華。「五皇子可是指溋二娘所煮的蒙頂石花？」蒙頂石花是貢茶，照理宮中最是常見。
李晟搖了搖頭。「第一盞茶。」
溋榮了然輕笑道：「是顧渚紫筍，一味蜀道禪茶，盛京裡鮮少能見。」說罷頓了頓，想想還是說了的好。「那日茶湯怕是叫五皇子見笑了，顧渚紫筍是伯祖母送與奴的，奴還未來得及教院裡茶娘子禪茶煮法，故那盞茶湯確是不盡如人意。」
李晟頷首道：「原是這般，那盞茶湯裡有極淡的蘭香，與某平日在宮中所用甚為不同。」溋四娘第一次言笑晏晏地與自己說話。不知為何，溋四娘的笑容會令人心生了酸楚，分明精緻漂亮得似紋錦繡緞，可自己卻會思量那美麗繡紋下的千瘡百孔……
溋榮頗有幾分驚訝，平日在穆合堂，皆是用正宗禪茶道烹煮顧渚紫筍的，如此才將其的內馥蘭香調製而出，可那日黎國公府西苑的茶娘子非但不會禪茶道，更在茶湯裡加了重酥酪，蘭香是幾不可聞了，不想五皇子居然能留意到。

溫榮收回目光，垂首輕笑。「顧渚紫筍難得之處便是蘭香，可惜盛京裡鮮少茶娘子修得禪茶道。」

「溫四娘可也懂茶道？」那日黎國公府溫老夫人極力推崇了溫二娘。鮮少有長輩不偏疼嫡出兒的，若是溫四娘亦善茶道……李晟思及去年三哥說的軒郎落馬一事，黎國公府內怕是真有許多見不得光的隱事。

溫榮謙虛道：「不過略知一二。」溫榮所言雖是謙詞，卻也非虛，畢竟她的茶道技藝比之蜀道禪茶大師，不過是雕蟲小技了。

歆娘在旁說道：「榮娘茶道可真真是上佳，雖只嚐過一次，可那馥郁的茶香卻叫人至今難忘。」

李晟垂眸端起五香飲，還未吃又放下了，目光落在溫榮如皎月般清麗的面容上，清亮裡夾雜了些許期待。

「對了，榮娘，先才妳送與我們的可不就是顧渚紫筍？」月娘穩了穩神，心下有幾分不舒服。

溫榮點頭道：「是，烹煮時只需加少許鹽，夫人精神不好，此茶對提神大有裨益。」

月娘癡望了五皇子一眼，決計說道：「榮娘，想來禪茶必是有獨特之處，不若榮娘與我們煮一次正宗禪茶，令我們開開眼界可好？」

為陳府娘子煮茶自是無妨，可五皇子……房大學士肯與陳知府寫信，必是五皇子從中幫忙了，月娘的荷囊五皇子不肯收，自己亦無甚可做謝禮，倒不若煮了一道禪茶，只不知五皇子是否稀罕了點茶之技？溫榮笑著點頭答應了月娘。

歆娘急急忙忙命人準備了風爐、炭、鍋釜等物，又照溫榮所言，自匣裡取了兩餅顧渚紫筍。

溫榮至案几前，將茶具整齊排開。五皇子別院裡備有一套越窯秘色青瓷茶具，溫榮見時很是喜歡，釉色純粹獨特，青色裡泛了湖綠，與禪茶而言可謂是極配。一切準備妥當，溫榮著手開始煮茶。

李晟悠閒地望著別處，餘光裡忽瞧見溫榮將茶餅直接放入緣邊如湧泉連珠的二次沸水之中，再麻利地將風爐裡的火減小了，動作一氣呵成，如行雲流水，十分嫻熟，似是常煮的。煮茶素來是將茶餅放至茶碾子裡碾作細米，李晟自言從未見識過如溫四娘這般煮茶的，出於好奇，李晟不自覺地看向不遠處正全神貫注煮茶的小娘子。爐中炭火映照在溫榮面容之上，如霞光一般，不知何時，溫榮鬢角落下了幾縷青絲，略微擋住了盈盈杏目。李晟雙眸微合，收緊了雙手……

隨著手中茶筅飛快地攪動，茶爐裡凝結起了金黃色的茶膏，溫榮用茶筅試了茶膏濃稠後，才用竹勺勺起，將茶膏仔細滴注於溫熱的清泉水上。

碧荷捧茶奉與五皇子和陳府娘子。

李晟揭開了秘色青瓷碗蓋，瞧見茶碗中的山水畫，登時驚豔。茶湯之上漂浮著千峰深谷、幽雅秀美的終南山，而籠於山間忽隱忽現的白雲，則在天際裡閒自舒卷。畫卷旁勾了娟秀小字楷書，仔細看了是「悠然見南山」五字。

李晟望著神色無異、正同陳府娘子談笑自若的溫四娘，心中一動，面上卻一閃黯然。

月娘茶碗裡是凌寒而開的千絲金香菊，歆娘的是如意夏荷，亭亭荷葉下還有三兩錦鯉在戲水。

不消一會兒，茶碗裡的畫卷模糊散去，金黃茶膏溶於清泉水，顧渚紫筍特有的清雅蘭香四溢。李晟嘴角漾出一絲淺笑，這般煮茶技藝可謂是聞所未聞，怕是宮中茶娘子與探花宴上的司茶娘子，都尚不知曉此茶道。

月娘與歆娘早在一旁讚不絕口，吃盡了茶湯後，唇齒依舊留香。

轉眼至午膳時辰，李晟本要告辭，可陳夫人與陳府娘子皆誠意地挽留了李晟。

溫榮出於禮節，亦開口虛留了兩句，心下卻是盼望五皇子快些離去。可轉念一想，月娘該是希望能與五皇子多相處的吧？

五皇子真留下了。下午無事，溫榮又為三人煮了茶湯，比之早上的清茶，溫榮略加了些許棗絲，茶香之上添了幾分清甜。

月娘將欲同阿爺一道往嶺南的想法告知五皇子，五皇子聽後亦不過是一句「知曉了」。未時中刻，五皇子提醒溫榮時辰已遲。溫榮本還想同陳府娘子說會兒話的，無法只得與二位娘子作別，說有消息後會與二位娘子寫信。

烏頭門外的老槐樹早已冒出了新綠，一簇簇花蝶念珠般的嫩葉覆疊交錯，如蔭如蓋。靜立於綠意旁的溫榮，如春日裡舒展枝椏上含苞待放的嬌花細蕊，二人目光不經意間相碰，卻又匆匆撇開，在溫榮不曾留意的地方，李晟的嘴角噙著幾不可一見的笑意。溫榮看向李晟的目光，不再如舊日那般冰涼，蓮青色小胡襖繡著順衣襟蔓枝蜿蜒的玉蝶紫梅，寒梅是冬日裡的顏色。如今點檢花時已過，不知是否可再為君開……

溫榮蹲身同五皇子告辭。

李晟這才回過神來，清冷地說道：「我送妳。」

溫榮柳眉微顰。「奴謝過五皇子好意，如今時辰尚早，不煩勞五皇子了。」

「走吧。」李晟似未聽見溫榮所言，命僮僕牽了馬匹過來。

溫榮的表情有幾分抽搐，五皇子眉眼清秀俊朗，可目光裡卻有令人無法拒絕的威嚴。她嘆了一聲，不再多言，轉眼發現五皇子今日並非騎的皎雪驄，而是一匹普通大棕馬。溫榮忍住了已至嘴邊的疑問，踩著腳踏上了簾幄馬車。

馬車徐徐前行，綠佩悄悄撩起一角簾子，往外看了看。

溫榮好笑道：「妳這又是做什麼？探頭探腦的。」

綠佩略想了片刻後說道：「婢子覺得今日五皇子不似往常那般嚴肅，定是五皇子覺得娘子茶湯煮得好。」

溫榮抿嘴輕笑，不去理會綠佩的胡言亂語。好容易過了安興坊的市坊門，本以為五皇子會停馬折還，不想卻一路送到了遺風苑大門處。

綠佩扶著溫榮下了馬車，溫榮端正拜謝五皇子。

「前日某聽見太后提起前黎國公夫人，說了思念故友。」李晟望著溫榮，聲音四平八穩，無一絲波瀾。

溫榮想起了陳府娘子所求，陳府家眷不過是想同陳知府一道流放，事關親情，與朝政無關，只要祖母一句話，太后便能幫忙，故此次祖母開口比五皇子要容易。「奴謝過五皇子指點。」

溫榮正要帶著綠佩與碧荷進府，綠佩突然慌張地說道：「糟了！娘子，是二郎！」綠佩遠遠瞧見了正騎著綠耳往此處而來的溫景軒。

溫榮這才想起明日是國子學旬假，如今溫景軒每十日回府一次，卻也是喜歡往遺風苑裡跑了。溫榮瞥了五皇子一眼，李晟一聲不吭，老神在在地站在原處。便是五皇子此時上馬離開，也會迎面遇上軒郎，不知一會兒該如何與軒郎解釋？

轉眼溫景軒已至遺風苑大門，翻身下馬後果然驚訝地來回打量二人，未向五皇子行虛禮，反開口問道：「晟郎，你如何過來了？」

溫榮明亮的眸光微閃，原來軒郎與五皇子已這般熟稔。前日二位皇子造訪黎國公府，軒郎規規矩矩、畢恭畢敬的模樣，看來是做與長輩看的。

李晟沒有回答軒郎的疑問，只轉頭看向了溫榮。

溫榮埋怨五皇子給自己添了麻煩，不滿地瞪了五皇子一眼。五皇子的眼神確如綠佩所言，不似以往那般嚴肅。叫溫榮驚訝的是，那眼神裡居然還有幾分無辜和探詢。溫榮支吾了一會兒後，尷尬地說道：「先才在市坊大門處恰好遇見五皇子，五皇子問起那日我們府裡所用的茶餅，嗯……我便想著請伯祖母送一匣與五皇子……」

李晟沈著臉一語不發，漫說溫四娘是為對付軒郎信口說的，便是真的送，他也不會要了。雖喜歡顧渚紫筍的茶香，可只有溫四娘懂得禪茶道，真送了自己也無甚用處。

溫景軒聽言，感激地看了溫榮一眼。此次林大郎中第，亦是榮娘提醒了自己要準備一份禮物，禮物不在貴重，卻要能表心意。溫景軒希望林大郎的傷快些恢復，才去了昭成寺求了祈福香灰。想來溫榮亦是知曉二位皇子平日對自己多有照拂，故主動送了禪茶。

溫景軒釋然笑道：「原來晟郎也喜禪茶！我們府裡只有榮娘會禪茶道，吃了禪茶，嘴會被養刁的。尤其是阿爺，每每至遺風苑，一是探望伯祖母，二是衝著榮娘的禪茶去了。」

如今蜀道禪茶還未傳入盛京，漫說黎國公府裡，便是全盛京亦無幾人會了。

李晟側臉看了看溫榮，與軒郎頷首道：「既已無事，某便先告辭了。」說罷翻身上馬，海棠色錦袍袂襬簇簇飛揚，已是帶著僕僮絕塵而去。

直到瞧不見五皇子身影，溫景軒才與溫榮進了遺風苑。兄妹二人慢行於青石路，溫景軒說著國子學裡發生的趣事，快走至穆合堂時，溫景軒猛地止住腳步，驚訝道：「榮娘，忘記請五皇子進府，禪茶也未送了！」

不想過了許久軒郎才想到。既然五皇子已離去，溫榮就無甚可擔心的，遂點頭道：「是了，往後有機會再送便是。」

「令五皇子平白走了一遭……」溫景軒蹙眉輕嘆了一聲。

進了穆合堂，溫景軒同伯祖母問了好，祖孫三人說了一會兒話後，溫景軒忽然又是一副恍然大悟的模樣，溫榮卻垂眼並不理會。哪裡有恍然大悟時眼睛還在忽閃的？

溫景軒看著溫榮，只作不在意地說道：「榮娘，我差點忘了，琛郎寫了封信與我，邀請妳我二人赴宴呢！」

溫榮眼睛清亮，抬眼時，溫景軒已慌張躲開。

軒郎和阿爺一樣，不能說謊，還未被人捉住，自己就已經先臉紅心跳了。溫榮好笑道：「阿娘本就要帶軒郎去。」盛京裡每一個待考進士科的郎君，都想去中書令府沾沾一甲頭名的光。

溫景軒見榮娘果然與阿娘說的一樣，在使小性子，心下不免有幾分著忙。

謝氏聽言合起茶碗，與溫榮淡淡地說道：「既然林府郎君已開口，無事便與妳阿娘一道過去看看，不過是熱鬧熱鬧。好歹兩家是姻親，不去倒似駁了林府面子。」

伯祖母話裡有話，可惜溫景軒聽不明白，想著既然伯祖母都令榮娘去林府了，那便不會再有偏差。

三人又說了一會兒話，謝氏正要留軒郎一道用晚膳，院外婢子通傳溫世珩過府來了。

謝氏把玩著手裡的鎏金香囊，歡喜說道：「真是個好日子，都過來了！」

溫世珩走進內堂，三人一時全愣住了，就見溫世珩面色發白，緋色雪雁紋補服軟塌地掛在身上，脊梁不似往常那般挺得筆直。

謝氏吩咐溫榮為阿爺斟茶，待溫世珩緩了後才蹙眉問道：「出什麼事了？」溫世珩前日被聖主誇讚後有幾分飄飄然，今日估摸是又玩了什麼蛾子，結果碰到釘子了。

溫世珩連連吃了三碗茶湯，才望向謝氏，勉強笑道：「伯母，不是壞事，聖主召兒至御書房說話了……」溫世珩的額頭不知何時又泌出一層薄汗。

今日非參朝日，溫世珩到中書省公衙不多時，聖主身邊伺候的盧內侍便突然至公衙，傳召了溫世珩至御書房陛見。進御書房單獨陛見，於林中書令等聖主近臣而言是常事，溫世珩卻是入京後的第一次。不知聖主所為何事，故惶惶不安。

溫世珩隨盧內侍出公衙過廊下，往御書房而去時，周圍同僚皆投以詫異的目光，溫世珩官階雖不低，卻未有能臨聖主身側議政的資格。若硬說溫世珩有何事引起聖主注意，也不過是前日裡遞的一份空洞無物的奏摺。

溫世珩未做過任何虧心事，身正不怕影子斜，可單獨面聖依舊底氣不足……

睿宗帝正在書案前批覆奏摺，明黃五爪團龍飛天紋樣在光下時隱時現，金色繡線泛著熠熠光芒。

溫世珩躬身拜見了睿宗帝，過了好一會兒，聖主才開了口，不緊不慢地說道：「不必拘禮，自你從杭州郡調任盛京，某便打算召你敘話。」睿宗帝看了盧內侍一眼。

盧內侍謙卑笑道：「溫中司侍郎請坐。」

「謝聖主恩典。」溫世珩不安地虛坐於漆地嵌螺鈿紫檀椅上。

睿宗帝放下手中的玉管羊毫，威嚴的目光往溫世珩看了過去。「溫愛卿與洛陽陳知府是同科進士？」

溫世珩眼眸一亮。聖主詢問此事，是否意味著善郎一案尚有轉機？「回稟聖主，陳知府與臣為同科進士。」

睿宗帝頷首。「愛卿的奏摺文采過人，果是進士出身。」不待溫世珩道謝，睿宗帝又問道：「愛卿前日所遞奏摺，可是暗指陳知府貪墨案裡，有小人在從中作祟，矇蔽聖聽，而某，卻未察覺？」

溫世珩大吃一驚，連忙起身拜道：「微臣不敢！」

「罷了，你以為某不懂？」睿宗帝眼睛不抬，聲音低重。「一個個京官做久了，都成了老狐狸！你們在背後揣測聖意，卻無一人站出來為陳知府說話，你們怕的不是某，怕的是被其他朝臣對付，故而噤聲不語，任奸臣妄語，忠臣被誣！」睿宗將手中奏摺拍到書案上。

溫世珩撲通跪在地上，冷汗已浸透中衣。「微臣罪該萬死，不該只知明哲保身，不為聖主分憂！」

「陳知府貪墨案，只有你遞了一份似為陳知府喊冤的奏摺，可太過模糊，故某召你至書房相商。」睿宗帝眉眼嚴肅，目光好似燃著火焰的利箭，刺眼得叫人不敢直視。

溫世珩心底的防壘在鋒利的目光下崩塌，伯母與榮娘的交代早拋諸腦後。「聖主英明，那陳知府是被冤枉的……」溫世珩可謂知無不言、言無不盡地述說著。

睿宗帝鋒利的目光收斂了幾分，輕嘆一聲。「愛卿說，為何沒有朝臣站出來為陳知府說話？」

「這、這……」溫世珩就是再耿直、再沒有思量，也不敢說了。「臣不敢妄言。」

睿宗想起二皇子李徽，胸口一陣發悶。他與李徽說了無數遍「兄友弟恭」，可他眼裡只有儲君之位，無兄弟之情。太子自小便是睿宗帝帶在身邊親自栽培教導的，斷然捨不得廢立，可李徽亦是他與長孫皇后捧在手心都怕碰了的愛子。縱是可視他人生命為草芥的九五之尊，在愛子面前，也極難抉擇。睿宗帝目光微黯地看著跪於地的溫世珩，江南東道鹽政官一案，是自己一手壓下，可惜某人不知收斂，枉費自己一片苦心。

「溫愛卿起身，如今御史臺是魚龍混雜，胡亂彈劾。當初將你安排至中書省當值，許是埋沒了你，然某非昏君，知曉忠言逆耳利於行，故希望能聽到真話。」睿宗帝揮了揮手，卻是一團和氣。「回去吧，聽聞這幾日中書省公事繁重，辛苦你了。」

溫世珩迷迷糊糊地回到中書省政事堂，同僚見溫世珩面色青白、腳步發虛，早在私下裡議論開來，平日與溫世珩關係頗好的同僚上前打聽，溫世珩支支吾吾，未說出一二，這般遮遮掩掩更叫人心生猜疑。溫世珩一整日皆精神恍惚，惴惴不安，好不容易熬到下衙，匆匆忙忙地便往遺風苑來了……

溫世珩未避開榮娘與軒郎，榮娘聰明，凡事看得比他還要通透，軒郎遲早會走上仕途，早早告知其為人臣子必忠心亦無甚不可，故直接將陛見聖主一事說與伯母知曉。

謝氏將手中茶碗放回茶盤，砰的一聲，力氣似比往常大了許多。

溫世珩抬眼，驚訝地望著伯母。

珩郎真真是清官忠臣的性子，出頭椽子的命！

「兒認為應該將實情告知聖主……」溫世珩梗著脖子說道，底氣終究不足。畢竟事發突然，他連細想的時間都沒有。

謝氏臉色鐵青。聖主有什麼會不知曉？今日不過是試了珩郎，看他在關鍵時刻得不得用、是否推得出去！

溫景軒瞪大雙眼，茫然不知聖主召見阿爺究竟是福是禍？

謝氏搖了搖頭，此時再責怪珩郎也無意義，該說不該說的，他在聖主面前都說了，早無退路，只不知聖主將做何安排？謝氏無心思留二人吃飯，將溫世珩與溫景軒打發回府。

二人走後，謝氏才與溫榮說道：「苦口婆心勸的話，妳阿爺幾未聽進。」

溫榮笑了笑。「伯祖母，這也是沒法子了，我們惜阿爺的命，可阿爺卻惜他的名。」溫榮知曉，聖主如今需要一個急先鋒，挫一挫在陳知府貪墨案中得利一方的銳氣。

「罷了，榮娘還是安生準備林府赴宴之事，妳阿爺的事只能走一步看一步了……」謝氏吃了口茶，將氣順了順。確實，還不知是福是禍。

第十八章

林府宴席在百花待放的三月初，再過兩日便是新科進士的相識宴。

林子琛如今已可下地，可醫官依舊交代了需靜養，故每日裡只能在院子裡走走。

自軒郎向溫榮傳了林大郎的話，溫榮也收到了嬋娘與瑤娘邀請赴宴的書信。

當日黎國公府準備了兩輛翠幄馬車，林氏與軒郎需往遺風苑接溫榮，故比之二房董氏母子約莫遲了一刻鐘到中書令府。董氏不僅帶了菡娘，亦是將祺郎帶上了。

嬋娘和瑤娘在後院月洞門處接迎女客，見到溫榮時，二人慌忙迎上前。

瑤娘拉著溫榮，鼓著腮幫子說道：「這些時日府裡人來人往的，阿娘命我們在府裡招待賓客，一步不許我們出門，我都快被悶壞了！」

溫榮玩笑道：「大才子的妹妹自然不好做，知曉妳們忙得不可開交，我也不敢打擾了妳們。」

瑤娘噘嘴瞪了溫榮一眼。

「我們巴不得妳打擾的，可偏偏什麼亂七八糟的人都來了，獨獨妳不來！」

溫榮掩嘴道：「好好，不生氣了，看我帶了什麼與妳們。」兩大盒新醃漬的蜜果子。瑤娘的信裡除了邀請溫榮，還討要了吃的。

瑤娘瞧見後，兩眼都放出了光來。其實上月榮娘有送一盒蜜果子與自己，本不會這般快吃盡的，可如今大哥吃藥時都是用蜜果子壓味，所以大半蜜果子都進了大哥肚子裡。

瑤娘張了張嘴，許多話不能也不敢和榮娘明說。

不過數十日，來府裡拜訪的夫人和娘子幾將門檻踩爛，可大哥卻一個也不肯見，反正有腿傷做藉口，只苦了她和嬋娘，總被那些虛情假意的夫人、娘子牽著手打量和誇讚，不耐煩又不能表露了出來。

大哥每日裡都有打聽溫府，可惜林姑母只遣人送賀禮、寄傷藥，人一次不曾來過，二位娘子也發覺兩家長輩似生了隔閡。

「榮娘，妳先去內院，我們一會兒就過去尋妳。」嬋娘牽著溫榮說道。

林氏被其他夫人拉去說話了，溫榮走進花廳時，瞧見菡娘與崔御史家娘子坐於一處，相談甚歡，時不時地執起仕女紋絹紗團扇掩嘴直笑。

溫菡娘瞧見溫榮，忙打招呼喚過去一道坐，溫榮本就是獨自一人，故也未多想。

溫菡親熱地笑道：「今日多虧了林府的宴席，否則我都不知何時能見到妹妹了！」

溫榮懶得搭理菡娘的冷嘲熱諷，卻發覺崔娘子看向自己的目光很是不善。

若是往常，瞧見溫榮這般目中無人的模樣，溫菡怕是又要火氣上頭，可她今日心情極好，故又說道：「林大郎可謂是才貌雙全，四妹好福氣！」

崔娘子怒目瞪著溫榮，只恨那眼神不能化作了利劍。

溫榮驚訝地望著菡娘。

「三姊是誤會了，我與林府娘子交好，卻與林大郎鮮少往來，想來是因我們表親的關係，才生出了這些傳聞。對了，聽聞林大郎中第後，二伯母送了花開並蒂三彩百合口花瓶？」花開並蒂，顧名思義。

溫菡聽言一愣，阿娘確實送了花開並蒂紋樣花瓶，可那與她無關係，是為祺郎送的！

崔娘子黑了一張臉，起身離開溫家姊妹。

此時嬋娘與瑤娘迎完了賓客，回到花廳拖著溫榮一道去庭院裡賞新買進府的牡丹。

溫菡瞪著溫榮與林府娘子的背影，眼都直了。溫菡討厭溫榮，連帶著也不喜歡與溫榮交好的林府姊妹，不明白阿娘怎麼就瞧上了貌不出眾的林嬋娘！直到三位娘子說說笑笑地出了花廳，溫菡才想起先前甩帕子離開的崔娘子，慌忙起身追上去解釋。

林府清芷園裡擺了許多新放牡丹，瑤娘拉著溫榮走至一株玉樓點翠跟前，如繡球般層層疊疊、密簇盈滿的花冠嬌豔盛放，粉紫花瓣上沾染了些許朝露，每一次的隨風輕動，都流轉了清麗的晨光。

「很漂亮呢！」溫榮嘴角輕揚，眉眼盈滿笑意，彎下身子仔細端詳著豔紫綠靜的絕色牡丹，不小心驚起正在花間嬉戲的粉蝶，粉蝶在清香中翩躚環繞後，停留在了溫榮的髮飾上，那綴寶石小葉粉牡丹紗花步搖上撲稜著的錦色蝶翅，遠遠望去，彷若美畫一般。

「花是宋舍人送的，聽說家養了四年，才開出這般大的花朵，榮娘喜歡一會兒搬一盆去！」瑤娘笑著朗聲說道，花簇裡的粉蝶登時悉數驚起。

溫榮聽言直起身子笑道：「玉樓點翠幾簇連起盛放了最好看，放在這兒便好。」

溫榮轉身瞧見正盯著牡丹愣神的嬋娘，知曉嬋娘是為何事。嬋娘已是及笄之年，林府裡除了操心林大郎的親事，自也在為嬋娘做安排。溫榮想起了文采斐然、性子豪放不羈的杜樂天學士。杜樂天學士考上進士後便入翰林院當值，雖有出息，可家中只是隴西尋常莊戶，且溫榮聽聞，杜樂天學士已納了幾房妾室，平日裡還會去平康坊聽曲吃酒。

如今瞧中嬋娘、望求娶回府做嫡子媳婦的貴家不在少數。溫榮知曉那只並蒂蓮花瓶是二伯母替祺郎送的，可溫菡娘在他人面前煽風點火害自己，也怨不得自己給她添些堵了。

溫榮望著嬋娘雖不明豔卻清秀可人的臉龐，心下輕嘆。祺郎是配不上嬋娘了，可杜樂天學士……漫說林家長輩，便是自己，也覺得不合適。

溫榮正想詢問了嬋娘的意思，抬眼便瞧見林大郎和軒郎自清芷園另一處的清幽小徑而來，許是來賞牡丹的。

先才溫榮聽前院婢子傳話，說軒郎和祺郎進府不多時，林大郎身邊的小廝便引了軒郎至染墨居。

林大郎身著石青綾紗素面袍衫，一如往常的優雅閒適，人卻清瘦了許多，雖能自如行走，可步調緩慢，看得出腿傷還未完全康復。

林大郎的目光落在溫榮身上，溫柔和煦下夾雜著說不清、道不明的情緒。

溫榮同林大郎端正行禮道了好，見此，林子琛心下不免有幾分失望，自己於榮娘而言不過是尋常人，榮娘的言談舉止規規矩矩，使自己難親近。或許今日阿娘與林姑母商量了親事後，榮娘就不會如此冷淡了，思及此，林子琛嘴角揚起一絲清逸的笑來。

前兩日阿爺還倔著不肯考慮他的親事，本以為這念想真要如浮萍一般沒定數了，可就在半個時辰前，阿娘突然帶著嬋娘與瑤娘到了染墨居，阿娘見他無精打采的模樣，先數落了一番。林子琛估摸阿娘是要逼自己去見那些夫人、娘子了，沈著臉不肯回話，不想阿娘話鋒一轉，提起了祖父。

原來林中書令看到前黎國公府老夫人送來的賀禮很是驚訝，昨夜將林鴻彥和甄氏喚至書房問話，知曉林子琛心思後，不但未責怪林子琛，反而將林鴻彥數落了一通。

林鴻彥昨晚不曾開口，可今日上衙前交代了甄氏幾句，讓私下裡先探探胞妹的意思，若溫家確有結親意向，待琛郎雁塔題名後，便託媒人上溫府提親，行了納采禮，好叫眾人安心。

林子琛自是歡喜，嬋娘和瑤娘也是長長地鬆了一口氣，否則二人真不知該如何面對榮娘。得了阿娘準信，嬋娘和瑤娘才至花廳尋溫榮，林子琛則將軒郎請至院裡說話。

溫景軒本就是感激林大郎的，更為林大郎的品行學識折服，且溫景軒心裡有數，只要林家肯主動，板著臉說榮娘不愁嫁的阿爺就會第一個贊同，因為阿爺說過不止一次，與其讓榮娘嫁與皇親勛貴，一天到晚被繁文縟節所累，操心那些複雜的人際，還不若嫁進書香門第來得清淨適意。

溫榮覺得與林大郎在一處不合適，遂想叫嬋娘和瑤娘帶自己去別處賞花，可二位娘子不願離開，在花叢旁小站了一會兒，嬋娘以琛郎如今傷未好完全，不能久立為由，命婢子端了茶點至清芷園的竹亭。

五人還未說幾句話，前院裡便有郎君差僕僮來尋林大郎，說是要辦詩會，請林大郎去坐鎮。林大郎無奈，只得帶著軒郎與榮娘作別。

看二人走遠了，瑤娘噗哧一聲笑道：「本以為大哥耐性是極好的，不想這般迫不及待。」

如今阿爺鬆口，嬋娘也不再有顧忌了，看著溫榮意味深長地笑。

溫榮不明就裡，很是詫異。

「胡說什麼呢？」

嬋娘認真地說道：「阿娘必是已尋姑母說項了，長輩一拍即合後，妳可不許鬧。」

溫榮聽言，臉倏地通紅。瑤娘的玩笑話自己可以不當真，可嬋娘的性子實在……溫榮的心怦怦跳得厲害。好歹這事定了，阿爺、阿娘能滿意安心了，再憑藉林中書令朝中的地位，還有琛郎與李奕的關係，定能對溫家之勢提點一二，可謂是再圓滿不過……八字未有一撇時，溫榮還能清楚地整理思緒，可此時腦子裡卻是亂糟糟的。瑤娘還在一旁開玩笑，可究竟說些什麼，溫榮都未聽清。

待開宴後，甄氏滿面笑容地牽著溫榮坐於身側，周圍女眷賓客見到兩家面上神情，還有溫榮嬌羞的模樣，都知曉了是怎麼一回事。抱有結親想法的女眷，念想落空了不免有幾分不悅，投向溫榮的怨懟目光更是不計其數。

林府為今日赴宴的郎君和女娘都準備了禮物，郎君是一套筆墨紙硯，女娘的則是東市裡採辦的上好香膏。

待宴席結束，甄氏單獨留下溫家三房說話。在眾人看來，這門親事是八九不離十了。直到過了申時，再不回府天色便要暗了，甄氏才依依不捨地命人為林氏等人備馬車。

林氏與溫榮上馬車後，瞧見馬車裡的景象不禁一愣。原來瑤娘見溫榮喜歡玉樓點翠，且溫榮說要多幾株放在一起才會好看——那般說法其實是溫榮在婉拒——因此巴巴兒地命僕僮搬了五盆玉樓點翠在馬車裡。玉樓點翠是林家的心意，自是隨溫榮去遺風苑了。

謝氏瞧見名貴的大牡丹也很是驚訝，旋即又輕鬆地笑起來，見溫榮面上紅雲未退，也不再多言，只命僕僮將牡丹搬至花房。這般嬌貴豔麗的牡丹，放在穿風的庭院裡怕是沒兩日就要凋謝，在花房裡好生照料，約莫能開上五、六日。

董氏在羅園裡用過晚膳後去了祥安堂。

溫老夫人半瞇著眼，三房如今在盛京裡是越來越順坦了，溫榮先得太后喜歡，溫景軒通過林家大郎交識了二位皇子，幾日前老三又進御書房陛見聖主……

能與林家大郎結親可謂是人人豔羨，四丫頭撿到寶了。

溫老夫人抬眼看向董氏，淡淡地問道：「祺郎的事呢？」

董氏搖了搖頭，垂眼說道：「林大夫人只問了祺郎明年是否進貢院。」意思再明白不過，欲求娶他林府娘子，除了看家世、財力，還要看小輩是否有出息。

溫老夫人喉嚨一癢，忍不住咳了幾聲。前幾日溫老夫人精神倦怠，遂臨時命祺郎到跟前背功課。

溫景祺措手不及，被抓了現行，左氏傳裡的年份都未分清，簡簡單單一段恆公十二年都背得磕磕巴巴，叫人好不心急。

祺郎平日裡就只知道賣弄詩詞，溫老夫人嘆了一聲，待那祺郎考上進士科，林府女娘早已嫁人生子了！溫老夫人不耐煩地說道：「妳回去吧！」

董氏一怔，還指著溫老夫人幫忙想法子呢！董氏知曉，為了三房的四丫頭，遣風苑老夫人送了許多禮物去林府。

董氏不死心地抬眼，哀切道：「阿家，自三郎一家回盛京後，二房在府裡便越發的沒了地位。珀郎是個小錄事，和三郎的四品要員不能比，如今榮娘又先得了一門好親事，我這當伯母的雖然替她高興，可畢竟菡娘年紀比榮娘大，妹妹先出嫁了，當姊姊必是要叫人笑話的，往後得一門好親事便更難了啊！」

溫老夫人前幾日知曉鈺郎的別宅婦有了身孕，現下溫老夫人就盼著鈺郎一舉得男，省得她再操心，如今她的心思壓根兒不在二房上，沒閒工夫看董氏裝可憐，遂冷下臉說道：「若是祺郎考上進士，求娶菡娘的自然就多了！」說罷，溫老夫人揮了揮手，合眼靠在矮榻上不再多言。

董氏無奈，只得小心地退出了祥安堂，再命人盯緊了大房。

朝政之事，縱是溫世珩在聖座前替陳知府喊了冤，也未改變一分一毫。

乾德十四年三月中旬，前黎國公夫人單獨入宮拜見朝武太后，與太后敘了舊。

三月末，陳清善削職獲罪，流放嶺南道，即日啟程，期六年。聖主准許家眷隨行，並特赦陳清善流放途中可免枷鎖，只縛腳鐐。

溫世珩除了感念故友，亦對聖主那日舉動百思不得其解。

鶯飛草長，轉眼是春意濃濃的四月，這幾日盛京格外熱鬧。盛京東南處的曲江池更是一派萬花明曲水、車馬動秦川的繁華景象。

溫榮同時接到了應國公府謝琳娘和林府娘子的邀帖，邀請共至曲江關宴，一睹新科進士的風采。關宴設在曲江池芳林苑。四月裡曲江坊花卉環繞，柳蔭四合，曲江畔更是碧波紅蕖，煙水明媚，好一派湛然可愛的春日景象。曲江兩街早早排開了坊市，四處最多的是推車叫賣新放牡丹花的了，一簇簇嬌豔的首案紅、黃花魁、潑墨紫……姹紫嫣紅的顏色為曲江更添熱鬧和喜意。

關宴這日，新科進士、皇親勛貴、朝臣皆將至芳林苑赴宴，而盛京人人亦競相趕至曲江坊遊園賞景，故今日盛京醒得比平時早許多，第一波晨鼓敲響，便已有彩幄翠幬的車馬等候在市坊大門處。

比之其他府邸卯時不到闔府就上下掌燈，遺風苑穆合堂的某處廂房裡，一位清麗的小娘子此時還懶懶地睡在大箱床上……

綠佩在旁喚了好一會兒，瞧見娘子終於勉強睜開了惺忪迷濛的睡眼，才鬆了一口氣。綠佩早聽聞曲江坊今日是遊人如織，倘若不早一些過去，馬車怕是要被堵在路上，寸步難行了。倘若過巳時還未到曲江池，就瞧不見新科進士的風采。

「時辰還早呢……」溫榮翻了個身，嘛嘴說道。

「哎喲，我的好娘子，還早呢？若不是謝大娘子會去曲江搭幔帳，今日娘子怕是連席面都沒得吃，只能站在曲池水廊吹風了！」綠佩好不容易將溫榮拉了起來。

碧荷趕忙伺候溫榮沐浴，又腳不停地將溫榮拽至妝鏡前。

綠佩挑出了一盤珠釵首飾，席案上也鋪滿了衫裙。

「娘子，妳瞧著穿哪身好？」

碧荷正在替溫榮篦髮。

「娘子，今日可是梳望仙髻？」

溫榮瞧見二人心急火燎的樣子，鼓著臉頰很是無奈。她知曉兩個小丫頭對曲江關宴是滿心好奇，恨不能立馬去曲江賞遊一番，自己卻興致索然。可轉念一想，將那曲江宴當作遊園散心，亦算是極好的。

溫榮望著妝鏡，眨了眨眼說道：「與往常無異，百合髻，著那套玉青衫裙，髮飾看著簡單配兩件便可。」

綠佩聽言蹙眉道：「會不會太素淨了？今日林大郎可是——」猛地感覺到娘子投來的不滿目光，綠佩立馬噤聲閉嘴。

待溫榮梳妝更衣完畢，已是卯時末刻。

溫榮至穆合堂同祖母問了安，才帶著綠佩和碧荷至府門前，乘車去曲江池。

曲江坊內果然是人頭攢動，車馬難行。

短短一條街市走了小半時辰，直到辰時中刻，溫榮的車馬才行至曲江池。早有華服侍婢候立一旁，與溫榮盈盈拜禮後，引著溫榮往芳林苑去了。

溫榮遠遠瞧見應國公府與中書令府搭的蜀錦幔帳，兩家真搭在了一處，溫榮心下一陣歡喜。前日溫榮同時收到琳娘與林府娘子的書信後，琢磨兩府娘子亦是相識的，倒不若做一處遊玩更熱鬧，遂將兩邊書信都接下，又各回了一封信說明情況。

此時謝琳娘正立在幔帳外，欣賞曲池上的華麗蘭木畫舫。謝琳娘亦是精心妝扮，一身茜紅羅花暗紋大袖衫，織金福紋鬱金裙，最叫人挪不開眼的，是琳娘驚鵠髻上簪的赤粉二色天香湛露大牡丹。

碧荷忽然變色道：「娘子，婢子忘記為娘子簪花了！」原來曲江關宴亦逢牡丹宴，故赴宴的貴家女娘皆會簪名貴牡丹花應景，可溋榮髮髻上只兩支赤金嵌寶流蘇簪，比之實在太過素淨。

謝琳娘見到溋榮，忙至一旁的林府幔帳外招呼了一聲。嬋娘和瑤娘聞聲，從幔帳裡走了出來。嬋娘和瑤娘皆梳三環髻，分別簪魏紫、姚黃，好不貴氣的小娘子。

溋榮瞧見三人花婆子的模樣，忍不住笑將起來。

瑤娘幾步上前挽住溋榮，板臉說道：「巳時新科進士便由曲江西處乘畫舫過來，妳遲遲不到，我都擔心妳錯過了！」

瑤娘打量了溋榮一番，狡黠一笑。「我與嬋娘早猜到妳會忘記簪花，故也為妳備了一朵！」

瑤娘重重地說了「忘記」二字，令溋榮縱是想笑也得忍著。只見嬋娘自幔帳裡取出一朵粉藍二喬重瓣牡丹，嬋娘果然知曉自己喜好。

粉藍二喬不大不小，簪於髮髻，再配上玉青金線繡牡丹紋綃紗束腰裙，溋榮可謂是如春日牡丹那般顏色傾城，一顰一笑皆搖曳生姿，更顯國色芳華。瑤娘一時看愣神了，心下感嘆大哥真真好福氣。

「榮娘！」

瑤娘聽見聲音，回過神來。

幾人抬眼，見是林大夫人與溫三夫人往此處而來，忙笑著上前行禮。

林氏、甄氏等夫人都是在芳林苑深處擺席面，臨曲江畔的賞景好位置留給了小娘子，而郎君們則在遊廊與水廊的亭臺處吃酒賞樂。

甄氏聽婢子報溫榮到了，遂拉上溫榮阿娘林氏一道過來。甄氏牽著溫榮，上下瞧著是越看越喜歡。

自兩家一拍即合，琛郎心情好了許多，腿傷似乎也恢復得快了。前日聞喜訊後，琛郎甚至與幾位能武的新科進士隨皇子一道去了狩獵場。

甄氏聽聞擔心地出了一身汗，可不想琛郎不但進士試頭名，狩獵場上亦是氣勢凜凜，拔得了頭籌。

殿試時，聖主親賜了「譽知」二字與琛郎，更在林中書令等當朝重臣面前誇琛郎不但有提筆安天下的才學，更有上馬定乾坤的魄力。林家長輩這幾日是樂得合不攏嘴了，如今甄氏眼裡，溫榮是乖巧溫柔，如琛郎的福星一般。

甄氏又叮囑了瑤娘不許亂跑後，才笑著同幾位娘子說道：「我們便先回去了，免得妳們拘謹。」

四人蹲身送了二位夫人。

曲江畔西岸，離溫榮等人幔帳數丈距離的亭臺被作為上席。皇親勛貴皆在水廊亭臺吃酒，旁邊有許多貌美侍婢和名伶伺候。幾位皇子也在那處，除了五皇子李晟緊蹙眉頭、板著臉，無人敢靠近外，其餘皇親貴戚身邊皆陪了一位媚妍嬌嗔的名伶。

瑤娘恨恨地衝著上席「呸」了一聲，溫榮這才注意到，一位花枝招展、高髻上簪一朵首案紅大牡丹的名伶正軟軟地為李奕斟酒。

溫榮執起繡烏紫絨金大牡丹的團扇掩面好笑，不知瑤娘「呸」的是李奕，還是嬌柔的女伶？

「快看，新科進士來了！」

別處花叢裡傳來小娘子清脆的驚呼聲，溫榮隨著瑤娘所指一眼望去。華麗的畫舫靠了岸，身著御賜綠色釧紋袍服的新科進士登岸，照僕從指引，往上席徐徐走去，與皇親、勛貴、朝臣一一見禮後，再依次入席。

今年進士及第二十六人，半數以上是白髮老者，年歲不足二十又尚未成親的，僅僅二人。林子琛殿試後依舊是一甲頭名，尚書左僕射府趙淳為一甲第三名，林子琛和趙淳可謂是進士榜上最為年少有為的翩翩郎君。立於曲江畔芳林苑的小娘子皆飛紅了臉，雙眼一眨也不眨地望著那二人。

林子琛目光遠遠地望向溫榮，嘴角如清風般的淺笑化在了濃濃春意裡，溫榮羞紅了臉，忙不迭地看向別處。

瑤娘和嬋娘亦癡癡地望著各自心儀的郎君。杜樂天學士正坐在水廊的一處亭榭吃酒，懷裡摟著妖豔女伶，性子很是放蕩不羈。

琳娘走至溫榮身側，輕聲問道：「榮娘，外面的傳聞是真的？」

溫榮知曉琳娘所問何事，並不扭捏作態。

「爺娘確有此想法，但納采和問名要到雁塔題名後，故還未確定了。」

琳娘想起先才林大夫人待榮娘那親切熱情的模樣，很是替榮娘高興。雁塔題名後，就能聽到榮娘的好消息了！琳娘捂嘴笑道：「我阿娘還想著替二哥謀劃呢，希望是落空了。」

「妳就別拿我尋開心了！」溫榮羞紅了臉，猶豫了一會兒後，嚴肅地問道：「琳娘，聽聞太后真要將妳許給——」

琳娘打了個噤聲的手勢，面色微暗，匆匆望了上席一眼，低下頭無奈地說道：「這事沒定數，估摸六月宮中禮部官員才會到府裡問名。」

溫榮輕嘆了一聲。消息是祖母告訴自己的，太后有意將謝大娘許與二皇子。太后母家是四大家族的弘農楊氏，楊氏一族素來與陳留謝氏、琅琊王氏交好，如今太后要將謝氏一族中的國公府嫡女許配與二皇子，怕是意味著太后看好二皇子李徵。

溫榮見琳娘面露淒涼，知曉這門親事非她所願，只不知琳娘傾心的是哪一位郎君？溫榮握著琳娘的手，真心問道：「妳有自己的想法嗎？」

琳娘搖了搖頭，笑得十分苦澀。「我能有何想法？我們這些人的親事，半分由不得自己作主，認命罷了。」

謝琳娘無神地望著曲江上的霽色晴光，好一會兒才恢復了神采，衝溫榮低聲笑道：「妳也苦著臉做甚？如今我可是羨慕妳得緊！」

溫榮拿團扇輕輕敲了琳娘的手背，板臉說道：「我是關心妳，妳卻拿我說笑！」

「好、好，我錯了還不行？可妳也不用擔心我了，我確實覺得不能要求了太多，好歹他是皇子，我也該滿足了。今日難得遊園，還是開心的好。」

琳娘倒是看得開，溫榮也是看重琳娘舒朗的氣質。可溫榮知曉，倘若琳娘真如那世一般嫁予二皇子，便又將不得善終……如今琳娘同自己交好，如何能不擔心？

溫榮吩咐婢子在杏花樹下擺起食案，皆收拾妥當了，才去喚嬋娘和瑤娘用午膳，不想二人依舊癡癡地望著亭臺水廊，溫榮無奈地搖了搖頭。

聽見聲音，瑤娘與嬋娘悻悻地收回目光，面似有不甘之色，比之瑤娘的噘嘴生氣，嬋娘則多了幾分凝重，叫人瞧著心生不安。

開滿枝頭的粉白杏花在春風裡顫顫巍巍，本是一派春意盎然的明媚風景，可不知怎的，在人心頭卻沈重了起來。溫榮原以為瑤娘是在氣李奕和名伶親近的，不想瑤娘忽長嘆了一聲，望著溫榮喪氣地說道——

「宮裡要準備建臨江王府了，就建在安興坊，同黎國公府很是近。」

臨江王便是三皇子李奕。溫榮心一緊，登時明白了是如何一回事。如今二皇子的泰王府正在修葺，聽聞已建成兩進院子，餘下三進在年底之前必能完工。皇室為皇子建府，意味著此皇子準備成親。

林府未接到任何宮中消息，說明三皇子李奕的親事與林府無關。溫榮垂眸不語，除了自己早早遇見了林家，其餘卻如前世一般，皆未改變，韓秋嬏仍是三皇子妃。溫榮抬眼望向上席，李奕滿臉和煦笑意，儒雅又風度翩翩地同眾人談笑；而五皇子玉面沈凝，蹙眉嚴肅地與同樣正襟危坐的林大郎隔席說話；二皇子、趙二郎等年輕郎君，皆舉杯暢飲，高談闊論間好似兄弟情深。

恍惚裡，溫榮只能瞧見金樽酒盞、觥籌交錯，杏花撲簌簌地落下，不過幾年工夫，那席上多少風華郎君的生死俱將不由己，又能剩下幾人，似今日這般對酒當歌？謝琳娘輕輕掃去落在溫榮肩頭的花瓣，溫榮這才回神，衝琳娘感激一笑。

琳娘也無甚胃口，不過用了小半碗月兒羹，便默默地吃著茶湯。

用過席面後，女眷賓客們三三兩兩地結伴至芳林苑各處賞花。琳娘笑問三人是騎馬遊園，還是閒適地在幔帳裡說話歇息？

溫榮本是想賞花的，可瑤娘卻提議去曲江遊畫舫。那曲江畔郎君甚多，溫榮擔心是是非之地，遂勸瑤娘改了主意。

不想嬋娘輕鬆笑道：「不過是遊畫舫罷了，畫舫游江風景很是好。榮娘莫要擔憂，妳與琳娘安心賞花，我陪著瑤娘坐畫舫便是。」

溫榮與琳娘有幾分詫異，嬋娘平素亦是處事小心謹慎的，今日卻縱容了瑤娘胡鬧？可嬋娘話已至此，溫榮與琳娘也無法再阻攔。無奈下，四人分開，做兩處遊玩。

瑤娘拉著嬋娘興沖沖地往曲江畔去，溫榮與琳娘也不騎馬了，只在芳林苑四處走走。

琳娘瞧著不遠處亭子裡正在鬥詩的女娘笑道：「過幾日探花宴，丹陽公主會隨聖駕一道至杏園。丹陽公主前日還說了要與我們一處玩，怕是又要拉著妳弈棋作詩了。」

溫榮聽言很是歡喜。「如此再好不過了，上次丹陽公主送了一匣貢茶和塔香與我，我還未當面道謝呢！」

「丹陽公主身分雖尊貴，卻難得的謙恭有禮，只可惜丹陽公主尚未成親，故鮮少有機會出宮，她知曉探花宴能與我們一道遊園，可是高興了許久。」謝琳娘牽著溫榮往白玉石亭歇腳。

二人還未坐一會兒，就見不遠處並肩而來幾位貴家女娘。其中有韓大娘子、溫菡娘與崔娘子，溫榮見菡娘與韓大娘在一處，很是訝異。

韓大娘今日一身鵝黃並領影金繡五色盤錦大袖衫，交心髻上簪了碩大的烏金耀輝，真真是貴氣逼人，好不耀眼。韓大娘滿面笑意，心情極好，李奕和韓大娘的親事估摸是八九不離十了，否則臨江王府也不會如此快地修建。除了禹國公府，王淑妃也為李奕拉到韓德妃這一助力。不論此時王淑妃心底多憎惡韓德妃，也改變不了韓德妃在聖主面前得寵的事實，故拉攏之餘，只要留心不叫韓德妃懷上龍嗣便可。

韓大娘朝二人走來，謝琳娘是應國公府嫡出長女，背後更是四大家族之一，身分比之韓大娘有過之而無不及。

韓大娘挑眼向謝琳娘問了好，乜眼瞧著溫榮，陰陽怪氣地冷笑道：「溫榮娘，進京沒幾日就得了這麼一門好親事，恭喜妳了！」說罷，團扇掩唇笑了幾聲，腳不停地往前走去。

與韓大娘在一處的崔娘子，則惡狠狠地瞪了溫榮一眼，溫菡的眼神亦是有幾分古怪。

人走遠了後，謝琳娘蹙眉與溫榮說道：「不想溫菡娘是個沒眼力見的，往後妳切記離她們遠一些，那幾人向來喜裝神弄鬼，不是善茬。」

溫榮頷首笑道：「我會小心，不去與她們計較便是。」

芳林苑裡，女娘們看似閒閒地四處遊賞，卻是各懷心思。只可惜上席的幾位玉面郎君依舊在席間觴酌相碰，絲毫無遊園之意。

初始還有幾分拘謹的新科進士，喝了酒後忘乎所以起來，伴著悠揚的琵琶、蘆笙之音，開始摟著身邊名伶，仰首高聲賦詩唱曲。

林子琛和趙淳勝在年輕，與幾位皇子頗有酒量。比之他人，林子琛的行為可謂自持自重，與五皇子李晟只是在自斟自飲，對一旁嬌嗔的美伶名伎視若無睹。

二皇子自名伶手中將美酒一口飲盡，藉著酒勁輕薄調笑道：「琛郎，先才淳郎與某說你將娶美嬌娘，某等好生豔羨，可不想你卻這般不解風情，小心將來美嬌娘嫌棄了你！」

周圍郎君放聲大笑，李徵這般說話著實叫人難堪。

李奕應景地乾笑幾聲，表情十分勉強，而李晟自始至終冷著一張臉，一盞接著一盞地吃酒。

「二皇子說笑了，某素來不喜煩勞他人，與風情無關。」說罷，林子琛自斟一杯，敬了二皇子後一飲而盡。

「琛郎好酒量！」

隨著一盞又一盞上好的嶺南靈溪博羅下肚，席上郎君言語更加放肆。

溫榮與謝琳娘正慢行於不遠處的曲江水廊，欣賞著菰蒲蔥翠、波光粼粼的曲江，隱約聽見上席裡的調笑聲，二位娘子顰眉露出不悅之色。

不知哪位新科進士厚顏無恥，覥臉摟著名伶輕薄道：「洞中仙子多情態，留住阮郎不放歸。」

擊鼓聲和喧譁聲隨之響起，原是在行了酒令。

能入曲江宴、探花宴陪皇親貴戚的名伶，必是有名頭和才氣、能時時處處作出詩來的不尋常之輩，果然先前那進士郎的輕薄之言惹惱了名伶。

名伶執起暗粉繡鴛鴦錦帕，敲了郎君一帕子。「阿誰留郎君，莫亂道。」更依韻回了一首。「阿誰亂引閒人到，留住青蚨熱趕歸。」

上席笑得狂放，溫榮與謝琳娘卻是聽得面紅耳赤，溫榮轉身就往別處走去，也忍不住輕「呸」了一聲。

琳娘忙追上溫榮笑道：「妳瞎生氣什麼？又不是妳的如意郎君在調戲名伶！」

溫榮蹙眉掃了上席一眼。二皇子當眾與女伶摟摟抱抱，也不知琳娘是真不在意，還是統統藏在心裡，溫榮不便探問，只沈臉說道：「都是些沒臉沒皮的！」

順道將只喝悶酒的五皇子李晟和潔身自好的林子琛也一道罵了進去……

二人走下水廊，聽見一處芍藥叢後傳來嘈雜聲響。溫榮忽覺不安，與琳娘相視一望後，拈裙匆匆趕了過去，不想正面撞上自花叢快步走出的嬋娘！溫榮一驚，嬋娘不是與瑤娘去遊畫舫了，為何會出現在這裡？她慌忙牽住嬋娘問道：「嬋娘，妳怎麼在這兒？出什麼事了？」

琳娘見勢心知不妙，低聲與二人說道：「先回幔帳。」

嬋娘羞紅了臉，眼裡盈盈含著淚光。

溫榮為嬋娘倒了一碗香薰飲。「到底是怎麼一回事？」

嬋娘幾是將腦袋埋在了胸前，三環髻上盛放的花魁姚黃，此時有幾分頹喪。好半晌，嬋娘才低聲說道：「我去尋了杜學士……」

溫榮聽言，臉色煞白，未承想嬋娘如此大膽。女娘私會郎君，又叫他人瞧見，不過片刻工夫就會傳遍芳林苑了，若是杜樂天學士不肯娶嬋娘……溫榮緊咬著下唇。先才帶嬋娘回幔帳時，溫榮回頭隱約瞧見板著臉冷冷望著嬋娘的杜學士，如此看來，那杜學士怕是對嬋娘無絲毫情意。溫榮正焦急時，阿娘與林大夫人也趕了過來，林大夫人早已氣急敗壞，指著嬋娘，半晌說不出話來，最後長嘆一聲，癱坐在席上……

上席裡酒過三巡，直到酒量頗好的二皇子醉了，僕從才將席案撤下。二皇子被扶往芳林苑樓閣歇息，進士郎則被送往幔帳醒酒。

李奕、李晟、林子琛還算清醒，三人漫步行至曲江水廊。嬋娘一事林子琛尚不知曉，故望著如畫曲江，心情大好。

李奕斜倚紅漆雕花水廊，輕聲笑道：「琛郎，聽聞你要與溫四娘訂親了？」

林子琛搖了搖頭，對李奕與李晟很是信賴，坦言說道：「還未訂親。不知為何，我心裡七上八下的，生怕這兩月裡會有變故。」

李奕雙眸微閃，溫和地笑道：「你可謂春風得意馬蹄疾，放寬心便是，還能有何變故？」

林子琛嘴角輕揚。「奕郎，我是否也要恭喜你了？」

「再提那事，莫怨我不認你這兄弟。你是得償所願，我卻是身不由己。」李奕收起笑容，聲音十分沈緩。李奕心下輕嘆，他知林子琛將己視若兄弟，可他那般做看似卑鄙，卻是為了林子琛好。至於溫榮娘……怎可能叫她溜走？

林府的婢子將瑤娘尋了回來，瑤娘果然是一人在畫舫遊江聽曲，知曉嬋娘私會了杜樂天學士時，一臉驚愕和難以置信。

望著紅了眼，卻半分不肯落下淚的嬋娘，溫榮心下很是愧疚。先前有瞧出嬋娘異於往常的神情，可自己卻誤以為嬋娘和琳娘的性子一般，沈穩能忍，親事縱是再不如意，亦會顧全了大局，遵從父母之命、媒妁之言，嫁於門當戶對的人家。

甄氏目光複雜地看了溫榮一眼，似想問什麼，卻終究忍了下來。

林氏陪了甄氏坐在席上，苦著臉說道：「杜學士才華橫溢，詩名遠播，定是有前途的。」林氏本就是實誠不善言辭的，氣氛好時，不論說什麼都是錦上添花，可此時一句不慎，就容易叫人誤會是在幸災樂禍。

甄氏聞言，面色又白了幾分。

溫榮無奈地望著阿娘，尚且不知杜學士是否會娶嬋娘，此刻為杜學士貼金有何用？即便是在幔帳裡歇息，甄氏也覺得渾身不自在，如坐針氈，遂遣小廝帶話與林大郎，自己則帶著嬋娘和瑤娘同林氏等人作別，先行回府。

壞事向來傳得快，芳林苑裡的女眷皆已知曉林府大娘子私會杜學士一事。

年年牡丹宴、探花宴，都會有幾樁風流韻事，可今年的卻更叫人津津樂道。

林府夫人和娘子已離開，可賓客知道溫榮與林大娘子交好，故打量溫榮的目光亦是似笑非笑、不懷好意，某些人說的話甚至可謂不堪入耳。

溫榮和琳娘也沒有了遊園的興致，二人約了探花宴那日再見後，便各自隨阿娘離開曲江坊。

溫榮陪阿娘乘了一輛馬車。

林氏嘆了口氣。「嬋娘那孩子平日裡看著穩重大方，今日怎如此不小心，叫人誤了清白……」

溫榮沈默不語。這事之前，除了自己和瑤娘，怕是林大郎都不知嬋娘的心思，故不免令他人誤會了杜學士。思及此，溫榮對嬋娘是越發的擔憂了。

林氏想想有幾分害怕，將溫榮攬在懷裡，恨不能時時護著！

溫榮回到遺風苑後，與祖母說了今日之事，謝氏聽言卻是不慌不忙地安慰溫榮道：「杜學士必是會娶了嬋娘的，可往後的日子，嬋娘卻更需用心了。」若是遵父母之命，成親後二人可相互磨合，可今日是嬋娘一廂情願的，那杜學士怕是對嬋娘已有偏見……

兩日後，溫榮接到丹陽公主的宮帖，邀請進宮觀看新科進士月燈打毬，可這日溫榮恰好要去林府探望嬋娘。聽聞嬋娘自關宴回府後就病倒了，相較之，嬋娘自是比那月燈打毬重要上許多，遂婉拒了公主好意，簡單收拾後，早早去了中書令府。

婢子引著溫榮往琅園走去，瑤娘已在琅園月洞門處等候。本以為林府這幾日氣氛該是頗為沈重的，可不想瑤娘卻滿不在乎，見到溫榮時依舊滿心歡喜，嘰嘰喳喳地說個不停。

溫榮望著瑤娘，憂心問道：「聽聞嬋娘病了，可是有轉好？」

瑤娘捂嘴，悄悄與溫榮附耳道：「嬋娘其實無甚大礙，前日回來時說頭熱虛軟，約莫是太過緊張了，請了醫官過來，不過是開了些安神的藥。」瑤娘頓了頓，又道：「杜學士請了翰林直院學士的夫人做保山，昨日就來府裡議親和納采了。嬋娘知曉後，精神頭可好了，如今只是覺得愧對阿爺、阿娘，故裝模作樣地在床上躺著罷了。比起嬋娘，反倒是祖父和阿爺氣得不輕。祖父咳疾都犯了，今日是帶病去公衙的；阿爺雖不情願將嬋娘嫁與杜學士，卻也無可奈何。」

溫榮心裡百味雜陳，不想為此事病的非嬋娘，而是年事已高的林中書令。兒女之事，真真是叫家裡長輩操碎了心。可聽聞杜學士已上門提親，溫榮心裡的石頭總算是落了地。

溫榮與瑤娘說著話，走到嬋娘的廂房。

嬋娘穿著秋香色撒花家常半臂襦裳，本是斜靠在胡床上擺弄棋子的，聽見溫榮過來了，慌忙起身，一個不慎，將棋盤碰翻在地，雲石棋子四處滾落。林嬋愣了愣，也顧不上這平日裡愛不釋手的圍棋了，出門迎了溫榮。

「身子不舒服便在屋裡好生歇著，胡亂出來，吹了風該如何是好？」溫榮見嬋娘面色泛紅，目光閃躲，遂又打趣說道：「我非風流才子，如何瞧見我還害羞了？可是熱症還未好完全？」

嬋娘蹙眉嗔道：「瑤娘必是都告訴妳了，妳卻還說這些沒意思的話！」

嬋娘房裡的婢子已拾起掉落的棋子，嬋娘見一切收拾妥當，便將屋裡婢子都打發了出去，抬眼瞧見瑤娘還老神在在地坐在圓凳上，遂笑著說道：「瑤娘，我先才吩咐廚裡做了榮娘喜歡的梅子糕，妳去看看，如何現在還不送來？」

瑤娘聽言，噘嘴不悅。「不就是妳二人要說了悄悄話，不肯叫我聽見嘛，何必找那許多藉口！」瑤娘一邊抱怨，卻也一邊踏出了迴紋隔扇門。

溫榮對上嬋娘的目光，低聲問道：「嬋娘，那日之事為何不告知與我？好歹有個幫襯，冒冒失失的，妳也不怕出了差錯？」

嬋娘安然一笑，拍了拍溫榮的手說道：「能有何差錯？若不是叫人瞧見，怎能得償所願？更何況，若是與妳說了，妳必定是要勸阻我的。與其被妳嚇唬得前怕狼、後怕虎，倒不如一人乾脆些。」

溫榮沈下臉。「妳這話卻是輕看了我，更沒將我放在眼裡。」

嬋娘望著書案上的三彩花卉紋棋甕，苦笑道：「妳我二人最初是以棋會友，不過才瞧見妳走一子，我便恨不得與妳做了手帕交。榮娘，若是今日兩府不曾有議親之想，我定會將心思一五一十地告訴與妳，求得妳的理解與幫襯。可如今卻不同了，我不能讓我這不光彩的事帶累了妳，倘若祖父、阿爺、阿娘知曉妳非但沒勸阻，反而縱容了我，心下必會對妳產生偏見。現在有了瑤娘的直言不諱，阿娘他們都知道妳也是被蒙在鼓裡的，不但不會責怪妳，反會因為妳未輕看了我，而待妳更加好的。」

溫榮一愣，忽想起那日林大夫人打量自己的古怪眼神，明白了嬋娘的用心良苦，可心下卻油然升起幾分酸楚，只將嬋娘的手握得更緊，關切地問道：「嬋娘，妳可是看清杜學士的品性了？若是以後……」嬋娘的神情忽然僵硬，溫榮不敢再說下去。縱是以後杜學士待嬋娘不好又能如何？自己選的人、走的路，有苦也只能嚥下，何況如今嬋娘一事已是滿盛京皆知，怕是再沒有正經貴家郎君會上門求娶了，不嫁那杜學士，就只能度牒做了女冠。

嬋娘心思通透，知曉杜學士對其無情意，可終究忍不住替杜學士說話。「杜學士性子只是瀟灑不羈一些，可品性卻是極好的，若非如此，大哥也不會同他交好，大哥的眼光我可是能信得過。」嬋娘邊說邊不忘意味深長地看著榮娘，好似只有瞧見溫榮羞澀了，她才肯滿意似的。屋裡靜謐了一會兒後，嬋娘抿嘴笑道：「想來成親也就是換個地方，換個人過日子罷了。謀事在人，成事在天，往後縱是不能琴瑟和鳴，卻也能相敬如賓。退一萬步說了，杜學士就是看了大哥的面子，也不會為難了我。」

溫榮知嬋娘已看開和想透，便也不再庸人自擾，只被嬋娘臉不紅、心不跳的模樣逗笑了。「未嫁小娘子就想了這許多，倒是和我說說，妳平日裡都看的何雜書？惹得妳這大家閨秀心猿意馬的！」

嬋娘扯著溫榮的面頰，笑嗔道：「還好意思說了我，妳廂房裡的書，哪一本是正經的？我可問問妳，那《女誡》、《內訓》妳都放在哪裡了，怎好意思來說我？」

二位娘子正在笑鬧時，嬋娘忽又想起一事，遂認真地說道：「明日探花宴我必是不能去了，與杜學士我雖是心甘情願無悔的，可也不想瞧見韓大娘她們冷嘲熱諷、幸災樂禍的模樣。我雖不去，但瑤娘卻是要隨大哥一道過去，大哥是新科進士郎，必不得閒去管束瑤娘。妳也知道的，那瑤娘是個不省心的性子，我擔心瑤娘會學我，做出荒唐事來，可杜學士與三皇子的身分地位懸殊，根本不能一概而論，瑤娘若是真惹出麻煩，非但不能如願，反而會害了中書令府，更誤了她自己。」

溫榮想起明日的探花宴，心下有幾分不安，可縱是嬋娘不曾交代，自己也會照顧瑤娘的，遂頷首道：「我定看好了她，不叫她靠近三皇子。」

不一會兒，瑤娘親自端了梅子糕進來。

嬋娘將悶在心裡的話都與榮娘說後，舒暢了許多。甄氏亦是笑容款款，真心實意地留溫榮在府裡用午膳。

未時溫榮準備回府時，宮裡傳來了消息，今日的月燈打毬，新科進士大勝了宮中侍衛。林大郎與趙二郎本就是擊毬好手，可謂勇猛過人，此番得勝，他二人是功不可沒。

溫榮回到遺風苑裡，聽聞丹陽公主遣人送了禮物過來，溫榮打開了嵌寶紅木盒，是一支九玉雕逐毬紋賞玩月杖。原來丹陽公主命尚舍局工匠打造了三支玉杖，丹陽、琳娘與自己一人一支。禮重情意也重，溫榮笑命綠佩妥當收拾好了。丹陽公主選擇了今日不聲不響將禮物送入府裡，而非待到明日眾人面前相送，如此可知丹陽公主是真心結交的。

溫榮、謝琳娘、瑤娘都接到了丹陽公主的探花宴邀帖，故明日三人將隨丹陽公主坐於曲江畔杏園前席。

探花宴德陽公主亦是要過來了，為免叫人挑出差錯，溫榮特意選了身碧藍廣袖袒領羅紗襦衫，配月白結雀羽牡丹長裙，百合髻單簪赤金鑲白玉雙蝶金步搖。這番打扮，既端莊華貴，又不會將公主的風頭蓋了過去。

曲池外立了數名宮婢接迎溫榮，今日自曲江往杏園，並非走的水廊，丹陽公主早安排了油檀畫舫在江畔等候。溫榮有幾分好笑，丹陽公主也是個排場大的。確也怨不得前日瑤娘吵著乘畫舫，畫舫中欣賞那曲江春景，可謂花浮彤影，日照瑞鮮，又是另一番醉人的景致。

溫榮抬眼遠遠望見曲江南面的芙蓉苑與紫雲樓，心尖一顫。

紫雲樓主亭與四座精巧闕亭間由玉石拱橋相連，玉樓大殿高聳，美輪美奐。溫榮已記不清，那世她是何時上的紫雲樓，僅依稀記得憑欄俯看時，目光之下的山翠芳洲和綺陌曲水，還有詩人題的「十二街前樓閣上，捲簾誰不看神仙」……

畫舫才靠岸，彩衣宮婢迎上前，扶著溫榮落了畫舫，引著溫榮往上席走去。才轉過花苑小徑，溫榮就已聽見前席裡的嬉笑聲。不想丹陽公主、琳娘、瑤娘都已到了，丹陽公主一身桃紅廣袖金盞花襦衫，綴寶石瓔珞高腰鬱金裙，披霞影絹雲軟披帛，很是亮麗。

溫榮與丹陽公主見禮後，款款入席。

丹陽公主命茶娘子奉了茶湯與溫榮，笑著說道：「先才瑤娘與我下賭，就賭了妳幾時能到，我早說了妳必會給我面子，辰時中刻會到，可瑤娘不信，偏說妳如闢宴那日，要辰時末刻。」

溫榮看了眼宮婢捧著的秋葵黃玉丹鳳紋沙漏，抿嘴一笑，望著瑤娘說道：「不知瑤娘與公主下了何賭注？」這局自是瑤娘輸了。

「一會兒就能知曉了。」丹陽公主與琳娘皆吃吃笑了起來。

丹陽公主話音剛落，溫榮就瞧見宮婢捧了一盤新放杏花過來。

溫榮捂嘴笑道：「這全簪上，瑤娘豈不真成花婆子了！」今日席上可是沒有女娘簪花的。

「若我輸了，我必心甘情願認罰！」丹陽公主爽快地說道。

瑤娘鼓著臉，求救地望著溫榮。

旁席上的韓大娘與張三娘皆是一臉看熱鬧的幸災樂禍神情，但礙於丹陽公主在，不敢上前找瑤娘和溫榮的麻煩。韓大娘與張三娘是得了德陽公主邀帖的，可不知德陽公主為何遲遲未到。

溫榮知曉瑤娘的顧忌，遂與丹陽公主說道：「這杏花瑤娘要簪，只是太過凌亂了，不若與我做一只花環？」

丹陽公主不過是好玩，斷不會真去為難瑤娘，遂命婢子將杏花與溫榮，一眨也不眨地瞧著，不知榮娘的巧手又會玩出何花樣。

江南春日最不缺的就是奼紫嫣紅的顏色，溫榮幼時在杭州郡常用萱草柳條、簌簌花絮做銜草花環，得了准後，她便盈盈走入花叢中，正低頭尋是否有合適的細草，卻忽瞧見銀錦緞面雲靴。

「三哥、五哥，你們如何才過來？叫我們好等！」丹陽公主歡快的聲音響起。

溫榮忙後退兩步，斂衽深蹲拜見了二位皇子。

第十九章

三皇子與五皇子一襲玉白平金紋蟒科袍服，束嵌玉銀冠，一人腰間玉帶繫寶藍絲條，另一人是靛青宮絛。

李奕嘴角漾起一汪淺笑。「溫四娘請起，妳是丹陽邀請的貴客，無須與某等多禮。」

「妳掉了東西？」李晟先才自花叢轉角而來時，便瞧見溫榮似乎在找尋什麼，遂好奇地問道。

丹陽公主早已自上席走來，挽著溫榮笑道：「非也，榮娘不曾掉了東西，是瑤娘輸了賭約，榮娘在找軟草替瑤娘做花環。」

李奕笑容更深了些。「丹陽與溫四娘好興致。」

五皇子遞了枝柳條至溫榮跟前。「這可得用？」

是銀葉白柳。銀葉白柳在曲江南岸才有，原來二位皇子其實早到了曲江，只不過是去了芙蓉苑。芙蓉苑是皇家禁區，溫榮等人是不能隨便進去的，這柳條做銜環再合適不過。

溫榮望著五皇子感激一笑，不想五皇子還有折柳的興致。不知五皇子是否知曉「長條折盡減春風」這一說法？

溫榮璀然笑容如碧空的雲朵，飄忽悠然，叫人心不自覺地開闊了起來。只是那雲朵明明舉目可望，似近在咫尺、觸手可及，卻不知真正離了有多遠。李晟才舒展的眉頭忽又蹙緊，溫榮雖笑得純粹，可雙眸裡分明閃過一絲狡黠。自己折柳贈柳皆是無心之舉，絕無送別離愁之意，李晟就差沒伸手將已送出的柳條要了回來。

丹陽見榮娘和五哥不過是對望了幾眼，面上神情便已百般變化，詫異地問道：「這可是佛祖裡說的『拈花微笑』？」

溫榮聽言顰眉，知丹陽公主是無心，卻也覺不妥，遂收回目光，垂首讓至一旁。

李晟面色頗為不自然，轉頭看向煙嫣浩渺的杏花雲海。

李奕微微一笑。「丹陽莫要胡言。」

丹陽眨了眨眼，牽著溫榮跟在三哥、五哥身後回席，席中眾人起身相迎行禮，韓大娘直直地望著李奕，李奕亦是轉頭衝韓大娘清淺一笑，真真比那杏花還要美上幾分，瑤娘的神情卻是黯淡了下來。

二位皇子落坐於另一席，很快便同席上皇親勛貴飲起酒來。

溫榮借五皇子贈的垂柳，將杏花連起，編做花環，花環綴著層層疊疊的粉色杏花，十分精巧漂亮，席上女眷爭相傳看，嘖嘖稱嘆了一番，才還與瑤娘。

過了一陣子，二皇子與德陽公主姍姍來遲。二皇子直言說了他是在紫雲樓裡，為陪聖主說話，故才遲了這許多的，主動自罰了數杯。

德陽公主走至丹陽公主身旁，笑著與席上娘子說了幾句場面話，目光落在瑤娘佩帶的花環之上，挑眉說道：「這飾物可是別緻好看。」

丹陽公主喜不自禁地將事由始末說了，德陽公主將溫榮招至跟前，牽起溫榮的手嫵媚笑道：「真是一雙討人喜歡的巧手。」

德陽公主身著銀紅織金袒領大袖衫，那襲藕絲衫裙薄如蟬翼，低開的袒領露出大片春光，溫榮紅著臉，垂首謝過了德陽公主。德陽公主身上所用蜜蘭香裡夾雜了淡淡的檀香，約莫那傳聞是真的了。今日德陽公主並非自公主府而來，而是留宿在城郊的德光寺。

德陽公主染著蔻丹的長長指甲不經意地輕劃過溫榮嫩白如玉的手背，留下淡淡的粉紅。待賓客來齊，席上熱鬧了起來。十二教坊歌伎彈奏琵琶、箜篌助興，清澈弦動之音如行雲流水般縈繞席間。新科進士郎裡也推舉出了兩個探花郎，探花郎人選是毫無懸念了，無非是林子琛與趙淳罷了。探花郎須訪遍盛京園林佛寺，採擷名花異卉，雖說如此，可折得牡丹、芍藥與及第杏花即可回席。二位才俊少年郎舉起瑪瑙纏金絲酒樽，敬過席中皇親權貴後，翻身上馬而去。

丹陽公主滿眼喜意地望著二位郎君背影，期期地說道：「不知會是誰先回來？輸的那人必是要受罰的。」

溫榮聽言好笑，丹陽公主的性子與瑤娘真真有幾分相像，皆是要玩愛鬧的，不知丹陽公主會如何罰輸了的探花郎？

睿宗帝今日親自駕臨了紫雲樓，王淑妃與韓德妃一左一右陪於聖主身側。

睿宗正遠遠望著熱鬧的杏園，瞧見聖主目光落在正與藤王談笑的李奕身上時，韓德妃攏了攏簪著累絲嵌寶銜珠金鳳正釵的高髻，鳳目盈盈地看向睿宗，嬌聲綿綿說道：「三皇子可是體貼陛下，知曉陛下因朝政之事操勞憂心，特意命人用白玉髓做了暖枕送與陛下。」

王淑妃掩唇淺笑，很是端莊嫻淑，知曉韓德妃在替奕兒說話，可她卻並不開口多言。

睿宗眼裡流露出一絲柔軟，卻是板著臉搖了搖頭。「比之那些玉枕禪香，倒不若將心思放些在朝政上，也能幫襯幫襯他大哥。」

王淑妃聽言斂笑惶恐道：「待妾回宮了，定好生勸奕兒，不叫他只知玩樂。」

韓德妃則在一旁笑道：「三皇子天資聰穎，有姊姊在旁督促，想必三皇子定是能為陛下分憂的。」

王淑妃揭開茶蓋，輕輕吹著茶湯上的浮沫，淺淺吃了一口茶。自己還未向聖主求賜婚詔諭呢，韓德妃就已迫不及待了，她那姪女與她一般是又蠢又心急的……王淑妃抬眼望向那片繁華地，眉心花鈿微閃著光。

酒過三巡，上席請了名聞遐邇的李八郎、曹元謙等放歌助興，那歌如林籟泉韻，哀而不傷，叫席中眾人聽了感懷唏噓不已。

不過一個時辰，林子琛與趙淳這二位探花使便採得名花歸來。二人將花囊交於侍婢，林子琛採到一支牡丹名品瑤池春，而趙二郎亦得了開得正好的墨樓爭輝，兩位探花郎可謂是不相上下，難分伯仲。

林子琛抬眼往溫榮那一席望過去，只見溫榮語笑嫣然地與謝大娘說著話，目光亦時不時地看向他採摘的花囊。林子琛先才自曲池繞到了慈恩寺，知曉慈恩寺裡有許多開得正好的罕有牡丹，而瑤池春正是同魏紫、姚黃、藍魁開於一處的，雖不若魏紫、姚黃來得富貴，卻令林子琛一下想起書房裡掛著的溫榮所作墨寶，故毫不猶豫地求取了那枝微藍盛放的大粉牡丹。溫榮雙眸裡透著柔和的光，抿唇輕笑，那模樣叫人心微微一動……

宴席後，德陽公主推說身子乏了，請丹陽陪好了眾女眷後，由宮女史扶著去杏園九曲軒歇息。

丹陽公主笑著邀請女眷乘畫舫遊江賞景，溫榮牽著瑤娘往外席走去，只覺得瑤娘腳步一滯一滯，很是不願離開。

「榮娘，我比較想遊園，要不——」

瑤娘果然是藏著那心思，可她卻沒有嬋娘的縝密思量，驚慌之相已現於面上，溫榮牢牢牽著瑤娘笑道：「一會兒遊完曲江，我再陪妳騎馬遊杏園。」溫榮轉頭看了看上席裡的皇親貴戚，不過是如那日闕宴一般，雖已酒酣耳熱，卻還嫌不夠盡興。

瑤娘無奈，只得隨溫榮登上了畫舫。

畫舫很是華麗寬敞，丹陽公主去了船房與他人說話，溫榮三人輕倚船舷，和煦春風拂面而過，耳邊是念奴婉轉悠揚的歌聲。本是叫人心緒飛揚的大好春光，可不想韓大娘子和張三娘見丹陽公主離開後，還是捺不住性子，尋了瑤娘等人的晦氣。

韓大娘子目光掠過溫榮和琳娘，只斜眼同情地看向瑤娘，嘖嘖幾聲後問道：「瑤娘，嬋娘今日如何不過來？」韓大娘與張三娘見瑤娘垂首沈默不語的吃癟模樣，可謂是心情大好，挑眉相視一笑。「哎喲，是了，我怎麼就將這事忘了！沒幾日的工夫，嬋娘就成待嫁女娘了，如今是不能隨隨便便出門了，我們可是好生羨慕嬋娘的！」

張三娘執起帕子邊搧邊說道：「我說呢，江上分明清風舒爽，為何我還會熱得慌，原來是知曉了他人沒臉沒皮之事，給羞臊的！」

瑤娘憤憤地瞪著韓大娘和張三娘，絲毫不掩飾對那二人的反感。

溫榮亦是攥緊了帕子。韓大娘如今是順願了，她明知道在親事上已將瑤娘比了下去，卻依舊嘴不饒人，往人的痛處撒鹽。

「對了，我聽聞乾德十二年，杜學士至盛京考進士試時，身邊連一個僕僮都沒有，陪著他的不過是一堆破爛傢什。」

「嗳喲，那杜學士豈不是要入贅中書令府了?林大娘子可是撿到寶嘍！」

周圍女娘早前雖知嬋娘私會杜學士一事，可因無人挑頭，遂緘口不談，此時韓大娘引出了話，原看不慣林府娘子清高做派的女娘都活了起來，衝著三人指指點點、冷嘲熱諷。

現在確實是林府不占理，故溫榮和瑤娘縱是有再大的怒氣，也無法發洩。

韓大娘收起笑，滿眼鄙夷地說道：「瑤娘，我勸妳還是有點自知之明，與妳阿姊一般，隨便找個莊戶嫁了，」說罷又湊近瑤娘耳邊。「莫要再有那些不切實的想頭，我與妳直說了，那人可不是妳要得起的！」

「妳們在做什麼？若是要嚼舌根、說三道四，就統統下船去，莫要在這兒擾了他人清淨！」不知何時，丹陽公主已站在韓大娘身後。韓大娘的狂妄之言，自也叫丹陽公主聽了去。就見丹陽公主陰沈著臉，滿是怒意地盯著韓大娘，那眼神裡雖不似瑤娘那般夾雜了怨氣和恨意，卻同溫榮相似，有著好友被欺辱的不甘。

韓大娘訕訕地向丹陽公主蹲身道了歉，丹陽公主極得聖主寵愛，便是三皇子與丹陽公主亦極其親厚。韓大娘雖不敢再言語，卻氣憤難消，心裡連著將琳娘與溫榮罵了一遍。

想必姑母已安排妥當了，自己只須等著好戲看了。思及此，韓大娘心裡的戾氣到了嘴角，化作一絲叫人毛骨悚然的笑來。賣崔娘子與溫三娘的人情是次要的，關鍵是要整了林府與溫榮，再便是她等著看那事之後，溫榮與琳娘是否還能交好。

韓大娘同丹陽公主拜了禮，帶著張三娘去了另一處船舷。

張三娘忽想起一事，輕聲問道：「秋娘，三皇子可是收了妳的禮物？」

韓秋嬏面色絳紅，點了點頭。她比之嬋娘可謂萬分幸運，如今禹國公府是喜氣洋洋的，那中書令府怕是要日日唉聲嘆氣了。

韓大娘瞥了張三娘一眼，勉強關心道：「前日牡丹宴，妳不是也尋得了與五皇子獨處的機會？」

張三娘垂首嘆氣。「他卻是一句話也不肯與我說。」

韓大娘聽言並不安慰，她早猜到如此。五皇子那性子她可是避之不及，張三娘卻妄想貼上去。

丹陽公主知曉溫榮三人被韓大娘鬧了後，必是沒心情遊江了，遂不過半個時辰，丹陽公主就命畫舫靠岸。

上席裡郎君的席面也已撤去，藤王安排了數艘畫舫，邀請有興致之人登舫遊江。

回到杏園，女眷各自遊玩，丹陽公主命人牽了幾匹胭脂紅過來，溫榮等人正要去幔帳裡換胡服時，忽然有宮女史過來傳溫四娘至九曲軒。

丹陽公主打量了那女史幾眼，詫異地問道：「皇姊傳榮娘過去所為何事？」

宮女史面色無異，謙恭地回道：「德陽公主欲向溫四娘請教了香囊的製法，就是太后壽辰時，溫四娘送與太后的壽禮。」

溫榮想起德光寺落成禮那日，引著她去見太子的宮婢，竟然是溫府裡的人假扮的。可既然丹陽公主認出此人是德陽公主身邊的女史，那便真的是德陽公主傳見了。縱是如此，溫榮心裡亦惶惶不安。

丹陽公主望著溫榮顰眉道：「榮娘，可是要我陪妳一道兒過去？」

宮女史聽言，慌忙蹲身說道：「這般是要令德陽公主誤會的，還請公主莫要為難了婢子。」

溫榮銜丹陽公主安然一笑道：「既然是德陽公主傳召，想來確是有事相詢了，妳們先騎馬遊園，我一會兒去尋妳們。」說罷，溫榮輕聲交代了琳娘，請她幫忙看好瑤娘，這才隨宮女史離去。

宮女史引著溫榮繞過數處花叢，直直往那九曲軒而去，一路上宮女史頗善言。「公主常誇溫四娘心靈手巧，早想尋溫四娘說話，可苦無機會。」

見此，溫榮也不疑有他，笑謙道：「德陽公主謬讚了，不過雕蟲小技，還怕污了鳳目。」

說話間，二人走到了九曲軒。九曲軒朱漆明瓦，飛簷畫棟，是專為至杏園遊玩的天潢貴胄休息所用。

行至九曲軒的穿廊深處，宮女史推開一處隔扇門。「娘子，公主已在廂房久候。」

溫榮才踏入廂房，忽聽見咯吱一聲，那宮女史竟然已將隔扇門關上。

廂房裡未掌燈，很是昏暗，陳設也只有尋常茶案矮榻，溫榮往前走了數步，根本未瞧見德陽公主的身影，反倒是一陣酒氣撲鼻而來。溫榮穩了穩心神，看清帷幔後的郎君時渾身一震！

宮女史將溫縈關進廂房後，匆匆忙忙折返去尋德陽公主。

德陽公主正在另一處廂房裡歇息。

德陽閒適地半躺在紫檀矮榻上，旋開了鏤滿花鳥的碧色象牙筒，那筒裡是鮮豔如火的顏色，芳烈的甲煎香散溢而出，可謂是誘人心神。德陽取出少許硃砂蜜蠟口脂，輕輕在唇上點注，滑膩的觸感好似溫縈娘細嫩的纖纖玉手……塗抹完畢，德陽才挑眼望向宮女史。「可是辦妥了？」

宮女史垂首回道：「回稟殿下，婢子帶著溫四娘來見公主，可不承想婢子進屋與殿下通報時，那溫四娘四處亂走，婢子怎麼也尋不見了。」

德陽公主翹著蘭花指輕笑。「說得好。哼，居然敢將我的事告訴聖主，他以為如此便能得到聖主信賴嗎？簡直可笑，我倒要看看他的親事還談不談得成！」

德陽狠狠砸了象牙細筒。聖主知曉她與德光寺僧人有染後，不但將她狠狠訓斥了一頓，更收了一半食邑封戶，德陽思及此是憤憤難忍，那點了萬金紅妝的嘴唇輕撇。至於溫縈娘倒是很無辜，可誰讓她樹敵甚多。也難怪了，她那臉蛋，看著可真真是叫人又愛又恨。如此也不過是損名節罷了，說不得她還能因此攀上高枝呢！

昏暗的廂房裡，溫縈使勁推撞隔扇門，分明是從外面鎖上了，卻又不能大聲呼喊，溫縈是嚇得手腳冰涼，怎麼也想不明白德陽公主為何要布此局暗害自己？溫縈緊緊靠著隔扇門，廂房裡的窗戶亦被關得嚴嚴實實，若不是翠色軟煙羅裡還透進些許光亮，廂房裡就是死寂一片。

局是事先布好的，否則堂堂二皇子身邊怎可能連個伺候的宮婢都沒有？溫榮怔怔地望著躺在箱床上的人，二皇子一時半會兒是不會醒來了，他怕是也未想到，先才還意氣風發地與席間勛貴飲酒作樂，轉眼卻落入親姊妹的算計當中。今日這事必定與後宮爭儲和爭寵有關，而自己被捲入其中又是何其冤枉！

溫榮將廂房再仔仔細細地打量了一番，竟連燭檯等銳器重物都已盡數收起。

溫榮嘴角浮出一絲自嘲的笑，不想重新活一世，還是被宮裡的爾虞我詐牽連陷害，自己於她們而言，不過是沒血沒肉、可以肆意利用的棋子。如今與二皇子不清不楚地共處一室，被人發現後，自是沒了清譽，可自己名節盡毀，亦非她們的目的，她們真正的目的怕是二皇子和琳娘的親事。縱然自己不能成為二皇子妃，卻可為他二人的親事添堵，說不得應國公府因此心懷芥蒂，那琳娘與二皇子的親事還未開始正式談，就已告罄。除此之外，太后還會遷怒自己，遷怒黎國公府。

書案上的玉刻箭指沙漏指向未時中刻，在二皇子身邊伺候、被人引開了去的宮婢，過一會兒便會回來了，而丹陽公主她們見自己遲遲未歸，也會派人來尋的。溫榮已是無計可施，灰心喪氣。就在幾是絕望時，忽聽見隔扇門外傳來低低的聲音——

「可是有人在廂房裡？」

是五皇子李晟！溫榮也顧不上其他了，雙腿虛軟使不上勁，只能攀著隔扇門的木櫺，焦急地說道：「五皇子殿下，救我！」

就聽隔扇門外「砰」一聲，不知李晟使了多少氣力，竟是將門鎖一掌劈開。隔扇門猛地打開，溫榮少了借力，一時癱軟，眼看要摔在了地上。

李晟毫不遲疑地扶住了溫榮，所攬之處，卻是溫榮盈盈一握的纖腰，李晟手一僵，心緒如寒風裡夾雪翻飛的梅花般凌亂迷離，只是那梅花過時自會飄零去，終歸雪泥……李晟的心不由得收緊。定神望著溫榮因大受驚嚇而如染了層雪的靈秀面容，李晟咬牙暗恨，十分不忍。李晟抬眼隱約認出帷幔裡醉酒的二皇子，也不待再想其他，先將溫榮小心扶出廂房。

李晟將隔扇門重新關好，才蹙眉問道：「妳如何被關進了二哥房裡？」

溫榮好不容易才緩過神來，眼神渙散，心有餘悸地回道：「是德陽公主身邊的宮女史引了我過來的，不想廂房裡卻沒有公主。我本想離開，可門卻叫人鎖上了……」

李晟聽言，眼神一黯，朝中權爭又牽累那無辜人。他心下也大約知曉了究竟是如何一回事，後宮之人如今已如此膽大妄為，連皇子亦敢算計。李晟望向溫榮的目光多了幾分憫惜，低聲說道：「溫四娘與我先離開了這裡，免得叫人瞧見，終對妳無益。」

溫榮點了點頭，邁開步子，身子卻是搖搖欲墜。

李晟看不過眼，扶過溫榮就往穿廊外走去。

二人才走至九曲軒耳門處，就瞧見三皇子李奕冷著臉快步而來。便是前世，溫榮亦極少見到李奕冷若冰霜的神情。

李奕看著正搭了李晟手臂、步子虛浮的溫榮，脫口問道：「榮娘可有事？」

溫榮對李奕有幾分顧忌，但也知曉先才發生的事情，五皇子是必會告訴李奕的，只不知他二人將做何打算？是否會替自己遮瞞？

溫榮搖了搖頭，勉強扯出一絲笑來。「謝三皇子關心，多虧了五皇子殿下及時趕到，奴無事。」

李奕深深地望了溫榮一眼，原本清澈明朗的眼神多了幾分複雜的顏色，轉頭與李晟說道：「你先帶榮娘回杏園，我過去看看。」

「三哥——」李晟似要交代什麼，可被李奕打斷。

「我知曉該如何做。」李奕的目光落在溫榮身上，有幾分躊躇，片刻後恢復了清明才往二皇子休息的廂房走去。

走出了九曲軒後，溫榮將手自李晟手臂離開，止步斂衽深蹲，一拜不起。「奴謝過五皇子殿下。」

李晟眼眸裡閃著輕輕淺淺的光芒，聲音比往日裡溫和了許多。「起來吧。」

原來五皇子的聲音褪去冰涼和冷淡後，會是如此溫潤清雅，好似高亢琵琶曲的最後一聲音調，意猶未盡卻令人心安。溫榮直起了身，不論如何，此時她對五皇子是感激不盡。

李晟頓了頓後說道：「是丹陽遣人與三哥說德陽召見妳的，那時三哥恰好有事，故我才先去了九曲軒。」

溫榮一愣，自己雖知曉丹陽公主不過是表面看著同瑤娘一般嬉笑玩鬧，實則心思縝密、小心謹慎，卻不承想丹陽公主會這般關心自己。可為何丹陽公主是去尋李奕解圍？

五皇子面上無太多表情，故有拒人於千里之外的錯覺，然溫榮領教過李奕高雅漂亮笑容後的陰狠，李晟至少心口合一。

「謝五皇子提點，奴定會親自感謝了丹陽公主。」溫榮眼眸微閃，欲言又止。

「溫四娘可放心，某與三哥皆非多事之人。此事，某更不會告訴琛郎。」說罷，李晟轉身先行往杏園深處走去。

溫榮也回到了杏園，候在原處的宮婢引著溫榮去了丹陽公主等人休息的亭子。

琳娘與瑤娘見溫榮神情恍惚，關切地問道：「可是德陽公主為難妳了？」

溫榮笑著搖了搖頭，牽著琳娘的手說道：「無甚事了。」若不是五皇子及時趕到，溫榮如今是不知該如何面對琳娘的。

丹陽公主知曉此事不簡單，好歹三哥和五哥去解圍，榮娘亦是毫髮無損，丹陽可謂是長鬆一口氣。她對皇姊的秉性很是瞭解，德陽往日幾無同後宮妃嬪來往，可昨日的月燈打毬宴，德陽卻與韓德妃單獨在側殿裡坐了許久。丹陽與三皇子、五皇子雖非同母所出，但關係極好，她偶然間見到三哥書房裡一幅繪著煙水迷濛江南春景的水墨丹青，淺淺石橋上，一素衣女子婉約而立。丹陽本以為是三哥偶然所做，可在太后壽辰宴上，她瞧見溫榮的第一眼時，便認出了溫榮是三哥畫中的女子，而溫榮又是自江南而來。如今丹陽不但猜到，更是想幫三哥了全心意，遂才悄悄命人與三哥傳話，不能讓皇姊與韓德妃謀算得逞。

只不想李奕先才被韓大娘引了開去，那宮婢見事態緊急，轉而將話告知了素來與三皇子形影不離的五皇子李晟。

溫榮回幔帳換了一身月青胡服，同三位娘子一道在杏園騎馬。縱是春光明媚，溫榮依舊蹙眉不展。今日她雖躲開了，可二皇子還在他人的算計之下。

不經意的一個轉頭，溫榮忽瞧見不遠處長身玉立、站在杏花樹下的身影。那人眉眼清俊、目光明亮，一襲玉白錦袍，繫於腰間玉帶的靛青絲條隨風散開，沾染了杏花瓣的絲條，又纏繞在了那人修長的指尖上。溫榮輕輕擺了擺頭，想將飛落在髮髻的杏花撇去，可不想一陣風吹過，杏花如雨一般灑落而下。溫榮眼裡有幾分迷茫，繽紛的杏花宛若人紛亂的思緒。

直到花樹間騎著胭脂駿的月青身影漸遠，李晟才拂去衣袍上沾染的杏花，面色越發的清冷。

九曲軒裡，德陽公主瞧了瞧時辰，二皇子身邊伺候的宮婢該是已回廂房了，遂如沐春風地笑了，吩咐先才引溫榮進九曲軒的崔女史往二皇子休息的廂房裡聽動靜。

不幾時，崔女史慌慌張張地跑了回來，跪下說道：「殿下，二皇子的貼身宮婢說了，房裡只有酣睡的二皇子，卻無旁人。」

「什麼?!」德陽冷眼盯著崔女史，冷聲問道：「先才可是妳告訴我一切都辦妥了的？」

崔女史忙磕頭求饒道：「公主殿下息怒！女婢分明將隔扇門自外鎖上了，可不知為何，那鎖卻不見了！公主殿下，溫四娘人雖然跑了，但宮婢在二皇子床榻旁有拾到一方女子用的錦帕，想必是溫四娘落下的。」

德陽公主眼眸流轉，半晌才冷冷一笑。「如此也夠了，必不能叫他順願娶了應國公府嫡女！」壞了她的好事，令她心神不寧地作了噩夢，難不成他還想順坦地作春秋美夢？

事關二皇子，是皇親，縱是有確鑿證據也無人敢隨便傳流言。

德陽公主吩咐宮婢為她換了身端莊大方的翠霞束胸長裙，乘著馬車，款款往紫雲樓而去。

此時聖主正同妃嬪在一處欣賞輕歌曼舞，聽聞內侍傳報德陽公主求見時，蹙眉不悅。睿宗對德陽不拘禮法、做出那等極損皇家顏面之事依舊心存不滿。

韓德妃見德陽求見聖主，知曉那事必是成了。作為聖主寵妃，韓德妃自是知德陽公主與僧人糾染一事，她雖不齒，可事關三皇子和禹國公府前程，遂善解人意地說道：「德陽如今必是已認識到錯了，這幾日除了宮裡安排的進士宴，德陽在公主府裡幾是閉門不出。德陽畢竟年輕，難免有使性子、做錯事的時候，陛下既已責罰了德陽，便莫要與她置氣了，總不能因此真傷了父女情分，往後再好生教導了便是。」

睿宗帝輕嘆一聲。「罷了，讓德陽進來。」

溫榮回到了遺風苑仍覺心緒不寧，德陽公主等人發現謀算未成，是否肯善罷甘休？若是不肯，下一枚被利用的棋子又會是誰？溫榮惶惶地將今日之事如實告訴了祖母。

謝氏聽聞後亦是大驚失色，好在榮娘為五皇子所救，保全了清譽。可謝氏也知曉，涉及宮中內鬥，怕是沒那麼容易消停，遂蹙眉問道：「榮娘，之後杏園裡可有流言傳開？」

溫榮望著仰蓮瓣銀製燭臺出神，模模糊糊的像極了今日漫天飛舞的杏花，燭火忽然啪嗒一聲，幾簇火花在溫榮雙眸裡忽明忽暗。溫榮眨眨眼，恢復一片清明，這才望著祖母搖搖頭說道：「無任何動靜。除了三皇子、五皇子、引兒過去的宮女史，便再無人知曉此事了，兒亦未留下任何可被她們做文章的物什。」

謝氏瞇著眼，照理德陽公主不該無緣無故地給二皇子使絆，二皇子約莫是因急功近利而得罪了德陽公主。還有三皇子與五皇子今日之舉動亦叫人琢磨不透，倘若他二人有野心，就該冷眼盼著事鬧大；倘若無野心，更該置身事外，以免有何風吹草動，被那疑心極重的太子和二皇子盯上，往後想做逍遙王都不容易。謝氏輕嘆一聲，事關孫女，她自不能無動於衷。榮娘與德陽公主無冤無仇，此番做法不免欺人太甚。謝氏不願見榮娘太過擔心，笑道：「既然未叫人抓住把柄，這把火就燒不到我們身上。」風平浪靜下往往波濤暗湧，無一絲動靜反叫人不安心，謝氏心裡自是有一番思量。

兩日後，謝氏收到了太后的請帖。太后請了十二教坊的頭牌歌伎彈琵琶，故順道辦了小宴。

溫榮見祖母離府赴宴，遂打算回一趟黎國公府。前日謝氏命人將麓齋的書房打開了，書房原是前黎國公所用，謝氏說裡面一些書和古籍軒郎能用得上，讓溫榮去挑了幾本。溫榮思及今日恰好是國子監旬假，軒郎應該會回府，正好將挑選的書籍帶回去給軒郎。

不想一回到西苑，就聽說軒郎起了個大早，出門去了。溫榮撇撇嘴，定是與林大郎去練騎射。原以為軒郎性子像阿娘，最是溫和儒雅，可自從同二位皇子和林大郎學騎射武藝後，性子卻越發硬朗起來，眉宇間亦漸漸染上幾分英氣。

溫榮將書放回房裡，便去尋阿娘。進了阿娘廂房，溫榮見到蔓娘正在細心地教茹娘做針線，很是訝異。

「阿姊！」茹娘見到溫榮，丟下了手裡的繃子，撲到溫榮懷裡。

不過幾月工夫，茹娘五官長開了許多，下巴也尖了些，眉眼和溫榮有幾分相似。溫榮瞧著歡喜，牽起茹娘坐於胡床上，這才笑著同蔓娘打了招呼。

蔓娘羞澀地笑了笑，垂首與溫榮低聲說道：「我平日在園裡無事，聽聞三伯母女紅極好，且五妹妹也喜歡女紅，我便過來了，這幾日多有打擾，很是愧疚。」

溫榮清脆地笑道：「怎能說是打擾呢？平日裡我在遺風苑照顧伯祖母，二姊能過來陪阿娘和茹娘是再好不過了！」先前曲江坊的探花宴、關宴，蔓娘亦有去，只是未與娘子做一處玩，從始至終都是安安靜靜地在大伯母身旁服侍著，再時不時地與那些夫人說些話，蔓娘溫婉柔順的性子很是討盛京夫人的喜歡。

「榮娘，這荷囊妳可喜歡？」蔓娘遞過一只明暗繡水蓮紋的蜀錦荷囊至溫榮跟前。荷囊攏著金魚邊雙線，綴著瓔珞流蘇，這精緻細膩的針腳可是外邊買不來的，繡工絲毫不遜於阿娘。溫榮展顏笑道：「很漂亮，蔓娘手可真巧！」

溫蔓面露驚喜。「妹妹不嫌棄就好。」說罷，捧著荷囊的手更湊近了溫榮。

溫榮愣了愣。「這是？」

「我也不會做其他的，想來就能繡個荷囊，只怕妹妹看不上眼。」蔓娘仍舊一副惶恐和唯唯諾諾的樣子，生怕一個不慎惹了他人不高興。

林氏見狀，在一旁幫襯道：「榮娘還不快謝謝蔓娘，蔓娘手可是巧，明暗繡我是花了許多功夫才學會的，可蔓娘不過看著我繡幾次，就自己摸索出來了，真真是個心思玲瓏的孩子！」

溫榮這才笑盈盈地接下荷囊，誠摯地道了謝，心下卻犯嘀咕，蔓娘不知何時起成了西苑的常客了。

溫榮吃了小半塊糕，忽想起軒郎的事。「阿娘，今日怎麼不留軒郎在院裡休息？」

林氏面上笑容是一下子展開，可眼裡又有幾分擔憂。「如何拉得住？妳哥哥如今對武功的興趣勝過唸書了，可這事得了妳阿爺默許，我也不好多加阻攔。」

林氏纏著手上的玉線說道：「武將辛苦，遇到戰事，在外餐風露宿的很是不容易，所以還是做文官來得好……」林氏忽想起什麼，尷尬地望了眼蔓娘。大伯母方氏娘家是武將，方氏嫡兄長方成利是節度使，常年屯戍鎮邊。

這幾年邊關無大戰事，吐蕃剛平定內亂不多時，正處於休養生息之際，高昌、河西等亦是鮮少有動靜，故如今武將在朝中地位有所下降，可這眼光卻是得往長遠了看。

溫榮慢悠悠地將剩下的半塊糕吃了，閒閒地看著蔓娘做女紅。是一幅萬壽菊明暗繡，手法很是嫻熟。若是照阿娘先才所說，蔓娘該是才學會明暗繡不多時，但這手法分明同阿娘不相上下了。溫榮看著蔓娘柔軟的神情，眼神暗了暗。

溫蔓邊做針線，邊與溫榮說道：「四妹妹，過幾日就是祖母壽辰，祖母不願大肆操辦，我就想著繡一幅扇面送與祖母。」

溫榮尷尬地笑了笑，若不是溫蔓提醒，還真將這事忘了。如此看來，蔓娘確實是溫婉體貼。

延慶宮。謝氏半靠在軟榻上，微微抬眼望著與謝大夫人說話的朝武太后。

今日朝武太后雖說是辦小宴，可只請了太后母家老夫人、應國公府謝大夫人、謝氏，算來一共三人，皆是與太后素來親厚的。

朝武太后看著謝大夫人。「……倒是對不住妳，不想老二會生出那事。琳娘是我瞧著長大的，是個好孩子，早些知曉了也好，斷不能誤了她。」朝武太后動了動唇，話裡是滿滿的關切，眉眼亦是慈愛的淺笑。如今朝武太后對二皇子頗為失望，更將怨怒轉向了德陽與韓德妃，若不是她二人煽風點火，令聖主知曉了此事，便只需簡單處置兩名宮婢，就可將事壓下了。不想聖主知曉後，立即決定賜婚二皇子和韓家大娘子。

太后心下嘆氣，聖主如今究竟作何打算，她這當阿娘的是越發猜不透了。只是這般決定，令她在應國公府人前下不來臺。

謝大夫人垂首回道：「太后一心一意為琳娘著想，是那孩子自己沒福氣。」

朝武太后彎起嘴角，慢慢道：「妳放心便是，我瞧上的女娘，怎能叫委屈了去。」太后的意思再明白不過，琳娘必嫁入皇家。

琳娘的身分自不可能做皇子側妃，故二皇子這門親事黃了後，就要再換一個皇子了，按順序排下，無非就是三皇子李奕。單替琳娘打算，謝大夫人確實屬意三皇子，可如今想來卻是喜憂參半。三皇子本是逍遙王，可有了應國公這岳丈後，必定逍遙不了了。

謝大夫人起身跪下，畢恭畢敬地拜謝了朝武太后。

「妳這是做什麼？快起來！」朝武太后面露不悅。「今日皆是自己人，如此可生分了！」

謝大夫人笑道：「在太后與各位老夫人面前，奴是小輩，不過是做小輩的禮。」

楊老夫人放下念珠，笑著誇道：「我說琳娘那孩子如何那般懂事討人喜歡，原來是謝府裡有這麼一株楷樹！」眾木榮時楷樹息，隆冬時節楷樹卻能萌芽布蔭，實為楷模。

楊老夫人是太后嫡親兄長正室，早年嫁入楊府時，與小姑子便投緣，楊老夫人可是極有遠見的。

謝大夫人又笑著拜過楊老夫人，這才端正坐回矮榻上。

朝武太后轉向謝氏笑道：「說到琳娘就想起了榮娘，榮娘如今也十三了，可是定下了親事？」

謝氏將折枝花紋銀蓋碗放回茶案，眉毛一揚，笑著搖了搖頭。

楊老夫人重新撚轉念珠，直起身子笑道：「我府裡蘊郎亦未婚配。」

太后瞥了楊老夫人一眼。「我這老妹妹，可是疼她姪孫女的緊。」

楊老夫人悻悻地靠回矮榻，蘊郎是嫡出無錯，太后分明嫌蘊郎遊手好閒。

謝大夫人笑道：「琳娘平日裡看著性子極好，可卻不願與其他娘子結交，那日太后壽辰，琳娘一眼見到榮娘就拉著她坐一處，姊妹似的很是投緣，琳娘二哥如今也未議親呢！」

「好女兒就是人人爭著娶！」朝武太后吃了口茶，笑著就榮娘的事發了話。「榮娘的事，我也留著心了。」

謝氏眉頭一皺，她先前分明暗示過榮娘與林中書令府大郎一事，那時因謝大夫人等人到了，故未再深聊下去，太后此時可是在揣著明白裝糊塗。

朝武太后見謝氏面有疑色，遂與三人笑說道：「兒女的親事確是叫長輩操心，可越挑就越花了眼，當年太宗帝和我的親事，妳倆可沒少在旁唸叨。」

謝氏與楊老夫人聽言相視一望，一下子笑了起來，目光悠遠，好似回到了幾十年前，想起就恍若是昨日裡發生的，可轉眼間，這人都已老了。

楊老夫人合上碗蓋，同謝氏笑道：「太后是在嘲諷妳我二人沒有眼光！」

太后笑合了眼。「不過是敘舊，妳卻扯出這些有的沒的。」

太后與幾位夫人又說了一會兒話，便命楊老夫人與謝大夫人先往前殿聽曲兒。今日麟德殿亦有擺宴，是宴請的新科進士、國子監祭酒、國子監司業等人，故宮裡頗為熱鬧。

太后望著宮牆上新畫的花枝，輕嘆一聲。「婉娘，關於妳打算將溫珩郎過繼到身下一事，我與聖主提了。」

謝氏一怔。「煩勞太后掛心了，不知聖主的意思是？」

宮婢為太后與謝氏換了一盞新茶，太后吃了半盞後，緩緩說道：「妳可記得前次我說的話？」於理合，於禮不合。

「溫家非名門望族，早年不過是淮南道的莊上人家，故單論過繼只是你們府內事務。如今最大的問題，婉娘該知曉。」太后看了眼謝氏，頓了頓了又說道：「可知獻國公？」

謝氏攥緊了手中的念珠，幾要將念珠捏碎，好不容易扯出笑來。「謝太后指點。」

除了太后輕敲高靠紫檀矮榻雕鳳鳥紋扶手的嗒嗒聲，內殿一片靜謐，過了一會兒，太后命宮婢撤了茶案。「突然說這些，我也知道妳一時半會兒接受不了，我卻亦是不想黎國公府走到那一步的。我們去前殿吧，別叫她二人久候。」

轉眼到了午時，溫蔓細心地將針線收進笸籮，又檢查了一番，才起身同林氏和溫榮告辭。

溫榮眼見蔓娘離開廂房，才望著林氏問道：「阿娘，蔓娘是何時到西苑學明暗繡的？」

林氏見溫榮面似不悅，玩笑道：「妳這孩子，蔓娘不過是至西苑做女工罷了，妳倒小心眼了起來。蔓娘是前月開始過來西苑的，那時阿娘正在為妳做繡鞋，她就跟著學了。」

溫榮撇撇嘴，拿起溫蔓送的荷囊。「這明暗繡的針腳可真漂亮，若是女兒，就算學會了，怕亦只能勉強繡出樣子。」

林氏聽言，取過荷囊仔細端詳了一番。蔓娘是一月前才學會明暗繡，可這針腳倒像數年的功夫……

溫榮等到申時軒郎還未回來，無法只得讓阿娘將書轉交與軒郎，自己先回了遺風苑。

恰好在遺風苑大門處遇見自大明宮回來的祖母，溫榮扶著謝氏回到穆合堂。

謝氏遣退了堂裡伺候的侍婢，因胸口堵了太多的事，遂咳了幾聲，一時不知從何說起。

溫榮忙捧上茶湯，緊張地為祖母順背。

謝氏抬眼瞧見溫榮恬淡的容顏，笑了笑，一件一件來便是。「榮娘，當時妳離開二皇子所在的廂房時，可有瞧見一方錦帕？」

溫榮見祖母好了些，便搬了張馬札坐在食案前分蜜膏子，一邊分一邊搖了搖頭。「當時兒很緊張，根本不敢靠近二皇子，故帷幔裡是怎番情形，兒並不知曉，但帷幔外卻是仔細瞧過，確無錦帕等女娘常用的物什。」

謝氏鬆口氣，頷首道：「那日德陽公主親自往紫雲樓與聖主傳話，說二皇子身邊的宮婢在箱床裡發現了一方女娘用的錦帕。」

溫榮手心微濕。「難不成德陽公主認為那是兒落下的？」

謝氏微合眼道：「想來是了。那韓家不是看中了三皇子嗎？若不是誤會了，韓德妃也不可能從旁幫襯。她們可謂是搬起石頭砸自己的腳了，如何也未想到錦帕上繡的竟然是『嬌』字。虧得她二人那般賣力，聖主知曉後，根本不肯細查，明日逢五朝參日就會賜婚。」

溫榮眼裡的驚詫多過任何一種情緒。本以為只有她的命運發生了偏轉，可不承想就連二皇子和三皇子的親事，也發生了翻天覆地的變化。

可那二皇子箱床裡怎會多出韓大娘的錦帕？溫榮想來忽地脊背一涼，她不曾意識到該去帷幔裡仔細檢瞧的，倘若有人偷了她的貼身物件……縱是被五皇子救出，她也難逃厄運！

那日五皇子陪著自己離開後，三皇子匆匆進了九曲軒，當時溫榮並未多想，以為李奕是去尋德陽公主，如今看來，繡有「嬌」字的錦帕怕是與他有關。驚訝過後，溫榮替琳娘長舒了一口氣，琳娘如白蓮般的笑容浮現在了溫榮眼前。琳娘落落大方、優雅從容，擔得上皇后之名。溫榮思及此，有幾分欣喜，比之韓大娘做皇后，琳娘必不會為難了自己。

只是韓大娘知曉被賜婚與二皇子後不知會鬧成怎樣了，可縱是再任性妄為，也不能抗旨拒婚，充其量就似被拋上岸的魚，劇烈掙扎一番，再就蔫了。

「榮娘，這兩日林府裡可有消息？」謝氏蹙眉問道。想到林府，謝氏面上頗有幾分不耐煩。雖說離雁塔題名沒幾日，可林家做事太不乾脆。

見狀，溫榮端著盛了蜜膏的小碟，拿起銀勺親自餵了祖母一塊，滿口甜香令人寬心不少。

謝氏笑著說道：「妳這孩子，就是討人喜歡。」

溫榮靠著祖母笑道：「這兩日林府娘子未與兒寫信，畢竟要忙嬋娘的親事了。但今日軒郎去練習騎射，估摸是林大郎帶去的。」

謝氏眉頭一皺。「不長心眼，今日麟德殿宴請新科進士，國子監放旬假，連國子監祭酒與司業都在宮中，林大郎怎可能陪軒郎去練騎射。」

溫榮愣怔了半晌道：「難不成軒郎是一人去的？」

謝氏思量片刻。「過兩日問問軒郎便是了，若是一人去的，反倒說明軒郎如今騎射進益了。榮娘，除了探花宴一事，今日太后還與我提到了獻國公……」好不容易將太后的原話說出，謝氏忙吃了口茶湯壓胸口的悶氣，而後對溫榮的反應有幾分驚詫。本以為榮娘會失落的，可不承想卻是十分鎮定平靜。

溫榮知曉獻國公是何人，第一任獻國公為劍南道節度使，戰功赫赫，可惜子嗣不爭氣。嗣子好賭，輸光了銀錢後，強取豪奪、私自圈地，來來回回牽扯出幾樁人命案子，事情全叫人捅出來後，國公爵位被奪，獻國公闔府貶為庶人。

太后既然說希望黎國公府不要走到那一步，就是在勸黎國公府還爵了。這事估摸對祖母的打擊頗大，可於自己而言，還爵比之滅門，真真是消災的好法子。然如今承爵的是大伯父，事關溫老夫人，漫說她一個小輩了，便是祖母也作不得主。

禹國公府早已被韓大娘鬧得雞飛狗跳。

禹國公韓知績素來同二皇子一派不和，只太子早已婚配，中立的三皇子便成了他心目中最好的女婿人選，出此變故亦叫他措手不及。回府又知曉韓大娘將廂房內的瓷器全砸了，甚至說出「嫁不了三皇子便自行了斷」的忤逆話後，是氣不打一處出，快步趕去了女兒廂房。

韓大娘哭腫了一雙眼，滿心滿眼都是三皇子李奕挺拔的身姿、精緻貴氣到極致的五官。八歲那年冬日，她第一次隨阿娘入宮參加宴會，不經意間遇見了墨梅樹下一襲青色錦袍的貴家郎君，郎君迷惑的神情裡又帶著舒朗，那時她還不知他是誰，卻從此再忘不了他比雪還要明亮耀眼的溫暖笑容。

韓大娘意識到自己將要被賜婚給二皇子了，想哭又哭不出來。不可能的，曲江宴上，三皇子還與自己溫文爾雅地說話，衝著自己笑得比杏花還要好看。

韓大娘忽聽見隔扇門被打開的聲音，瞧見是阿爺，立馬就撲了上去。「阿爺，姑母和淑妃殿下都說要將我許給奕郎的，太后那兒都答應了，怎麼可能還會有變動呢？阿爺，有人故意造謠對不對？或是哪裡弄錯了？要不就是你們合夥了騙我！」秋娘的哭喊已近乎是歇斯底里。

韓知績見女兒這般沒出息，不禁怒火中燒，惡聲喝道：「妳還有臉哭！我問妳，妳的錦帕為何會在二皇子的箱床上？」

秋娘一怔，眼淚一下子湧出來，斷斷續續地說道：「我、我也不知道……溫菡娘分明……分明給的是溫榮娘的小衣……」

秋娘只覺得面頰一痛，韓知績已瞪著眼睛，二話不說地甩了秋娘一個耳光。「早叫妳安安分分在府裡學禮儀，我自都會幫妳安排好，妳倒好，去出的什麼風頭？還幫著外府去害人，某的臉都叫妳丟光了！我今日就明白告訴妳，就算妳同二皇子的這門親事不作數，三皇子也不可能要妳！哼，看好了她，別讓她做蠢事，連累了府裡！」韓知績怒道，一甩袍衫走了出去。

秋娘想起一事，她送過一方親手繡的錦帕與奕郎。她素來不做女紅的，那錦帕不知費了她多少功夫，十指被那針扎了多少次……她送奕郎的錦帕為何會在二皇子的箱床上？先才韓知績的一巴掌，將秋娘的所有念想都打散了，她僵硬地立在原地，彷彿連呼吸也忘了……

大明宮，李晟回殿，知曉明日聖主不但將賜婚二哥和韓秋娘，還將賜婚丹陽和琛郎後，大驚失色，立時去了李奕書房。

蓬萊殿硯松齋，李奕正把玩著一對簇新的雕葡萄花鳥紋碧玉燭檯，碧玉燭檯是今日聖人賞賜的，夜裡秉燭掌燈，聖人吩咐他要多用功。謹遵聖意，李奕面前的書案上，正鋪著聖朝西州交河城一帶的地圖，聽聞內侍傳李晟過來書齋時，李奕抿嘴，彎起優雅的弧度，將碧玉燭檯放回書案。

李奕瞧見李晟一襲秋色常服短靴，眉頭微微一皺。「晟郎，你今日去城郊騎馬了？」

李晟屏退了書房伺候的宮婢，對李奕的疑問點頭默許，轉而問道：「三哥，韓大娘錦帕一事，母妃可有懷疑？」李晟自小由王淑妃帶大，同李奕一般喚王淑妃作母妃。

李奕收起笑容，搖了搖頭，認真地說道：「此事莫讓阿娘知曉。」

李奕本不打算變化同韓大娘的親事，畢竟應國公府勢頭過大。應國公為兵部尚書，謝姓又為四大家族之一，同太后楊氏一族世代交好。樹大招風，操之過急無好處。

可事出意料，李奕見到溫榮小衣時又驚又痛，仔細一想便知是誰要對付溫四娘。縱然今日自己救了溫四娘一次，往後韓府得勢，那韓大娘怕也不會放過她……

王淑妃對聖主的賜婚是先驚後大喜。謝大娘是她看中的，可就因謝家與太后外戚楊家關係極好，故謝家大娘的親事她不能染指。出此變故，於王淑妃而言，可謂是天助。

李晟自斟了一碗茶。宮裡茶娘子的茶湯，充其量只能做解渴之用。

「三哥，丹陽和琛郎的事，可與你有關？」李晟昨日看見李奕自丹鳳閣回來，因兄弟二人同丹陽關係親厚，故李晟未作他想。今日突聞禮部官員去了中書令府，可分明昨日還未有一絲動靜的，如此看來，太后與聖主本是無此打算，唯一可能是丹陽自己去求的賜婚。

李奕倒也不做隱瞞，淺笑道：「琛郎與丹陽十分般配。」

李晟的目光由驚訝轉向憤怒。「你明知琛郎與溫四娘已在議親！」

「那又如何？未行納徵禮之前，親事都不作數，更何況他們連納采禮都未行。琛郎博學英偉，丹陽聰穎和順，這門親事聖人與太后都十分認可，晟郎認為有何不妥？」李奕抬眼對上李晟的目光，一派清明坦蕩。

李晟蹙眉道：「你總該顧及琛郎的想法。」

李奕自書案後負手走至李晟跟前，目光一閃冷峭。「晟郎，你關心的是琛郎還是溫四娘？」

李晟面色不豫，轉開目光應道：「我只覺不該拆散他二人。」

「罷了。」李奕很是耐心。「你也知曉今後將面對的是何種情形，大哥、二哥的性子你我再瞭解不過，不能為他們所用的便寧願毀了，他們中一人遲早會對林中書令失去耐心的，縱然林中書令是蚍蜉難撼的大樹。但琛郎就不同了，進士科頭名又如何？初始亦只能領秘書省校書郎一職。琛郎未經歷過朝堂之事，極容易叫人陷害，落了把柄，林中書令與你我亦不可能時時護著他提醒他，故想保全，一來是選擇外放，可比之外放更好的方法，就是尚公主。丹陽是大哥、二哥胞妹，又是聖主、太后最寵的公主，無疑借丹陽就能暫保中書令府無憂。」

「只怕琛郎寧願外放。」李晟面色清冷，眼裡是掩蓋不住的失望。

李奕轉身回到書案前，將燭檯放至矮櫥，垂首研看地圖，漫不經心地說道：「琛郎背後是整個中書令府，孰輕孰重，他自能分得清，不會莽撞。對了，晟郎，往後你少出點宮，今日聖人問起你了，往後你我二人該開始為聖人分憂了。」李奕看著地圖上的碎葉鎮，眼神一暗。「往西域的絲綢之路如今不太平，突厥多次進犯，聖人正在頭疼此事。」

李晟俊秀的眉毛皺起，陰影下的面容帶著幾絲倦色，眼前卻浮現起溫四娘語笑嫣然的模樣，輕嘆一聲，不再多言，亦抬眼看向書案。

地圖上被圈出的西州交河城，是絲綢之路的要道，為多國商賈的雲集之地，故西域邊陲的穩定直接影響了聖朝和西方的貿易，實是重要。

第二日，禮部官員宣了兩起賜婚後，朝堂猶如水滴到了熱油裡，一下子炸開了花。

禹國公、林中書令等人不過是身子微微一顫，再跪旨謝恩。

聖主對朝堂上的紛紛議論置若罔聞，此為皇室家事，無人敢站出來明言反對。

下朝後，內侍傳了溫中司侍郎至御書房陛見。好不容易捱到下衙，溫世珩匆匆忙忙去了遺風苑，林家大郎被賜婚一事，要早點告訴伯母與溫榮。

林氏今日亦帶著茹娘往遺風苑探望謝氏，一家人此時都聚在了穆合堂裡。

謝氏看到溫世珩的嘴一開一合，猶豫再三又不曾說出半個字來，不滿地問道：「怎麼了？」

溫世珩看了眼溫榮，嘆氣道：「聖主賜婚，甲寅年進士郎第一人尚丹陽公主。」甲寅年就是乾德十四年了。溫世珩話音剛落，林氏手一抖，茶湯潑了大半在衫裙上，驚如忙執帕子為夫人擦裙子。

溫榮垂下了小臉，輕輕摳著茶碗上的銀紋蓮花。

謝氏半合著眼靠在矮榻上，昨日便已有此懷疑，不想賜婚聖旨下得如此快，看來昨日禮部官員就去中書令府了。

謝氏見溫世珩欲言又止，蹙眉道：「還有何事？」

溫世珩訕訕地笑了笑。「聖主亦給了兒一道旨意。」

聖主傳他去御書房時，本以為還是為了洛陽陳知府一事，不想聖主卻丟了一份制書到他跟前，那份制書是溫世珩前幾月不分晝夜才擬好的。聖主隨後將溫世珩擬的制書批評一通，溫世珩冷汗涔涔地跪地聽訓，不敢有半分言語。

聖主的聲音如雷霆一般。「當初某將你調入盛京，是誤以為你有才能，如今看來，卻是辜負了某一片期望！」

溫世珩只覺得腦子嗡嗡作響，整個人如置身冰窖。

「罷了，你也不用在中書省當值了，轉去御史臺，下午到吏部領調令！」聖主說罷，揮了揮手，頭也不抬地開始批閱奏摺。

盧內侍提醒溫世珩跪安後，溫世珩才幡然醒悟。

林氏還沈浸在先才林家大郎被賜婚一事，緩不過勁來，震驚後心裡是對榮娘的愧疚。若不是她三番兩次在榮娘面前提起，榮娘定不會在意，如今可好，費了那許多心思，到頭來卻是竹籃打水一場空，往後兩府見面了還要尷尬。

溫榮抬眼望向阿爺，問道：「阿爺在御史臺任何職？」

溫世珩不好意思地笑了。「御史中丞。」

御史臺設大夫一人正三品，中丞二人正四品下階，大夫掌以刑法典章，可糾百官之司，御史中丞則為第二。那崔娘子的阿爺不過是御史臺院六品侍御史，如此崔娘子便已很是得意，如今溫世珩是崔侍御史的上峰。中司侍郎到御史中丞，看似平調，可御史中丞卻是實打實的權臣，同升遷無異。

謝氏見溫世珩哭不是、笑又不是，抽搐著面頰的模樣，忍不住笑啐了一聲。「小人得志！」

溫世珩心裡實是按捺不住的喜悅，雖然榮娘與林大郎的親事落空，可榮娘並不是非嫁中書令府不可。而調任御史臺一事，才是真正地合心意，從此以後，自己在朝堂之上，是可對時政得失、地方利弊、朝臣忠奸暢所欲言了。

溫榮笑著向阿爺祝賀道：「恭喜阿爺得償所願了！」

溫世珩見女兒未受林家賜婚一事影響，情緒尚好，這才舒心地笑起來。又坐了一會兒，溫世珩便帶著林氏和茹娘起身告辭，要早些回黎國公府，去祥安堂同溫老夫人報喜了。

溫榮撇了撇嘴，此事與溫老夫人而言，估摸著是有驚無喜吧？

穆合堂裡沒了旁人，謝氏牽著孫女坐在矮榻上，緩緩說道：「人算不如天算。」這天是皇家。

溫榮端過攢盒開始剝松子，明日做了松子酥，讓小廝送去國子監與軒郎。她昨日還在慶幸，以為她和琳娘的親事比之前世都發生了變化，可沒想到，她走了這許久，皆是在繞圈子，繞了一圈後似乎又回到了原點。

謝氏攬過孫女，勉強笑著說道：「妳阿爺做了御史中丞，往後提親的人，怕是要將門檻都踩爛了。」

溫榮望著祖母，安然一笑。「林大郎與丹陽公主郎才女貌，很是般配。自古親事談不攏、或談攏了事後又出變故的可是不少，故也沒甚好大驚小怪的，祖母放心，兒沒事。」

祖孫二人用過晚膳後便早早去歇息了。溫榮愣愣地望著碧紗帳上掛著的曉月流雲紋香囊，不自覺地想起了李奕。她之所以會對與林府這門親事在意，多是希望盡快避開三皇子。並非是她妄自尊大、自以為是，只如今李奕與她的言行舉止，叫人不得不提防。黑暗裡，溫榮終於嘆了一聲。分明爭取了，卻依舊沒能如意，或許是自己想要的太多，林府和林大郎那般好的條件，自該是有更好的錦繡前程。

這一夜溫榮輾轉反側，天濛濛亮了才迷糊睡著，再醒時已是日上三竿……

第二十章

溫榮發現自己在遺風苑是越發懶了，綠佩和碧荷也不催她起床。用過了早膳，溫榮抱著花斛去花房選花，五月裡大一品蕙蘭開得正好，祖母前日裡說喜歡蕙蘭的香氣。

「娘子！」

溫榮正拿起花鋤，聽見聲音，轉頭見綠佩捧著一攢盒的櫻桃，一路小跑過來。

「娘子，府裡……來了客人。」綠佩閃爍其詞。

能被祖母請進府的客人，有誰是不能明說的？溫榮垂首小心地將蕙蘭裝入花斛，集簇叢生的淡黃色蕙蘭配上蔓枝銀紋花斛很是好看。

綠佩見娘子不吱聲，想起昨日娘子失落的模樣，正要再提，卻被碧荷攔下。

綠佩在穆合堂裡見到了林大郎，僅是匆匆一瞥就將綠佩嚇了一跳，原本清俊儒雅的郎君，如今面色憔悴不堪，雙眼更佈滿了血絲。綠佩從府裡小廝聽得，說是僕僮卯時開府門灑掃時，便看到了一襲素面青緞袍服的林大郎在大門外僵立著。僕僮不敢擅自作主，立時往穆合堂告訴了老夫人。

謝氏知曉後，搖了搖頭，命人將林大郎請了進來，但只安排在穆合堂休息和說話，未遣婢子去尋溫榮。

溫榮直起身子，將花斛遞給了碧荷。溫榮知曉來的人是誰，可他已被賜婚尚公主，此時二人再見怕是不妥。祖母既將他作客人迎進，必會好生勸他的。

「走吧。」溫榮提起裙裾，往花房外走去。

綠佩本以為娘子是去穆合堂，不想娘子卻自花園小路回了左廊廂房。

綠佩終究還是未忍住。

「娘子，真的不過去嗎？」

溫榮沒有回頭，腳下不停地進了廂房，自櫥架取下林大郎送的錦盒。這方煙墨經過春日暖陽的幾次晾曬，是能存放許久了。如今林大郎應該用這管繫著同心結的並蒂蓮銀毫為丹陽公主作丹青。

「碧荷，妳到青階石亭旁候著，遇見了林大郎，將錦盒交還與他。」溫榮吩咐道。

「是，娘子。」碧荷小心接過。

綠佩見娘子落寞的神情，垂首囁嚅。

「不如留著吧？不過是一支銀毫。」

溫榮悵然一笑。「何必留著平添煩惱？對了，綠佩，妳幫我準備了風爐……」

穆合堂裡，林子琛不斷抬頭，悄悄打量通往內室的側門。

謝氏輕嘆了一聲，見林大郎這副模樣，她做長輩的亦是心疼，可不論情感上多不捨，也該面對現實。謝氏面容慈愛，笑著問了些關於嬋娘親事的問題。

林子琛一一回答後，躊躇半晌，問道：「老夫人，榮娘今日可在遺風苑裡？」

謝氏頷首。「在。」若是會出來，自早在眼前了。

謝氏知曉琛郎未死心，琛郎是個癡情孩子，這種事旁人勸了無用，只能等自己想開。

謝氏吩咐婢子伺候林大郎茶湯，不一會兒卻瞧見綠佩捧了茶碟進來。

林子琛知綠佩是溫榮的貼身侍婢，晦暗的雙眸登時現出幾絲光亮。

綠佩蹲身同老夫人道好後，將茶盞捧與林大郎。

「是娘子為大郎煮的茶湯。」

林子琛欣喜接過，揭開碗蓋後卻愣住了。

金黃茶膏上飄著兩朵含苞未放的薔薇，薔薇旁飄著兩行小字——

還將憐舊意，惜取眼前人。

飽讀詩書，自知曉此意。原本勉強支撐的挺拔身子，慢慢地沈了下去。分明嚥不下，可捨不得浪費一點她煮的茶湯。林子琛第一次見到能在茶湯上點畫的人，他本以為能與她攜手一生的。若如意，他是何其幸運？如今不能，當初為何要讓他遇見她？林子琛起身同老夫人告辭。

謝氏見林子琛魂不守舍的模樣，吩咐準備車馬，並命汀蘭送林家大郎出府。

碧荷在石亭旁見汀蘭姊也在，猶豫了一會兒，還是走上前替娘子將錦盒還了。牽扯不清，只會給娘子添麻煩。

拿回錦盒，林子琛眼裡的最後一絲光亮，也暗了下去。

宮裡很快傳出消息，二皇子與韓大娘的親事定在當年十一月，林家大郎與丹陽公主則在轉年二月，宮裡特賜丹陽公主一座公主府，公主府亦是在中書令府所在的興寧坊。

嬋娘與杜學士的全大禮之日是最早的，在當年十月。

不出半月，聖主又賜婚三皇子和應國公府謝大娘子。

他們每一對的八字，算出來皆是天作之合。

轉眼到了盛夏七月，綠佩將剛從莊子上收來的新鮮葡萄和櫻桃湃在了井水裡，準備放涼了再裝給娘子。

這幾日溫榮回了黎國公府。閒來無事，溫榮搬了張小胡床，坐在枝繁葉茂的槐樹下，費勁地搖著團扇，那風吹到臉上都是熱的。

溫榮望著在烈日下掰蓮蓬的綠佩等人，很是佩服，虧她們能耐得住毒辣的日頭。

「榮娘！」

溫榮遠遠聽見軒郎的聲音，執起團扇擋住陽光，這才瞇眼望過去。就見軒郎手上提了一只食盒，靛青長衫已被汗浸透了。

軒郎跑到樹蔭下大口喘著氣，溫榮忙幫軒郎打扇子。

「這是做什麼？心急火燎的。」

「榮娘，看我給妳帶了什麼回來，保准解暑！」軒郎獻寶似地打開了食盒。

竟然是一盒紫紅碩大的荔枝！荔枝在南國常見，可在盛京卻極其稀罕。荔枝亦稱「離枝」，一旦離開了樹枝，一日色變，二日香變，三日味道也要變了。這一盒分明水瑩新鮮，溫榮伸手取出一顆，一絲涼意沁入心脾，原來食盒下還墊了一層冰。

溫榮詫異地問道：「哪裡來的？」

溫景軒撓了撓耳朵。「嗯，是同窗與我的。」

「胡說！」溫榮瞪了軒郎一眼。自南國千里迢迢運過來，還能這般新鮮，只能是皇家連枝帶樹、快馬自驛站而來。

見瞞不了榮娘，溫景軒無奈地說道：「是五皇子命侍衛送到國子監的，五皇子不喜歡吃荔枝。」

溫榮笑道：「有機會見到五皇子，一定要好好謝謝他！」

如今五皇子出宮次數少了許多，聽聞是遵了聖命，要時常出入御書房。溫榮自軒郎手裡接過食盒，二人各自回了廂房。

碧荷將荔枝一顆顆地剝在小簇花紋銀蓋碗裡，按溫榮吩咐送去了夫人和茹娘房裡。

「娘子，夫人交代去嘉怡院用晚膳。可要更衣？」碧荷自林氏廂房回來後，傳話道。

溫榮顰眉問道：「如何又要過去？」

「聽彩雲說，大房又得聖主賞賜了，是一套龍鳳改銀碗和雙耳赤金瓶。」碧荷自彩雲那兒聽到了許多消息。

大伯母方氏的兄長方成利是西州交河城節度使，早年高昌王本已向聖朝俯首稱臣了，乾德十一年，高昌王更親自至盛京覲見睿宗聖主。不想前月傳來邊城急報，稱高昌王依附了西突厥，不但多次阻遏西域各國通其境進貢，更發兵襲擾內附各國，如今西州交河城一帶極不太平。方成利數次領兵擊退突厥，聖主知曉後大喜，方成利獲聖主重視，連帶姻親黎國公府也連連得賞。溫榮知曉有此段事件，可記憶裡高昌國並非由方成利擊潰，最後親赴戰場的是兵部尚書應國公。

晚膳時，無非是聽大伯母高談闊論，反反覆覆地說那西州一帶如何荒涼艱苦，其長兄又是怎樣為聖主效忠。一遍、兩遍就罷了，溫榮已興致索然，面前的珍饈美饌都沒有滋味。

好不容易捱到回西苑，溫榮扯過軒郎問道：「軒郎，明日裡可有事？」

溫景軒略想了片刻，才回道：「榮娘有何事？」

溫榮如實說道：「遺風苑裡的老部曲生病了，如今伯祖母府裡好些部曲僮僕皆是年齡偏長，明日遺風苑的陳部曲和汀蘭要去西市口市，看看是否有合適的人奴，這兩日我無事，打算一道跟著去，軒郎可得空？」

溫景軒聽言，滿是興味。「那西市口市我還不曾去過，明日趁旬假，正好去長見識！」

西市與安興坊有一段距離，次日溫榮和溫景軒辰時初刻便出門了。

西市相較東市更多的是自絲綢之路過來的、胡人經營的珠寶行和邸舍酒肆。

口市在西市三進巷子裡，溫景軒翻身下馬，將馬轡交與僕僮，溫榮亦戴上冪籬，扶著綠佩落馬車。

巷子裡皆是被綁縛的、跪在地上任人挑揀的人奴，明顯異族的男女奴要更受歡迎些。

「我叫你們跑、叫你們跑！一群沒有文牒的賤奴，還想跑到哪裡去？」

不遠處傳來惡聲惡氣的斥罵聲，只見一位黝黑的商賈正狠狠地鞭打數位擠在一處的人奴。

綠佩第一次瞧見這番景象，又驚又懼。

「娘子，那人好生蠻橫！」

那些人奴雖被鞭打得渾身血痕，卻是一聲不吭，非但不開口求饒，更敢狠狠地瞪商賈，絲毫不恐懼妥協。

「我們過去看看。」溫榮邊說邊往前走去。

溫景軒連忙快走兩步擋在榮娘面前，好護胞妹周全。

商賈見來了生意，忙收起鞭子，討好地笑道：「郎君、娘子，可是來買僕僮？這幾個人奴是西州交河城一帶的戰俘，最是孔武有力，買回府做重活再好不過了！」說罷，那商賈還捏起人奴的面龐，強扳過來與溫榮相看。

溫榮聽言是西州交河城的戰俘，很是訝異，仔細地打量起來。那幾名人奴模樣倒是尋常，雖說是西州交河城一帶被押了過來的，容貌卻與聖朝人一般無二，約莫是前朝屯戍在當地的漢人後裔。其中一名很是壯實的人奴感覺到旁人正在打量他，猛地抬頭，惡狠狠地瞪了溫榮一眼，將溫榮嚇了一跳。

商賈擔心人奴凶狠的樣子嚇跑了好不容易才上門的生意，用高昌語罵了那人幾句，揚起鞭子作勢就要抽打下去。

溫榮見狀蹙眉道：「真將人打壞了，你還如何賣出價錢？」

商賈聽言收了手，陪笑道：「是是，娘子說的極是！這些人奴皆是西州交河城高昌國過來的，娘子別看他們倔，多教訓幾次保准老實！他們一個個都是魁梧結實扛打的，且雖是賤奴，卻能通聖朝話。」

溫榮聽不得商賈輕賤人的說辭，故不耐與商賈多言，直接問道：「這人奴價值幾何？」

本安靜候立在一旁的陳部曲眼見娘子相中了那幾名人奴，慌忙上前低聲勸道：「娘子，素來俘虜被送到口市做人奴買賣的，皆是凶殘野蠻，很不好管束，怕是買了放府裡也不頂用，說不得還得另外費心思看著他們，才不叫犯事。」

溫榮對此倒不以為意，一笑道：「哪個人奴開始會沒怨氣？這幾人看著雖凶了些，卻很有骨氣，將來得用了，必是極忠心的。」

娘子發了話，陳部曲也只能嘆口氣，搖搖頭不再多言。老夫人一早就交代了，遺風苑裡的婢子、僕僮都要遵從娘子吩咐。在陳部曲看來，老夫人已是將溫四娘寵上了天，見不得她受一絲委屈。如今既然娘子執意要買，也只能順著娘子的意思，往後若是這幾名人奴著實不得用，再來口市重新買過便是，怎麼都好過惹娘子生氣。

商賈殷切地說道：「小娘子可真真是好眼光！我這兩日趕著出城，故也賤賣了，一人七十貫錢，不知娘子要幾人？多了還可便宜！」

溫榮瞧見那些人奴相互對視了幾眼，面露悲戚之色，遂猜到他們該是同一縣裡的鄉親。

「這六人我都要了，你開個實誠價。」

商賈大喜過望，本以為這批人奴極難脫手的，不想才帶出來一日工夫就全賣了！商賈也不胡亂開價，三十金將六人全賣與溫榮。

溫榮打算在西市裡四處走走，看有何自西域過來的新鮮玩意兒，不想才將想法說出，軒郎便面露難色。溫榮昨日詢問軒郎今日是否得空時，就已知軒郎定是有安排的，否則軒郎的回答也不會停頓半晌。如此，溫榮偏故意淡淡地說道：「軒郎不是未來過西市嗎？怎麼不多走一會兒？」

溫景軒無奈地說道：「今日三皇子和五皇子難得有空，本是約了一道去西郊的，可因我過來西市，要耽誤半日而作罷，不想晟郎今早又派人送了信過來，說他未時會去遺風苑裡探望伯祖母……」

這兩月裡，三皇子和五皇子每隔半月會過來遺風苑一次，打的名頭很是好聽，是替太后探望祖母的。出宮機會難得，溫榮自知曉李奕他們沒那麼好心。三皇子、五皇子和軒郎是越走越近，而林家大郎……溫榮心下嘆了一聲。

聽聞那日林大郎離開了遺風苑後，就像換了一人似的，原先身上的溫和、清逸皆不見了，每日裡只鬱鬱寡歡地沈著臉。

嬋娘和瑤娘知曉大哥的心思，也不敢再約溫榮過府去玩，生怕大哥見到了會更加難受。

溫景軒自僕僮手裡接過馬轡，一邊撫著綠耳的鬃毛，一邊轉頭瞧溫榮，那眼神很是無辜，好似今日逛不成西市不能怪他。

今日只五皇子一人過來，溫榮好歹鬆了口氣。往日但逢李奕到遺風苑，溫榮都是躲著不見的，倘若叫溫榮提前知曉，溫榮更是前一日就會回黎國公府西苑。

既然府裡要來貴客，大家也不敢多耽擱，汀蘭帶著嬤嬤，只順路添置一些或缺的傢什。

溫景軒與溫榮先回遺風苑，陳部曲等人因要看人奴，故走得慢一些。

不想二人緊趕慢趕，五皇子還是先到了府裡，此時已在遺風苑裡陪同謝氏說話。謝氏正問起江南東道的災情，溫景軒與溫榮進穆合堂同李晟行了禮。

李晟微微笑著向溫榮和溫景軒頷首示意，如今兄妹二人對五皇子會笑這一事實不稀奇了。溫景軒還是有疑問的，五皇子似乎只有在面對長輩和他二人時，才會略微笑一笑，平日裡仍是極冷面嚴肅。

溫景軒知曉五皇子待榮娘不同，可因為琛郎親事的陰影，溫景軒再不敢在溫榮面前多言五皇子的事。

琛郎並非皇家人，親事都由不得自己作主，更何況是五皇子？且阿爺和阿娘也不願溫榮和皇家扯上關係，比如那二皇子，正妃還未娶進門，側妃就已定下了。

溫世珩和林氏還是傾向為溫榮找尋書香門第結親。

婢子照謝氏的吩咐，將溫榮做的松子酥和金絲球端出來招待五皇子。

溫榮眨了眨眼，望著欣欣然吃著甜食的李晟問道：「江南東道旱災可有好轉了？」

溫榮自江南道而來，自對江南道災情關心。往年江南東道，尤其是五州一帶，亦是年年有災情，可今年相較往年嚴重了許多，端陽月裡，大河中下游和江南道一帶發了大水。端陽月後，水患是過了，可江南道卻又出現連旱，江南道因此冒出了許多災民和流民。

漫說江南道，便是盛京亦有不少自大河下游過來討生活的。這些時日，盛京裡是德陽公主在安排開粥廠和施米施粥一事。

李晟玉冠高束，確有王侯氣魄。「江南東道一帶災情已有緩解。」說罷，李晟吃了幾口清茶，望向溫榮。「溫中丞與姚刺史在杭州郡時是同僚，不知軒郎與榮娘可知姚刺史為人？」

提及姚刺史，溫榮一下子想起姚刺史送與阿爺的餞別禮，一副在玉子上刻字的棋子。

溫榮思量片刻。「姚刺史與阿爺關係頗好，聽聞姚刺史為人真誠，其餘軒郎與我是不知了。」

溫榮確實不知。復醒前，她從未關心過朝政和外人，可是能得阿爺認可，並與阿爺交好的，人品該是差不了。

溫榮雖不知曉，可卻提醒了五皇子，能向阿爺打聽姚刺史的事情。

李晟端起茶盞，蹙眉沈思。

溫榮瞥了李晟一眼，眉眼雖冷肅，卻也帶著幾許柔潤的光澤。

一盞茶工夫過去，幾人不過是不鹹不淡地說著話。

溫榮抬眼，正瞧見汀蘭一陣小跑進了穆合堂。

汀蘭慌慌張張地與眾人見禮後，望著溫榮說道：「娘子，不好了！那新買的高昌奴將陳部曲打傷了！」

溫榮驚訝地瞪大了眼。人奴是她買回來的，倘若陳部曲有個好歹，她必不能安心。溫榮將茶碗放回茶盤，起身同祖母和五皇子道歉後，等不及祖母說話，便與汀蘭一道趕了過去。

聽了汀蘭所言，溫榮才知曉先才回府時，奴僕已有異樣。

回遺風苑要經過黎國公府的高門大院，其中一名奴僕過烏頭門時，遠遠見到府門上「敕造黎國公」金牌匾，猛止住了腳步，似是怒罵了一聲，又與另外幾人用陳部曲等人聽不懂的高昌話交頭接耳了幾句，而後就躁動了起來。陳部曲擔心在黎國公府前惹事會給老夫人添麻煩，遂命僕僮將那六人生拉硬拽地拖回了遺風苑。

溫榮到了閣室旁的耳房，那些奴僕的手還是被綁縛著，先才陳部曲是一個不留神，被為首的奴僕狠狠踹了一腳，陳部曲未站穩，摔在了地上，現已被扶去房裡歇息，並有人去請了郎中。

汀蘭指認了領頭騷動的奴僕，那人喚作塔吉。

溫榮看著塔吉問道：「你可識字？」

塔吉非但不回答，反而直直地盯著溫榮，粗聲粗氣地問道：「你們與那黎國公府是何關係？」

塔吉對黎國公府的強烈反應令溫榮很是訝異，溫榮卻也不氣不鬧，如實道：「黎國公是我的大伯父。」

那些人聽言，皆怒目瞪著溫榮，眼中迸出的怒火似要將人燒了一般。

汀蘭見狀，忙將溫榮擋在了身後，憤憤地說道：「娘子，這些人好不識趣，我們自那商賈手裡買下了他們，他們非但不感激，反而在此惡言惡行！娘子，妳先回了老夫人那兒，不好怠慢了五皇子，此處交與僕僮便是。奴僕若是還這般不拘管束，就讓陳部曲將他們放到莊子上做重活去！」

溫榮心裡隱隱不安，照商賈所言，他們皆是高昌人。

黎國公府裡，除了大伯母的長兄為西州交河城的節度使，駐守高昌、柳中等地外，府裡其他人是絕無機會同邊城往來的。既如此，西州交河城的住民為何會如此恨黎國公府？溫榮細思，不免擔心其中有見不得人的隱情。

溫榮定了定心神，毫不畏懼又坦誠地望著塔吉。

「黎國公府裡從未有人去過西州交河城一帶，更無人在邊城為官，不知幾位是否對黎國公府有所誤解？」

塔吉啐了一口，橫眉怒目地說道：「那方成利可是妳黎國公府姻親？」

果然是與方節度使有關！溫榮點頭承認。

一旦有人挑頭開了口，其他人的話便如同開了閘的洪水一般，傾瀉而出。

一人一言，溫榮聽得心驚膽戰，汀蘭等遺風苑的婢子、僮僕更是嚇得大氣不敢出。

汀蘭戰戰兢兢地與溫榮說道：「娘子，婢子還是將他們關起來，請示了老夫人後再做打算吧？」

溫榮一時也沒了主意。節度使為地方軍政長官，受職之時，聖主將賜節度使旌節，雙旌雙節，龍虎旌旗為專賞，金銅葉節為專殺，故節度使軍權極大，威儀極盛。溫榮先才猜測，方節度使在西州一帶約莫是作威作福、欺壓百姓，所以這幾名自西州過來的人奴，才會憎恨方節度使和黎國公府。不想自人奴口中闡述的情況，比之所想，要嚴重上許多。

倘若人奴所言非虛，那麼方成利在西州交河城抗擊西突厥是假，與西突厥同流合污，冒領軍餉、中飽私囊才是真的。塔吉直言不諱，明說那西突厥膽敢三番五次截劫貢物，是因有方成利做他們的庇護。

溫榮神情一恍，幸虧有汀蘭在一旁扶著，故晃了晃身子又站穩了。此罪不但是欺君，更是通敵賣國的謀反重罪，方家就算有幾顆腦袋也不夠砍，倘若事發，必是滿門抄斬。聖朝律例裡雖有罪不及外嫁女一條，可黎國公府多多少少都將受到牽連。

更重要的是，如今還不知大伯父、大伯母是否有參與其中，欺上瞞下。

茲事體大，溫榮亦知曉不能偏聽偏信，何況方節度使為官多年，怎可能輕易叫他人知曉如此同謀逆一般的大罪。溫榮蹙眉嚴肅地看著塔吉問道：「那方節度使之事，你等為何如此清楚？」

塔吉眼裡閃過諷刺，冷笑了一聲。

「要想人不知，除非己莫為。我們這等小民是人微言輕，妳既然是黎國公府的人，自當同他們狼狽為奸。如今我們被賣與妳，要殺要剮悉聽尊便！」

塔吉雖出言不遜，溫榮卻不氣不惱，反倒發現塔吉不但識字，且說話頗有見地，不似一般的人奴，出身怕是不低。再與塔吉說話時，她聲音溫和了一些。「你們可真是戰俘？在交河城是否有親眷？若家有老小牽掛，我可放了你們。」

塔吉面色一黯，雙手緊攥拳頭，垂首說道：「突厥襲城時，某等妻兒家眷皆失散了，怕是也做了人奴，被賣到京裡。」

溫榮嘆了一聲。如此境遇，確是令人唏噓感懷，遂誠意地說道：「若是信得過我，你們便將妻兒的容貌說與我等知曉，我會命人留意找尋，儘量讓你們家人團聚。」

塔吉聽言，驚訝地看著溫榮。「妳已知我等憎恨黎國公府，為何還能容得下我們，甚至為我等尋家眷？」

溫榮那如拂曉晨光般清明的雙眸使人不自覺地信服。「我雖為黎國公府的人，卻知曉天無私覆，地無私載，日月更無私照的道理。只是如今你們所言，我還無法全信。空穴來風，我也相信你們不會平白無故去誣衊重臣，我會想辦法探得實情，倘若方節度使真犯下此等滔天大罪，黎國公府自當外不避仇，內不唯親。」

溫榮頓了頓，望著那幾人認真說道：「要還西州邊城清明，此事必須從長計議，若是你們如今日這般衝動傷人，怕是等不到撥雲的那一日，就先丟了自己性命。」

那幾人有幾分不敢置信，不想自一小娘子口中，能說出這番令人信服的道理。

塔吉眼裡隱隱忍著淚光。「方成利害得西州邊城民不聊生，西州交河城的官員大部分依附方成利，每每突厥襲城，鄉親們皆是躲在房裡不敢出來，都盼著朝廷軍過來救人和驅逐突厥，可不承想，那襲城的突厥，就是方成利指使和安排的……」

溫榮捺住心裡的恐慌，穩穩地與那幾人說道：「不論你們多恨方成利，如今卻是被府裡買下，我雖為黎國公府的人，但你們真正的主子與方氏一族無任何關係。你們安生留在府裡，為主子照看宅院，我會與老夫人求情，先才傷陳部曲一事再不追究了，而我亦會竭力為你等尋找妻兒。我只有個不情之請，西州之事，千萬莫叫他人知曉。」

塔吉與另幾人對看了幾眼後，咬唇點頭道：「我等相信妳便是。既然此府與方成利無任何關係，我等也不叫主子為難，定會安生遵從主子安排。」

溫榮命僕僮一一記錄塔吉等人家眷的模樣後，便匆忙回了穆合堂，而李晟正好與謝氏作別。

溫景軒見榮娘回來了，關切地問道：「榮娘，陳部曲傷如何？為何他們會打了起來？」

溫榮溫和地笑了笑。

「已請了郎中，想來是無大礙了。不過是些誤會，也解開了。」

好不容易送走軒郎和五皇子，汀蘭伺候老夫人與娘子用晚膳。

溫榮將奴僕所言告訴了祖母，不出溫榮所料，祖母亦是震驚，驚訝過後，內堂裡陷入一片寂靜。溫榮想起昨日大伯母因其兄長立功得賞，而請她們過嘉怡院用晚膳之事，微微抿起了嘴唇。聖主與黎國公之賞賜，在溫榮看來是極大諷刺。

謝氏曲臂撐著光滑的紫檀矮榻扶手，無力地與汀蘭問道：「僕僮可都交代好了？」

汀蘭知此事嚴重。「老夫人放心，婢子已吩咐了那些僕僮和小廝，他們必不會出去胡嚼的。」

謝氏與溫榮擺起了雙陸棋，汀蘭在一旁為主子點籌。

溫榮運氣很好，骰子連連擲出好點數，可最後仍輸給了祖母。

謝氏瞇著眼，看著己方刻線內的十五枚棋子，搖了搖頭，不滿地說道：「妳這孩子，故意讓著我，可是看不起我這老人？」

溫榮掩唇笑道：「是伯祖母技高一籌，兒運氣雖好，但策略不行，這才輸給了伯祖母。」

謝氏聽言笑了。「運氣也是實力的一種，否則連走子的機會都沒有。如今榮娘可有何打算？」

運氣是指溫榮誤打誤撞地知道了西州交河城的實情。西州交河城的百姓定是要幫的，可就如雙陸棋一般，棋盤上的十五枚棋子都必須兼顧。

溫榮眼睛清亮，低聲道：「伯祖母，兒想借此事令大伯父還爵，如此才可護溫家無恙。」黎國公不可能無緣無故還爵，除非事關身家性命。

謝氏眼裡雖放出不一樣的光彩，可有幾分潮濕。

「憑妳我二人之力，遠遠不夠辦成此事。過兩日將妳阿爺叫過來一道商量，也到了敞開天窗說亮話的時候了。」

祖母終於下決心將數十年前的易子之事告訴阿爺了。溫榮目光爍爍，若此事能順利，一家人便可在遺風苑團聚；若是不能……溫榮心一緊，生生將恐慌壓了下去。

這日，如當初溫榮問實情一般，謝氏遣出了婢子，穆合堂獨留下了啞婆婆和溫榮。

隨著謝氏的娓娓道來，溫世珩是目瞪口呆。

溫榮本以為要阿爺信服還得費一番功夫，不想不過一盞茶時間，溫世珩便接受了事實。除了化不開的血脈情深，更因啞婆婆知曉溫世珩肩胛上有自娘胎裡帶出的胎記。

穆合堂裡氣氛一時壓抑得令人忘記了呼吸，僵持了一會兒，溫世珩才抬眼望著謝氏，哽咽地喚了一聲「阿娘」。溫世珩為人實誠，知曉了實情，是不知該如何面對心機極深的溫老夫人了，而大哥的黎國公爵位本該是他的……

謝氏因早已有了心理準備，故今日並未有太大的情緒，見溫世珩目光晦暗、皺緊眉頭，反沈聲提醒道：「爵位你就不要再想了。我與榮娘，還有另外一件重要的事要告訴了你……」溫世珩是御史中丞，是糾察內外百司之官，謝氏令溫世珩知曉此事，並非是要他心急火燎地遞奏摺，而是命他暫時沈住氣，待時機成熟，再將摺子遞上去。

溫老夫人於溫世珩有養育之恩，故溫世珩就算再怒氣沖天，恨不能立時為西州邊城打抱不平，也會顧及名義上的大哥溫世鈺。

溫世珩擦了一把額頭上的冷汗。「兒遵阿娘的吩咐，可單單憑兒一個御史中丞，怕是扳不倒節度使，縱然扳倒了，使的力過了，也將禍及溫家，到那時，就怕還爵也不夠償罪……」

溫世珩又說了一件關於方節度使的事，原來方節度使在西州為了抵禦外族侵略，特意建了雄關城，聖主對此讚賞有加，可如今看來，雄關城裡怕是暗藏了兵器糧食，否則方成利也不敢那般大膽，通敵賣國。

謝氏用茶蓋撥去了茶面上的浮沫，青瓷對碰的聲音少了往日的清脆，只刺耳驚心。「你認為有誰可信？」

溫世珩靜下來思量。「兒認為三皇子和五皇子可信得過，他二人如今雖不若太子與二皇子得聖主重用，可將來必是能成大器的。兒前日看到五皇子與突厥勇士練武，那突厥勇士能力拔千斤、徒手碎石，可比武時，僅十招就被五皇子放倒了。聖主誇了五皇子是難得的武將之材，最重要的是，二位皇子同某和軒郎關係頗好，待軒郎如同兄弟，到時候定能為溫家說上話。」

溫榮眼皮一跳。五皇子尚且不論，依靠三皇子無疑是與虎謀皮！可惜溫榮暫時也想不出更容易周全的法子，只能祈禱他二人將來不要過河拆橋。

謝氏望著窗外伸展茂盛的槐樹枝，皺著眉頭說道：「二位皇子平日確是彬彬有禮、言行謹慎，叫人挑不出錯處。你雖為御史中丞，可無實憑實據貿然彈劾地方軍政長官，往後難免被人詬病成妖言亂朝綱，更何況方節度使是溫家的姻親。若二位皇子肯幫忙，便可借他們之力，知曉邊境究竟是怎般境況。」

祖母言語裡似擔心二位皇子不肯幫，可溫榮卻毫不懷疑他二人定會幫忙。在溫榮看來，朝堂上心眼最明、唯一能運籌全局的是睿宗帝。聖主此番好似亂點鴛鴦譜的賜婚，無疑是在故意削弱二皇子一派的勢力，同時將李奕抬起，令二皇子和三皇子勢力比肩。聖主的目的，無非是想用李奕牽制二皇子。看來在聖主心目中，太子的儲君之位暫時無人能動搖。既是三足鼎立之勢，李奕自無法再高臺看戲了。

換一層想，幫此忙與他二人有利無弊，事成了，必能得聖主讚賞和青睞，同時方節度使與黎國公府這一派武將倒後，太子的勢力將徹底垮塌，到那時李奕只需再動些心思，就可令太子和二皇子兩敗俱傷；倘若事不成……溫榮心下忍不住嘆氣，將阿爺和黎國公府推出來便可。他們是皇子，大不了就是年輕氣盛，誤信奸臣妄言。好處他們吃大頭，敗了付出的代價亦不大，權衡利弊，三皇子和五皇子懂得如何選擇。

溫世珩將茶湯一飲而盡。他是一根筋的，只知事成可忠孝兩全，故決定放手大幹一場。算來入御史臺當值有兩月餘了，可還未有利國利民的見解和舉動。溫世珩擔心長此以往，聖主又將對他失望，到那時便不是平調，而是被罰俸或降職了。

溫榮低著頭，想起前日五皇子問的杭州郡刺史一事。「阿爺，五皇子是否曾向你詢問姚刺史為人？」

溫世珩頷首，不用溫榮多問，自將始末說出。「問了，今年江南道一帶旱澇連災，姚刺史自杭州郡送奏摺進京，奏摺裡提了要重築錢塘堤壩。如今錢塘堤壩堤身確實過低，且年久失修，根本無法起到天旱蓄水灌溉、洪澇蓄水防洪的作用。」

溫榮眼睛晶亮，歡喜笑道：「修堤壩可是利民的好事。」

溫世珩搖了搖頭。「修建堤壩除了需要大量錢帛與人力，朝堂上還有人擔心堤壩建成後會影響西湖的景致。」

西湖風景極美，前朝帝王挖鑿商漕大運河的其中一個原因，就是為了方便去水光瀲灩晴方好的杭州郡，欣賞濃妝淡抹總相宜的江南美景。若堤壩真會損江南西湖景致，朝堂中的質疑聲便在所難免。利弊相左，必引紛爭。

溫榮忍不住問道：「阿爺是如何想的？」

溫世珩蹙眉說道：「我是主修。其實只要適時蓄水和適時開閘，就不會影響到西湖景致，縱是真有影響，也該以百姓為重。」

「那阿爺可遞奏摺了？」如今阿爺是御史臺中丞，遞奏摺是分內之事。

不想溫世珩搖頭道：「還不曾。林中書令讓我再緩兩日，說時機到了才能事半功倍，現在遞要平白同他人費許多唇舌。」

溫世珩離開中書省後，林中書令反而與溫世珩走得更近了，會時不時地提點女婿。

謝氏望了溫榮一眼，喝了口茶湯，淡淡地說道：「聽林中書令的總沒錯，他在朝為官多年，懂的自比你多。」

溫世珩也不再過多地提及同林家有關的事，雖說兩家實際上誰也不欠誰的，可溫世珩每每想起林大郎的親事，便覺得於溫榮不公。

溫世珩起身說道：「兒去問問那幾名僕僮，關於西州一帶的情況。今晚兒就寫出萬言書，再尋到合適的時機，同二位皇子商量。」

溫榮獨自坐在錦杌上，拿起美人槌為祖母捶腿，面容恬淡如冬日雪後晴空。

謝氏喝了半盅茶。「榮娘，可擔心妳阿爺？」

溫榮笑著說道：「騎虎難下，再擔心也得解決。倘若方節度使真有通敵叛國之舉，溫家就不可能在此事中全身而退。萬幸我們發現得早，說不得將功贖罪了，大伯父還爵後溫家依舊是高門大院，祖母還可將阿爺過繼到身下，到那時，兒便可時時陪著祖母了。」

謝氏被溫榮逗笑了。「妳這孩子可真是看得開。」

人何必同自己過不去？理當看得開一些。

過了兩日，謝氏和溫榮還未等到溫世珩的消息，黎國公府溫老夫人一行人卻過府拜訪謝氏了。溫老夫人、方氏、董氏等數十主子、婢子，將穆合堂擠得滿滿登登。

溫榮幫襯著招待瓜果茶湯，溫菡娘上下打量溫榮的目光含著幾絲冷意。

謝氏雖不耐煩被打擾了清靜，可今日見到溫家晚輩，眼神裡仍是和煦如暖風一般。

溫蔓和溫菡一一上前同謝氏見了禮，溫菡神情變換如脫戴面具似的，一改面對溫榮的冷淡，火一樣地撲在謝氏跟前，溫蔓只恭恭敬敬地站在一旁。

謝氏扶起了溫菡，與溫老夫人笑說道：「兩個孩子，一個熱情，一個溫婉，弟妹身邊可是熱鬧。」

溫老夫人望了眼蔓娘，嘆口氣道：「我的福氣是向嫂子借的，菡娘那孩子鬧了些，我也怕吵著嫂子，蔓娘倒是懂事知近，嫂子若喜歡，往後我讓蔓娘多過來陪陪嫂子。」

謝氏擺了擺手，笑道：「那哪成，我已經將四丫頭放在身邊了，就不能再貪得無厭、得寸進尺，妳也離不開這兩孩子。與四丫頭處久了，我習慣了四丫頭的照顧。」

二位老長輩若有若無地打機鋒。祖母將溫老夫人的話堵上了，溫榮會心一笑。

溫菡娘一臉失望，先才進遺風苑時，她就喜歡上了寬敞大氣的前黎國公府宅院。再踏進穆合堂，雕富貴百福紋紫檀矮櫥裡，擺放著的數只綠釉劃花牡丹碗口瓶一瞧便知是前朝古物。還有紫檀櫥櫃裡，一整套的白玉忍冬紋八曲長杯，必定價值不菲。

那遺風苑老夫人百年之後，這些東西就要統統歸大房了。而那溫榮，定是早知曉了遺風苑老夫人有陶朱之富，才早早動起心思，至遺風苑巴結老夫人！如今可是讓她得逞了，將來老夫人必會留一份財物與她！思及此，溫菡心下嘆不公，投向溫蔓和溫榮的目光更加怨恨，鬱結自己沒有溫蔓的運氣，後悔自己沒有溫榮的心眼和算計。

白嬤嬤捧上了一只籃子，溫榮瞧見籃子裡如同鴿子蛋般大的櫻桃時亦是驚訝。

方氏起身捏著錦帕笑道：「櫻桃是昨日聖主賞大郎的，大郎知這櫻桃罕有，故也捨不得吃，定要兒今日親自送過來。」

果然，眾人聽見謝氏欣慰地笑道：「我這半截子身子入土的老人，算來也見過了不少稀奇罕物，可鴿子蛋大小的櫻桃還真是頭一回見。我一老人家能吃得了多少？難為你們送了許多過來。我府裡招待你們的果子可是相形見絀了！」

見大房搶了風頭，溫菡眉飛色舞地挽著謝氏笑道：「兒喜歡伯祖母府裡的果子，兒還未曾吃過和蜜一般甜的哀家梨。」菡娘伸長了雪白的脖頸，恨不能整個人黏在遺風苑老夫人身上。

「妳這孩子，真是討人歡心！」謝氏合眼笑著拍了拍菡娘手背，轉身吩咐汀蘭將鴿子蛋大的櫻桃洗淨，盛在三彩蓮花盤裡，笑言借花獻佛，令大家一起品嚐了。

謝氏留客人在遺風苑裡用過午膳，女眷又談笑了一會兒，溫老夫人等人見謝氏面露倦色，知趣地起身告辭了。

溫榮去安排了車馬，將溫老夫人送到府門處。

回到穆合堂，溫榮將越窯褐釉蓮花香爐裡殘餘的安息香片清理了，換上了祖母常用的靜心禪香。裊裊青煙如一縷飄帶，悄無聲息地散溢在穆合堂裡。

謝氏深深吸了口氣，這才覺得周身舒坦了些，譏諷地笑了一聲。「今日可是叫她們失望了。」如今有了珩郎、榮娘他們，她可不能早死。

遺風苑大門處，方氏本想同溫老夫人同乘一輛馬車，不想卻被溫老夫人瞪了一眼，方氏心裡的得意勁頓時被冷水澆滅了一半。方氏不明白自己哪裡做錯了，方氏本是想送一套海獸水波紋金碗和早準備好的一對螭耳瓶與謝氏的，可溫老夫人知曉後，只說遺風苑老夫人根本不缺金銀陶器。方氏費盡心思才弄到這櫻桃，不承想到頭來阿家還是不滿意。

白嬤嬤伺候溫老夫人上了馬車，為溫老夫人墊上一只珍珠地牡丹枕。

溫老夫人沈著臉，她想到謝氏和三房，心裡就說不出的膈應。想像裡，謝氏該是行將就木、容顏枯槁的模樣，不想她氣色比之去年又要好了許多，怕是能多活幾個年頭了！

白嬤嬤為溫老夫人打著扇子，忽然瞧見簾幔外一襲秋色大科袍服、騎著皎雪驄的郎君，一個愣怔，扇沿不慎磕到了溫老夫人的額頭。

溫老夫人眼中閃過一絲戾色。

白嬤嬤嚇得在馬車裡直接跪下，向溫老夫人道歉。「……老夫人，奴婢似乎看到五皇子往遺風苑的方向去了。」

溫老夫人面色一肅，猛地撩起簾幔，但視線裡只有驕陽炙烤下灼熱的地面和散揚起的黃色沙塵。白嬤嬤不會信口胡說，溫老夫人放下了簾幔，沈聲問道：「前日安排在遺風苑的人呢？」

冷汗自額頭滑下，沾在了眼睫上，白嬤嬤卻連眨也不敢眨。「那幾人被遺風苑管事的安排去了莊子。老夫人，我們安插的眼線，似乎……似乎都叫遺風苑老夫人識出了。」

「那老東西可是狡猾得很！」溫老夫人的翠玉鐲撞到了馬車的黑檀窗欞，脆響後是一陣刺耳的剮蹭聲。「派人在遺風苑附近守著，既然進不了她遺風苑大門，至少也得知道她和誰有接觸！哼，安興坊裡勛貴世家多了去，五皇子可是正經的皇親貴胄，無事怎可能去看那沒用的老東西？」溫老夫人餘光瞥了白嬤嬤一眼。「起來吧。」

「是、是，如今三皇子新修的府邸便是在安興坊的，五皇子不見得就是去遺風苑。」白嬤嬤小心翼翼地起了身。

遺風苑和黎國公府離得近，主僕說話間，車馬已行至黎國公府大門。

而另一處，李晟亦到了遺風苑，遺風苑守門的僕僮上前接過馬轡，命人往穆合堂通報後，將五皇子迎進了院子。

庭院裡的槐樹與石榴樹相隔而栽，鬱鬱蔥蔥裡綴著盛放的花朵，穆合堂不遠處，李晟瞧見了通往南院的月洞門。聽琛郎說，那一處的風景極美。

謝氏知曉五皇子過來，特意命婢子將溫榮前日自庫房裡挑選出的邢窯白瓷取來。

五皇子喜歡禪茶，煮茶的茶餅還是用了顧渚紫筍。

在謝氏眼裡，喜歡禪茶之人，心必清明通透，就如榮娘一般。

李晟進了穆合堂，不但扶住老夫人不敢受禮，更端正地與謝氏行了晚輩之禮。

溫榮斂衽微微蹲身。

李晟目光落在溫榮身上，再飛快地撇開，命桐禮捧上一只洪福青花紋長方緞布盒。

「只是一套尋常的西域飾品，還望老夫人不嫌棄。」嗓音似山澗清泉般美好，讓人豁然舒暢。

溫榮抬眼望向李晟。他眼角眉梢掛著淺淺笑意，猶如冬日寒梅上凝結的薄薄冰霜，泛著微暖的光。或許是因為五皇子平日裡總板著臉，故笑起時面上有幾分不白在。

謝氏本想謝絕的，可眼見五皇子好不容易有了笑意的面容又要冷下去，才不得已命婢子收下。

請五皇子落坐後，婢子奉上了新煮的茶湯。

李晟說明了來意，正是為西州交河城方節度使通敵欺君一事。今早李晟到御史臺館詢問前日御史彈劾吏部的始末，不巧吳中丞隨長孫太傅去太極殿陛見，臺館內室裡只有溫中丞一人在檢閱下一參朝日將遞呈聖主的奏摺。難得的機會，溫世珩確認四處無人後，將萬言書交與了五皇子。事關國之興亡，自不能大意。李晟收下萬言書，只言讓溫世珩放心，便匆匆離開御史臺回蓬萊殿，待李奕自太極殿回書房，二人再做商議。

三皇子、五皇子的想法同溫榮無異，皆認為在告知聖主前，需先查證實情。

謝氏吩咐陳部曲將那幾名高昌僕僮帶進了穆合堂，塔吉等人知曉面前之人為五皇子後，眼睛一亮，彷彿看到了希望。塔吉與溫世珩、溫榮說話時尚有遮掩，可今日面對五皇子，可謂是知無不言。而李晟也不愧是叫旁人仰仗的人物，冷靜、果敢，不但令人信服，更願跟隨。

溫榮才知曉，原來塔吉是高昌國一小城的伯克，權職相當於聖朝的五品地方官，早前家境頗為富庶，有田產和農奴。塔吉與方成利手下的一名參軍事因為田莊一事結了怨，突厥襲城時有人放火將塔吉的院落燒得一乾二淨，塔吉帶著家眷從後院逃離時，望見了那名參軍事在火光後狂喜大笑的嘴臉……

塔吉等僕僮所言，與溫世珩所寫的萬言書無出入，李晟至遺風苑除了詳細詢問情況外，還打算向遺風苑借人，借兩名高昌僮僕，隨他的侍從一道前往西州交河城。

高昌僮僕退下後，李晟端起手邊的茶湯輕抿了一口。茶湯要比往日清涼上許多，除了薄荷之味，還有酸酸甜甜的回甘，不知不覺一碗茶下肚，舒暢了許多。

遺風苑茶娘子的茶道手藝皆是溫榮傳授的。

李晟的目光越過溫榮，望著老夫人，似是不經意卻又期期地說道：「某聽聞府裡南院碧雲亭的風景極好。」

謝氏聽言，抿了抿嘴唇，轉頭看向榮娘。這事她可不能隨便作主。

溫榮眼觀鼻、鼻觀心，面色微紅，將蘭草紋白瓷茶蓋扣回了茶碗，放置在一旁。

謝氏心下了然，笑著應道：「前黎國公喜歡荷花夜開風露香的湖光之景，故自暗渠引水到府裡修了碧雲湖，卻是許久不曾打理了。承蒙五皇子不嫌棄，榮娘陪五皇子去那南院碧雲湖走走。」

溫榮有話要問五皇子，她想聽到五皇子的一句準話，遂不猶豫地答應了。

雖已近申時，可無樹蔭遮蔽的地方日頭仍舊很大，綠佩為溫榮撐著連青流水紋竹絹傘。

溫榮陪著五皇子走上碧雲湖的湖心水廊，她今日著淡紫色花雲縵紗織金束胸裙，白玉般的妙宛身姿好似盛夏裡的一縷清風，輕紗裙襬軟煙般飄在了水廊石柱上。

李晟不知覺中放慢了腳步。

二人行至湖心碧雲亭，溫榮抬手遮住日頭，遠遠望著碧雲湖對岸的西山，陽光和水霧氤散出一道道光圈，朦朧中漾著迷人眼的湖光山色。

碧雲湖裡開滿了荷花，灼灼的瑞色是濯清漣而不妖，亭亭立於陽光之下隨風搖曳。溫榮想起了早年在杭州郡搖船採蓮的愜意時光，半明半寐的雙眸裡泛著耀眼的光彩，嘴角彎起的笑容好似七月燦爛的花枝，歡喜熱鬧，夜鶯般婉轉清亮的聲音響起。「荷花不但好看，盛夏之後還會變成碧綠的蓮蓬，若是不怕帶刺的荷桿，就可自己搖船去摘，蓮蓬子又嫩又甜，蓮蓬子裡的綠芽還可煮茶。」

溫榮說得興起，不想李晟只「嗯」了一聲，根本不接話。

李晟未親自摘過蓮蓬，更未吃過蓮蓬子，故不知如何回應。

溫榮登時沈了臉，乾脆垂首閉口不言了。

二人沈默著在碧雲亭裡乾站了一會兒，原本白色刺眼的陽光逐漸化為殷紅的顏色，鋪在了細波粼粼的碧雲湖上。

已是落日池上酌、清風松下來的暮時了，溫榮可不想留根木頭在遺風苑用晚膳，準備請五皇子回穆合堂時，不想轉頭恰好對上那雙熠熠光華的眼睛。溫榮慌忙退了一步，尷尬地看著碧雲亭漆柱上的月季牡丹富貴長春雕紋。

李晟有意無意地將溫榮的侷促目光收入眼底，融到心裡化作一絲暖意。李晟的表情還似往日的清冷高貴，可仔細看去，眼裡卻漾著愉悅的笑意。

溫榮有幾分不自在地說道：「五皇子，時候不早了，該回穆合堂了。」

李晟頷首同意。

離開碧雲湖，二人沿著栽滿槐樹的青石路慢慢走著。

金色如翩舞蝴蝶的花瓣隨風撲簌簌落下，李晟目光莫測，表情不復以往的嚴肅。「榮娘，我們會保妳父親平安，且溫家並不一定要走到還爵那一步。」

溫榮目光中一閃驚訝，她就是希望自五皇子口中聽到這句話。對付方節度使，快刀斬亂麻傷亡會很大，聖主縱是確信方節度使有謀逆之舉，亦會慎重行事，故溫榮一直擔心，擔心阿爺會是出了差錯後被推出安撫眾人的替死鬼。

五皇子還誤解了一事，還爵是目的，並非是忍痛割愛。

溫榮搖了搖頭。「不罰，難杜悠悠眾口，與其險中求富貴，不如一家人心安理得，平平安安地在一起。」

溫榮抬眼迎上了李晟清澈的目光，兩人都沒有閃躲，似想探清彼此光亮不見底的雙眸裡有幾分坦誠。

槐樹葉沙沙作響，枝頭金黃色連成串的槐花倩影婆娑，一陣風吹過，槐花和樹葉飛落在溫榮的髮髻和衣裙上。溫榮無法，只能停下，將肩上落花掃去，眼前忽然籠上一層陰影，只簪了白玉釵的百合髻似乎被輕輕觸碰。溫榮抬起頭，驚訝地看著李晟，李晟如白玉雕琢般無一絲雜色的臉頰竟然浮起了紅暈。

李晟乾咳了兩聲，背負著雙手，正正地立於槐樹下。「我見妳髮髻上有東西……」

溫榮這才注意到，李晟束的海棠紋玉冠上也沾了幾片花瓣，溫榮不由得想笑李五郎。

溫榮捻起裙裾，轉身離開，身後傳來令人忍不住嘆息的好聽聲音——

「榮娘，我沒有嚐過蓮蓬子，可聽妳說了，想必是玉盤珍饈難抵的美味。」

溫榮腳步一滯，雖不曾回頭，可似乎能看見李晟面上浮著的、飄忽極淡的笑容。溫榮快步向前，回到了穆合堂，因為腳步急促，故氣息微喘，面色緋紅。

謝氏略感驚訝，直起了靠在牡丹圓枕上的身子，望向穆合堂外。「五皇子怎麼沒同妳一起回來？可是還在碧雲亭？」

溫榮一愣，忘了剝殼就將松子放進了嘴裡。她竟然把五皇子一人丟在了南院！

——未完，待續，請看文創風316《相公換人做》3